崑崙霸仙

곤륜패선

윤신현 신무협 장편소설

WISHBOOKS ORIENTAL FANTASY STORY

곤륜패선 10

윤신현 신무협 장편소설

초판 1쇄 찍은 날 | 2020년 9월 22일
초판 1쇄 펴낸 날 | 2020년 9월 29일

지은이 | 윤신현
펴낸이 | 권태완 우천제

기획 | 위시북스
편집책임 | 한준만
편집 | 위시북스

펴낸곳 | ㈜케이더블유북스
등록번호 | 제25100-2015-43호
등록일자 | 2015. 5. 4
KFN | 제2-54호

주소 | 서울시 구로구 디지털로31길 38-9, 401호
전화 | 070-8892-7937 팩스 | 02-866-4627
E-mail | fantasy@kwbooks.co.kr

ISBN 979-11-293-6251-3 04810
979-11-293-4618-6 (set)

※ 이 도서의 국립중앙도서관 출판시도서목록(CIP)은 서지정보유통지원시스템 홈페이지(http://seoji.go.kr)와 국가자료공동목록시스템(http://www.nl.go.kr/kolisnet)에서 이용하실 수 있습니다.

崑崙霸仙
곤륜패선
10
Wish Books

崑崙霸仙

곤륜패선

… 목차 …

… 제1장 …

구해주세요(2)

청년의 입가가 비틀어졌다.

무슨 생각을 하는지 음흉한 표정을 지었던 것이다.

"아마도 그리되지 않을까 싶습니다."

"위치는?"

"바로 알아보겠습니다."

"이번에는 저 늙은이를 미끼로 걸어. 한 이틀 정도 행적이 파악되지 않으면 알아서 여기저기 들쑤시고 다닐 거야. 그때 슬쩍 정보를 흘려. 바로 물 수도 있지만 의심할 수도 있으니 순차적으로."

"알겠습니다."

콰앙!

난데없이 들려오는 폭발음에 청년과 사내들의 시선이 돌아갔다.

그런데 폭발음은 한 번이 끝이 아니었다. 연이어서 들려왔는데 중요한 건 시간이 흐를수록 폭발음이 가까워진다는 것이었다.

"침입자인가?"
"확인해 보겠습니다."
"소문주라는 계집이 찾아온 것이었으면 좋겠군. 번거롭지 않게 말이야."
양선을 데리고 왔던 사내가 출입문을 향해 성큼성큼 걸어갔다.
그러나 그가 문을 여는 것보다 폭파되는 게 먼저였다.
쾅!
코앞에서 일어난 폭발에 사내가 황급히 두 팔을 교차했다.
그러면서도 사내는 날카로운 눈으로 출입문이 있던 자리를 주시했다. 혹시나 모를 공격에 대비했던 것이다.
저벅저벅.
그러나 우려했던 기습은 없었다.
거창했던 폭발과 달리 느릿한 발걸음 소리만 들려왔던 것이다.
"……한발 늦었나."
먼지구름 사이로 젊은 남자의 목소리가 들려왔다.
아직 시야가 제대로 잡히지 않았음에도 마치 실내의 전경이 훤히 보인다는 듯이 말하는 젊은 남자의 말에 사내가 미간을 좁혔다. 한줄기 불길한 생각이 들어서였다.
그러나 이내 그 생각을 털어내고는 입을 열었다.
"누구냐."
"네깟 놈은 알 거 없어."
파아앗!
먼지구름이 서서히 가라앉으며 남자의 모습이 점차 선명해졌다.

그와 동시에 사내가 달려들었다. 수십 년 동안 단련된 본능이 눈앞에 있는 이자는 위험인물이라고 경고를 보냈기 때문이다.

"어?"

그런데 정확히 머리를 노리고 찌른 단검이 어느 순간 궤적을 이탈했다.

분명 머리를 노리고 찔렀는데 정신을 차리고 보니 빈 허공을 가르고 있었던 것이다.

"요즘 나에게 너무 실망만 주는데. 내가 들은 마교도들은, 마인들은 이렇게 허약하지 않은데."

푸욱!

남자의 음성과 함께 사내의 등에서 피가 솟구쳤다.

무언가에 꿰뚫린 듯 손가락 크기의 구멍이 뚫리며 피가 분수처럼 뿜어져 나왔던 것이다.

털썩!

이윽고 비명도 없이 절명한 사내가 바닥에 엎어졌다.

얼굴 가득 이해할 수 없다는 표정을 지은 채로 말이다.

저벅저벅.

허망하게 죽은 사내의 옆으로 하나의 발이 느릿하게 모습을 드러냈다.

그리고 다리, 허리, 가슴을 지나 얼굴이 보였다.

"……너는?"

"내가 확실히 유명해지긴 한 모양이야. 천년마교 놈들도 내 얼굴을 알아보는 걸 보면. 용모파기라도 돌려 보는 모양이지?"

"어떻게 네가?"

상석에 앉아 있던 청년의 표정에 놀람이 떠올랐다.

꿈에도 예상하지 못한 인물이 나타나서였다.

그러나 그 기색은 얼마 가지 않아 사라졌다.

이내 그의 눈동자에는 당혹감이 떠올랐다.

'왜 하필 지금?'

청년의 동공이 미세하게 흔들렸다.

호기롭게 패선을 잡겠다고 말했지만 그건 일대일로 정정당당하게 승부하겠다는 말은 아니었다.

그는 자신의 수준을 잘 알았다.

교주의 세 번째 제자이기는 하나 어쩌면 육대마가주와 비슷한 실력자일지도 모르는 벽우진과 비교할 바는 아니었다.

'올 거면 조금만 더 일찍 오지!'

청년이 자기도 모르게 입술을 깨물었다.

친분이 있다고 알려진 설향이나 양선이 살아 있었다면 인질극이라도 펼쳤을 터였다.

아무리 벽우진이 개망나니로 알려져 있다고 하지만 그래도 명문정파의 큰 어른이었다. 명분을 따질 수밖에 없는 위치인 만큼 두 사람이 살아 있었다면 제법 쏠쏠하게 이용할 수 있었을 텐데 이미 죽은 후였기에 청년은 이를 악물었다.

스윽.

하지만 벽우진은 청년의 머리가 복잡하거나 말거나 신경 쓰지 않은 채로 실내를 훑었다.

이미 기운으로 알고 있었지만 육안으로 다시 한번 확인했던 것이다.

"흐음."

목과 손이 잘린 설향에 이어 말 그대로 토막 난, 처참하게 죽은 양선의 시신을 보고는 침음을 흘렸다.

시신만 봐도 양선이 얼마나 고통스러웠을지 짐작할 수 있어서였다.

그러나 벽우진의 시선을 마지막까지 끈 것은 양선의 표정이었다.

'후련함 그리고 다행스러움인가.'

고통으로 잔뜩 일그러져 있었지만 그럼에도 눈은 웃고 있었다.

식어버린 눈물이 눈매에 맺혀 있었음에도 감겨지지 않은 눈은 웃은 채로 설향에 향해 있었다.

그 모습을 보며 벽우진은 그녀가 죽기 전에 무슨 생각을 했는지 짐작할 수 있었다.

"신의를 지켰군."

벽우진은 두 눈을 감았다.

어째서 두 사람이 이 자리에서 죽음을 선택했는지 그는 단번에 알아차렸던 것이다.

그리고 그 결정이 벽우진의 가슴에 큰 울림을 주었다.

마지막까지 둘은 자신과 곤륜파에 신의를 지켰다.

모두가 믿을 수 없는 이들이라고 부르짖던 하오문의 문주와 분타주가 말이다.

"크흐읍!"

격동하는 가슴만큼이나 벽우진의 기도가 달라졌다.

방금 전까지는 반박귀진의 고수처럼 아무런 기운도 풍기지 않았는데 한순간에 분위기가 달라졌다.

벽우진에게서 무시무시한 기운이 뿜어져 나왔던 것이다.

사방을 무자비하게 짓누르는 위압감에 청년이 반사적으로 공력을 끌어 올렸다.

와장창!

동시에 창문이 깨지며 방 안으로 십여 명이 들어왔다.

청년을 지키기 위해 호위무사들이 다급히 들어온 것이었다.

하지만 호위무사들의 등장에도 청년의 표정은 어두웠다.

고작 이 정도 숫자로는 벽우진을 감당할 수 없다고 생각해서였다.

'후일을 도모한다.'

고르고 고른 친위대를 희생시켜야 한다는 게 너무나 아까웠지만 그래도 자신의 목숨만큼은 아니었다.

그래서 청년은 슬쩍 몸을 일으켰다.

친위대가 공격하는 사이 몸을 내뺄 작정이었다.

'복수는 해주마.'

조금의 망설임도 없이 벽우진을 향해 달려드는 친위대의 뒷모습을 쳐다보며 청년이 약속했다.

지금은 비록 구차하게 도망치지만 언젠가는 넋을 기려주겠다고 말이다.

"이 짓을 벌여놓고 어딜 가려고?"

"어?"

막 몸을 돌리던 청년의 두 눈이 한순간 커졌다.

마치 그의 움직임을 처음부터 주시하고 있었다는 듯이 너무나 절묘한 순간 벽우진의 음성이 들려왔던 것이다.

하지만 그 목소리보다 그의 발목이 날아가는 게 더 빨랐다.

우당탕!

소리도 없이 베어진 발목에 청년이 볼썽사납게 바닥을 굴렀다.

그런 그의 표정에는 당혹감이 가득했다.

이게 무슨 일인가 싶었던 것이다.

퍼퍼퍼펑!

하나 그 충격도 얼마 가지 않았다.

벽우진에게 달려들었던 친위대 전부가 허공에서 폭사당하는 광경에 청년은 입만 쩍 벌렸다.

투둑. 투두둑.

자신이 어떻게 죽었는지도 모르는 듯한 표정의 머리와 육편이 바닥으로 떨어졌다.

그 광경에 청년은 고통도 잊은 듯 온몸을 부르르 떨었다.

어째서 벽우진이 패선이라 불리는지, 천하제일인에 가장 근접한 무인인지를 뼈저리게 느낄 수 있어서였다.

심지어 벽우진은 여전히 뒷짐을 진 채였다.

'무, 무형지기로 죄다 쓸어버렸다고?'

차라리 손이라도 뻗었다면 이해가 되었을 것이다.

최소한 투지 정도는 생겼을 터였다.

하지만 벽우진은 손가락 하나 까딱이지 않았다.

그저 눈빛과 무형지기만으로 친위대를 도륙하는 모습에 청년의 안색이 하얗게 변했다.

"보아하니 날 보고 싶어서 여기까지 온 모양인데, 왜 그냥 가려고 해? 말은 좀 섞어봐야 하지 않겠어?"

"나, 날 죽이면 사부님께서 가만있지 않을 것이다!"

두 발목이 날아가 처량하게 주저앉은 상태인데도 청년은 큰소리를 쳤다.

다른 이도 아니고 천년마교의 교주이자 당대 마제(魔帝)의 세 번째 제자가 바로 자신이었다.

생각이 있는 자라면 결코 자신을 함부로 대하지 않을 터였다.

'더구나 곤륜파의 장문인이라면 더더욱!'

청년은 자신의 가치에 대해서 누구보다 잘 알았다.

비록 세 명의 제자 중 막내이지만 중요한 건 교주의 후계자 중 한 명이라는 점이었다.

그렇기에 제아무리 벽우진이라도 고문은 하되 죽이지는 못할 게 분명했다.

'발목이 잘리기는 했지만, 깔끔하게 절단된 것이니 다시 붙이면 된다.'

청년의 두뇌가 그 어느 때보다 빠르게 회전했다.

잘려진 두 다리에 이를 갈면서도 어떻게든 살아남을 방도를 찾았던 것이다.

"그래서?"

"뭐?"

"그래서 뭐 어쩌라고? 살려달라고?"

저벅저벅.

여전히 뒷짐을 진 채로 벽우진이 다가왔다.

아무런 감정이 담기지 않은, 유리알처럼 투명한 눈으로 그를 주시하며 걸어왔던 것이다.

그 모습에 청년인 갑자기 몸이 얼어붙는 것 같았다.

왠지 모르게 벽우진의 모습에서 누군가가 겹쳐 보였던 것이다.

"날 죽이면 교주님께서……."

"널 안 죽인다고 해서 가만있을 것 같지는 않은데? 애초에 가만있을 거였으면 육반수에서 장난질을 치지도 않았겠지. 천산에서 그냥 콕 박혀 살았을 거야."

생긴 것답지 않은 논리정연한 말에 청년은 말문이 막혔다.

뒤늦게 벽우진 입장에서는 달라질 게 없다는 걸 깨달아서였다.

하지만 그렇다고 할 말이 없는 건 아니었다.

"나는 인질로서 효용 가치가 높은 존재다."

"그건 네 생각이고. 내 생각은 달라."

"사, 사부님!"

벽우진이 이죽거릴 때 방 안으로 두 개의 인영이 나타났다.

뒤늦게 도착한 설아린과 현주혜였다.

특히 설아린은 방 안에 들어오기 무섭게 설향과 양선을 발견하고는 폭포수처럼 눈물을 흘렸다.

오는 내내 살아 있길 바라고 쉴 새 없이 기도했건만 결국 맞아주는 건 싸늘하게 변한 시신뿐이자 설아린은 오열하며 주저앉았다.

"모두 죽은 건가요?"

"아직 여기 한 놈 살아 있어."

혼자만의 시간이 필요한 것 같은 설아린을 놔두고서 현주혜가 다가왔다.

여기까지 오면서 그녀 역시 검 좀 휘둘렀는지 들고 있는 애검에는 핏방울이 올올이 맺혀 있었다.

"우두머리인 모양이군요."

"마교주의 제자로군. 내가 보기에는 덜떨어진 놈으로 보이는데."

"뭐라고!"

"거 봐. 아직도 제정신 못 차리고 있잖아."

청년의 다리에서 피가 솟구쳤다.

말하는 사이 무형지기로 무릎을 잘라 버린 것이었다.

이번에는 지혈도 하지 않았기에 절단된 부분에서 피가 분수처럼 뿜어져 나왔다.

"끄으!"

일부러 깔끔하게 베어내지 않은 걸 알아차린 청년이 황급히 혈도를 짚었다.

더 이상의 출혈을 막기 위해 지혈한 것이었다.

"쓸모는 무슨. 네놈 하나 죽었다고 해서 눈 하나 깜빡이지 않을 것 같은데."

"죽일까요?"

"아직은 안 돼. 이놈의 주인은 따로 있거든."

현주혜의 싸늘한 시선이 청년에게 닿았다.

그녀 역시 설향과 양선의 시신을 봤기에 눈빛이 고울 수가 없었다.

아무리 적이라도 저렇게 토막 내는 건 예의가 아니었다.

"끄흑! 끅! 사부님……."

청년을 현주혜에게 맡긴 벽우진이 설향과 양선의 시신을 끌어안고서 오열하는 설아린에게 다가갔다.

그러나 그녀는 벽우진의 기척을 느낄 여력도 없는지 주저앉아 울기만 했다.

"소문주."

"크흐흐흑!"

나지막한 벽우진의 부름에도 설아린은 들리지 않는지 설향의 머리만 끌어안았다.

잘린 부위에서 흘러나온 피가 옷을 적시고 있음에도 설아린은 그걸 느끼지 못하는지 울면서 부둥켜안기만 했다.

그렇게 한다고 해서 죽은 이가 돌아오는 것도 아닌데 말이다.

"소문주. 복수는 해야지."

부르르르!

설아린이 순간 움찔거렸다.

복수라는 단어에 반응한 것이었다.

"저놈은 소문주가 마무리 짓는 게 맞는 것 같은데."

이어지는 말에 설아린이 고개를 돌렸다.

그런데 그녀의 눈빛이 심상치 않았다.

살기와 귀기가 뒤섞인 무시무시한 안광을 뿌려댔던 것이다.

지금까지 단 한 번도 보지 못한 모습이었으나 벽우진은 이해했다.

가족이자 부모와도 같았던 이가 두 명이나 죽었다.

한데 어찌 제정신을 유지할 수 있을까.

스르르륵.

얼마나 정신없이 달려왔는지 산발이 된 머리카락을 휘날리며 설아린이 몸을 일으켰다.

그런 그녀의 시선은 오직 청년에게만 향해 있었다.

"설마 날 죽이려고? 교주님의 셋째 제자인 나를?"

"못 죽일 건 뭐야?"

"크큭! 하오문 따위가 감당할 수 있겠어? 네년 따위가 말이야."

"감당하지 못하겠지. 하지만 네놈은 죽일 수 있어."

서슬 퍼런 안광을 줄기줄기 내뿜으며 설아린이 청년에게 다가갔다. 마치 너 죽고 나 죽자는 식으로 말이다.

그 서늘한 눈빛에 청년이 순간 압도당한 듯 몸을 떨었다.

더 이상 잃을 게 없다는 설아린의 모습에서 반드시 자신을 죽이고야 말겠다는 의지가 느껴져서였다.

"이, 이 자리에서 내가 죽은 게 알려지면 전쟁이다! 본교가 가장 먼저 곤륜파와 하오문을 노릴 것이다!"

청년이 발악하듯 소리쳤다.

아닌 척하고 있어도 신경을 쓰지 않을 수가 없을 거라고 생각해서였다.

"웃기는군. 고작 잔머리 굴린 게 그게 다냐? 그리 말하면 목숨은 부지할 거라 생각했나 보지?"

"잘 생각해야 할 것이다. 나를 죽이면…… 컥!"

푸욱!

청년의 말은 이어지지 못했다.

어느새 다가온 설아린의 손톱이 청년의 단전을 찔러서였다.

무인에게 있어 제2의 심장이나 마찬가지인 단전을 설아린은 조금의 망설임도 없이 파괴했다.

"정말 죽여도 되죠?"

"물론. 둘도 그걸 바랄 거다."

"이, 이년이 무슨 짓을! 지금 네년이 무슨 짓을 한 줄 아느냐!"

청년이 피를 토하며 소리쳤다.

단전이 파괴되자 눈이 돌아간 것이었다.

하지만 그의 노성에 설아린은 오히려 빙긋 웃었다.

그런데 그 미소가 너무나 섬뜩했다.

"무슨 짓이긴. 원수에게 복수하는 중이지. 아, 구구절절하게 부탁한 대로 목숨은 최대한 부지시켜 줄 거야. 네가 원하는 대로 최대한 오래. 어때? 좋지?"

부르르르!

설아린이 히죽 웃었다.

그러나 두 눈만큼은 웃고 있지 않았다.

오히려 싸늘하게 빛나며 청년의 몸 곳곳을 찔렀다.

마치 다음에 찌를 곳을 찾는 것처럼 말이다.

"미, 미친년! 이러고도 네년이 무사할 것 같으냐!"

"죽은 자는 말이 없는 법이지. 그리고 잘 모르는 모양인데 정보 조작과 흔적 지우기는 본문의 특기야."

"본교가 못 알아낼 것 같으냐!"

"또 깜빡한 모양인데 청해성은 중원이야. 네놈들의 영역이 아니라고."

설아린이 히죽 웃으며 검지를 찔렀다.

지강을 일으켜 청년의 몸 곳곳에 구멍을 냈던 것이다.

"흐어어어!"

그러나 어느 곳에서도 피는 흘러나오지 않았다.

마지막의 마지막까지 살려놓겠다는 엄포대로 설아린은 고문과 동시에 지혈도 확실하게 했다. 복수 겸 화풀이를 제대로 했던 것이다.

"장문인."

"저게 하오문의 방식, 아니, 무림의 방식이야. 혈채는 피로 갚을 수밖에 없어. 돌고 도는 게 원한이라지만 적어도 마음은 편하니까."

현주혜가 우려 섞인 눈빛을 보내왔지만 벽우진은 고개를 저었다.

정파도 아닌 정사 중간의 위치에 있는 문파가 하오문이었다.

게다가 그 문파의 수장이 참혹하게 죽었다.

저 정도는 오히려 약과였다.

"알겠습니다."

"앞으로의 전쟁에서는 저것보다 더한 광경을 보게 될 거다. 그게 싫으면 돌아가. 전 중원이 전쟁의 소용돌이에 휘말려도 주산군도까지는 가지 않을 테니."

"도망칠 생각은 없습니다. 이번에는 저 역시 참전할 생각입니다."

"그건 네 생각이고. 홀몸도 아닌데 문도들도 생각해야지. 나와 너는 입장이 달라."

벽우진이 단호하게 말했다.
막말로 곤륜파는 천년마교에 갚아야 할 빚이 있었다.
또한 문도들 전부 그 사실을 알고 있고.
하지만 보타문은 달랐다.
"충분히 생각해 보고, 고민해 보고 결정해. 시간은 아직 있으니까."
"알았어요."
"문주는 책임지는 사람이라는 걸 명심하고."
벽우진의 시선이 다시 설아린에게로 향했다.
단전이 박살 나기는 했지만 그래도 마교주의 제자 중 한 명이었다.
독심을 품고 같이 죽자고 할 수도 있기에 벽우진은 만약의 사태에 대비해 곁에 섰다. 설향이 죽어서까지 신의를 지켰으니 그 역시 그에 따른 보답을 할 생각이었다.
'그렇다고 이것으로 끝낼 생각은 없으니, 걱정 말고 가시구려.'
마지막으로 만났던 설향과 양선을 떠올리며 벽우진이 속으로 중얼거렸다.
그런데 신기하게도 뇌리에 떠오른 두 사람이 그를 향해 미소를 짓는 것 같았다.

강호가 다시 한번 발칵 뒤집혔다.
귀주성 육반수에서 벌어진 만천무제의 무덤 사건도 천년마교가 일으킨 것인데 청해성에서 다시 한번 움직임이 발견되어서였다.

그것도 벽우진을 직접적으로 노린 일에 전 중원이 들썩였다.

더불어 제갈현은 구파일방과 오대세가를 비롯해서 강호의 뭇 문파와 무가들에 서신을 보냈다. 천년마교가 본격적으로 준동할 기미를 보이니 무림맹을 결성하자는 것이었다.

"쉽지는 않을 게야."

"저 역시 그렇게 생각합니다. 아무래도 온갖 이해관계가 얽혀 있다 보니 시간이 제법 걸릴 겁니다."

"그래도 일단 구파일방과 오대세가가 주도적으로 나섰으니 예정대로 되긴 될 거야. 만천무제의 무덤도 있으니."

"죽은 사람이 엄청났죠."

벽우진의 앞에 앉아 있던 서진후가 씁쓸한 표정을 지었다.

그 역시 벽우진과 함께 갔었기에 얼마나 많은 이들이 참상을 겪었는지 알았다.

"들어간 이들 중 무려 9할이 죽었으니까."

"초입부가 아니었으면 전부 다 죽었을 겁니다."

"어쩔 수 없지. 각자의 선택이었으니."

고수며 하수며 할 거 없이 수천 명이 매장당했다.

산 하나가 허물어진 만큼 피해 역시 엄청났던 것이다.

하지만 대부분 안타까워하긴 해도 불쌍하게 생각하지는 않았다.

누가 시킨 것도 아니고 본인들 스스로가 결정해서 들어간 것이었기 때문이다.

"아, 그리고 개인적으로 육반수에서 무공비급을 얻은 이들에 대해서 조사를 했는데 역시 예상했던 대로였습니다."

··· 제2장 ···

풍운무림

"농간을 부려놨지?"

"예, 중반부까지는 제대로 된 무공구결이지만 후반부에 장난질을 해놓은 모양입니다. 안심하게 만든 후 결정적인 순간에 주화입마에 빠지게 만들어놓았다고 합니다. 그로 인해 현재 피해자만 백 명 가까이 된답니다."

"흠."

벽우진이 침음을 흘렸다.

매몰당한 인원에 비하면 별거 아닌 숫자일 수도 있지만 백 명도 결코 적은 건 아니었다. 또한 그 백 명은 나름 안전 지역까지 무공비급을 가져갈 정도의 실력자라는 걸 뜻하기도 하기에 피해는 단순히 숫자로만 판단할 수 없었다.

"제가 보기에는 자업자득이지만요. 다 자신이 익힌 무공에 믿음이 없기에 만천무제의 무덤을 들락거린 것 아니겠습니까."

"이유가 여러 가지가 있겠지. 거기까지 내가 알 바는 아니고."

"제갈가주가 걱정이 많은 모양입니다."

"본격적인 전투가 벌어지기 전까지는 제일 바쁜 사람 아냐. 아마 하루에 머리카락이 한 움큼씩 빠질걸."

"어후."

상상만 해도 끔찍하다는 듯이 서진후가 몸을 떨었다.

대머리는 나이를 막론하고 싫어서였다.

고수가 될 수 있다고 해도 대머리가 되는 건 피하고 싶은 게 속마음이었다.

"너도 조심해."

"……안 그래도 검은콩을 많이 먹고 있습니다. 신경 쓸 게 많아서 그런지 예전보다 머리카락이 많이 빠지는 것 같아서요."

"혼자 다 끌어안지 말고 좀 나눠. 그러려고 일곱 명이나 뽑은 거 아냐?"

"그렇긴 합니다만 아직 못 미더워서요."

"네가 있어야지만 비청단이 굴러간다고 생각하면 착각이야. 너 없어도 어찌어찌 굴러는 간다."

의자에 비스듬히 앉은 채로 벽우진이 손가락을 까딱거렸다.

그가 보기에는 책임감이 너무 과한 것 같아서였다.

물론 규모를 더 키워야 하는 건 맞았지만 그렇다고 역량 이상을 할 필요는 없었다.

"너무 잔인한 말씀인데요."

"사실이기도 하지. 그리고 나 없어도 곤륜파는 굴러가잖아?"

"사형이 계시기에 별 탈 없이 굴러가는 것입니다."

서진후가 진지한 얼굴로 정정했다.

현재 곤륜파의 위상은 벽우진이 존재하기에 가능했다.

패선이라 불리는 벽우진이 있기에 다시 구대문파에 복귀한 것이고 말이다.

만약 벽우진이 없다면 곤륜파는 몰락했을 때로 돌아갈 터였다.

"내가 없어도 이제는 괜찮지. 대호법님도 계시고 너랑 청민도 있는데."

"그래도 사형이 계셔주셔야 합니다."

곤륜파의 적통을 이은 건 벽우진이었다.

또한 곤륜파의 모든 무공을 익히고 알고 있는 것 또한 벽우진이었고.

그런 만큼 현재 곤륜파에 있어서 벽우진은 대체할 수 없는 무인이었다.

"알았으니까 그렇게 진지하게 말하지 마. 무슨 농담을 못 하겠네."

"저도 한 이틀 정도는 쉬겠습니다. 이참에 제자들 역량도 파악할 겸."

"좋은 생각이야. 그럼 난 삼 일 정도……."

"사형은 안 되시죠. 할 일이 얼마나 많으신데요. 당장 결재할 것만 해도 산더미입니다."

"대체 왜 일이 줄어들지 않는 거야!"

벽우진이 버럭 소리를 질렀다. 매일 같이 책상에 앉아서 일을 하는데 이상하게도 봐야 할 서류는 줄지를 않아서였다.

오히려 하루가 다르게 점점 더 늘어나는 광경에 벽우진은 자기도 모르게 흥분했다.

"아무래도 현재 강호가 시끄럽지 않습니까."

"그렇다고 해도 이건 너무 하는 거 아냐?"

"장문인으로서 꼭 해야 하는 업무입니다. 어쩔 수 없지요. 그래도 일거리가 없는 것보다는 낫지 않습니까?"

"하아."

차라리 무료하던 시절이 나았다고 생각하며 벽우진이 한숨을 내쉬었다.

이제는 아무것도 하지 않고 멍하니만 있어도 행복할 것 같았다.

"그래도 육체적으로는 건강하시지 않습니까."

"대신 내 정신 건강은 날이 갈수록 나빠지고 있어. 머리카락이 빠질 지경이라고."

"숱이 엄청 많으신데요."

"악착같이 잡고 있는 거야. 내 금 같은 공력을 이용해서."

서진후가 순간 눈을 빛냈다.

마치 그런 방법이 있었냐는 듯한 눈빛이었다.

"정말 가능합니까?"

"말이 그렇다는 거지."

"흐으음."

벽우진의 대답에도 서진후는 혼자만의 상념에 빠졌다.

완전 불가능한 것만은 아니라는 생각이 들어서였다.

내공에 대해서는 밝혀진 것보다 밝혀지지 않은 게 더 많았기에 충분히 연구해 볼 만했다.

똑똑똑.

"사부님, 예지입니다."

"어, 들어와."

의자의 손잡이에 팔을 올려 턱을 괸 채로 벽우진이 대답했다.

이윽고 깔끔하게 도복을 차려입은 서예지가 집무실 안으로 들어왔다.

"하오문주가 도착했습니다."

"어디 있는데?"

"지금 막 산문을 지났다고 합니다."

"여기로 바로 데려와."

"예."

번거로울 수도 있는 일이지만 서예지는 군말 없이 대답했다.

설아린과 아는 사이이기도 했지만 설향과 양선의 죽음에 대해서 그녀도 들어서였다.

마지막까지 신의를 지켰다는 사실을 알고 있었기에 서예지는 조용히 지시에 따랐다.

"저는 이만 나가보겠습니다."

"이틀 동안 푹 쉬고 와. 아니면 본가에 다녀오던지."

"가도 편히 못 쉽니다. 강호가 난리이지 않습니까."

"집보다 여기가 더 좋다는 거냐."

벽우진이 피식 웃었다.

어째 집에 가는 걸 귀찮아하는 것 같아서였다.

"사형들도 있고, 예지도 있지 않습니까. 게다가 제가 해야 할 일도 있고요. 본가에 가면 이상하게 뒷방 늙은이가 된 것 같아서 말이지요."

"너 편한 대로 해. 곤륜산은 넓으니."

"알겠습니다."

서진후가 빙그레 웃으며 자리에서 일어났다.

그러고는 공손히 허리 숙여 인사한 후 집무실을 나섰다.

또르륵.

서예지의 안내에 따라 집무실에 도착한 설아린은 정중히 인사한 후 자리에 앉았다.

그런 그녀를 향해 벽우진은 오랜만에 손수 차를 따라주었다.

평소에는 허공섭물로 모든 걸 다했지만 오늘은 특별히 손을 사용했다.

"문주가 되었으니 그에 맞게 존중해 줘야겠지?"

"아니에요. 하시던 대로 해주세요. 그게 더 편해요."

"그래?"

"네."

설아린이 옅게 웃으며 고개를 저었다.

그러면서 새삼 벽우진이 다른 수장들과는 다르다는 걸 깨달았다.

별거 아닌 거지만 그게 상대방에게는 상당히 크게 다가왔다.

'문주님도 그래서 그런 결정을 내리신 거겠지.'

설향에게는 분명히 선택지가 있었을 터였다.

하지만 끝내 설향은 죽음을 택했다.

그리고 그 이유 중 하나가 바로 벽우진의 이런 면모 때문일 거라고 설아린은 생각했다.

"장례식은 잘 치렀나?"

"예, 와주셔서 감사합니다."

"감사는 무슨. 당연히 가야 하는 게 맞는 것을."

"그리고 늦었지만 감사 인사를 드리고 싶어요. 난데없이 찾아왔음에도 한달음에 달려가 주신 점 평생 잊지 않을게요."

자리에서 일어난 설아린이 절을 하듯 바닥에 엎드렸다.

그러나 그녀는 두 손이 바닥에 닿기도 전에 몸을 일으켜야 했다.

벽우진이 무형지기로 그녀를 일으켜 세웠던 것이다.

"그 일에 대해서는 고마워할 것 없어. 당연히 그랬어야 하는 일이니까. 오히려 내가 고맙지. 그 상황에서 의리를 지키기가 쉽지 않았을 텐데. 물론 고맙다는 말을 전할 사람은 이제 없지만."

마지막 말에 설아린이 몸을 들썩였다.

죽은 설향이 떠오른 모양이었다.

하지만 이내 그녀는 눈물을 참아냈다.

여기까지 와서 또 울 수는 없어서였다.

"장문인께서 와주셔서 사부님도 기뻐셨을 거예요."

"그랬다면 좋겠군."

고개를 주억거린 벽우진이 찻잔을 들었다.

무거워진 분위기도 환기시킬 겸 해서였다.

설아린 역시 그것을 느낀 듯 촉촉해진 눈으로 차를 천천히 들이켰다.

"청해성을 중심으로 이상 징후들을 조사하고 있는데 아직까지는 별다른 움직임을 포착하지 못했어요."

"잠시 숨을 돌리는 것일 수도 있겠지. 일단 교주의 세 번째 제자가 죽었으니까."

"저는 그래서 더더욱 달려들 거라고 생각했는데, 너무 조용해요."

"때가 되지 않았는데 그놈이 먼저 설친 것일 수도 있고."

벽우진은 설아린의 손에 죽은 청년을 떠올렸다.

생긴 것대로 논다는 말처럼 마지막까지 교활했던 녀석은 끝끝내 삶을 포기하지 않았다.

어떻게든 살아남으려 노력했다.

물론 그 끝은 결국 죽음이었지만.

"분명한 건 지금까지와는 다른 반응이라는 점이에요."

"다른 곳으로 침공할 수도 있어. 지금까지 청해성을 통해서 중원을 공격했다고 이번에도 꼭 그러라는 법은 없지."

"맞아요."

소문주 때와는 확연히 다른 모습으로 설아린이 고개를 주억거렸다.

자리가 사람을 만든다는 말처럼 예전과 달리 설아린에게는 위엄과 무게가 있었다.

그렇다고 거만한 것은 절대 아니었지만.

"가장 가깝고 편한 길이 청해성일 뿐이지 다른 길이 없는 것은 아냐."

"그래서 청해성을 중심으로 다른 곳까지 점차 넓히고 있어요. 아직 사부님의 복수는 끝난 게 아니니까요."

마교주의 셋째 제자를 죽였지만 설아린은 이게 끝이라고 생각하지 않았다.

죽은 셋째 제자는 시작일 뿐이었다.

그리고 설향과 양선이 죽은 이상 전쟁은 이미 시작되었다.

"복수에 너무 연연하지 않았으면 좋겠어. 이건 장문인으로서가 아니라 인생의 선배로서 하는 말이야. 또한 전대 문주 역시 그걸 바라지 않을 테고."

"……전면에 나설 생각은 없어요. 그 정도 전력이 안 된다는 걸 잘 알고 있으니까요. 대신 저희가 할 수 있는 방법으로 복수할 생각이에요."

"그렇다면 다행이군."

벽우진이 안도한 표정을 지었다.

복수에 눈이 돌아가지는 않은 것 같아서였다.

아직 어린 만큼 그 부분이 염려되었는데 다행히 머리는 차가운 상태인 듯싶었다.

스윽.

다행이라는 듯이 고개를 주억거리던 벽우진이 이내 책상 한쪽에 있던 책 세 권을 설아린에게 밀었다.

그러자 설아린이 얼굴 가득 의아한 표정을 지었다.

"선물이야. 나름의 보답이라고나 할까."

"……보답이요?"

"응, 봐봐."

벽우진이 눈짓했다.

그러나 설아린은 선뜻 손을 뻗지 못했다.

대신 벽우진의 눈치를 살폈다.

"제가 이런 걸 받아도 될까요?"

"당연히. 자격은 충분해. 받아야 내 마음이 조금은 편할 것 같고."

"그럼."

어깨를 으쓱거리는 벽우진의 모습에 설아린이 조심스럽게 가장 위에 있는 책을 펼쳤다.

제목 하나 없는, 만든 지 얼마 안 된 티가 나는 책의 첫 장을 설아린은 천천히 넘겼다.

그러고는 이내 눈을 부릅떴다.

"나머지도 봐. 이왕 놀랄 거면 다 보고 놀라. 하나만 보고 놀라지 말고."

설아린의 반응이 재미있다는 듯이 벽우진이 피식 웃으며 말했다.

그러자 그녀가 거부하지 않겠다는 듯이 두 번째 책과 세 번째 책도 펼쳤다.

"저, 정말 받아도 될까요?"

"말했잖아. 나름의 보답이라고. 정공도 마공도 아니니 하오문이 익히기에는 충분할 거야. 대막 쪽에서 얻은 무공을 손본 거라 그쪽에서 알아볼 수도 있는데 워낙에 많이 뜯어고쳐서 알아봐도 긴가민가하는 수준일 거야."

"……너무 과분한 선물 같아요."

지금까지 차분했던 설아린이 얼떨떨한 표정을 지으며 무공서 세 권을 내려놓았다.

물론 속마음은 당장에라도 이 세 권의 무공서를 품에 넣고 싶었다.

간략하게 살펴봤지만 이 세 권은 하오문이 그토록 원하던 상승무학들이었다.

그것도 따로 따로가 아닌 하나로 연결된 완벽한 무공서 말이다.

꿀꺽!

그녀는 물론이고 설향 역시 너무나 바라던 상승무학이었지만 그렇기에 부담이 되었다.

어중간한 것도 아니고 웬만한 대문파의 비전무학과 비교해도 뒤떨어지지 않는 수준이었기에 설아린은 선뜻 무공서를 받을 수 없었다.

"수준이 상당하긴 하지?"

"상당한 수준이 아니라, 엄청난데요."

"그렇기에 더더욱 하오문에게 필요한 무공들이지. 나름 수집한 상승무공은 많겠지만 다 결점이 있을 거야. 안 그래?"

"맞아요. 뛰어난 검법서가 있지만 그에 맞는 내공심법이 없어 제대로 활용하지 못하는 경우가 비일비재해요. 물론 상승무리가 담겨 있는 무공서이기에 활용 가치가 전혀 없는 건 아니지만 문제는 참고할 수 있는 수준까지 올라가야 한다는 전제 조건이 있으니까요."

정보력으로는 개방과 함께 중원 제일을 다투는 곳이 바로 하오문이었다. 그런 하오문에 상승무공서가 없다는 게 말이 안 됐다. 지금까지 축적해 온 세월이 얼마인데.

다만 검법이든 권법이든 그 정수를 온전히 발휘하기 위해서는 짝이 되는 내공심법이 필수였다.

그런데 그게 하오문에는 부족했다.

짝이 맞는 것들이 있다 하더라도 그걸 알아볼 만한 안목이 있는 이도 드물었고.

"그래서 주는 거야. 지금 하오문에 가장 필요한 게 이거라고 생각해서. 또한 남자, 여자 모두가 극성으로 익힐 수 있도록 손을 봤으니 무리 없이 연공할 수 있을 거야."

"장문인……."

세심한 배려에 설아린이 감격한 표정을 지었다.

다짜고짜 도와달라고 매달렸을 때 아무것도 재지 않고 달려가 준 것만 해도 설아린은 사실 너무나 감동했었다.

평소에는 뭐든지 다 해줄 것만 같던 이가 정작 중요할 때는 망설이고 말을 돌리는 경우를 그녀는 수없이 봤었다.

하지만 벽우진은 달랐다.

'그런데 이런 선물까지…….'

곤륜파라는 명문대파의 장문인임에도 벽우진은 설향의 장례식까지 친히 왔었다.

물론 다른 이들에게 피해가 가지 않게 조용히 왔다 갔지만 그것만으로도 대단한 일이었다.

하오문 역사상 전례가 없던 일이기도 하고.

"그런 표정 지을 것 없어. 받은 만큼 돌려주는 것뿐이니까."

"돌려받는 게 너무 과한 것 같아요."

"과하지 않아, 내 기준에는. 그리고 어차피 그 무공들 가지고 있어 봐야 무공서고 구석에 처박혀 있을 뿐이다. 그럴 바에는 필요한 사람이 익히는 게 낫지. 내 것도 아닌데."

"정말, 정말 감사합니다."

설아린이 그렁그렁한 눈으로 다시 한번 절을 했다.

이렇게라도 감사한 마음을 전하고 싶어서였다.

하지만 이번 역시 그녀는 얼마 안 가 몸을 세울 수밖에 없었다.

"말했잖아. 먼저 손을 놓지 않는 한 나 역시 손을 놓지 않을 것이라고."

"흑!"

지금까지 의젓하게 앉아 있던 설아린이 결국 눈물을 흘렸다.

그러나 울면서도 그녀는 웃었다. 벽우진의 한마디가 너무나 든든해서. 또한 어째서 설향이 그토록 벽우진과 곤륜파에 신경 썼는지도 깨달았다.

'사부님은 아셨던 거야. 장문인이 이런 분이시라는 걸. 그래서 다른 선택지가 있었음에도 죽음을 선택하신 거지.'

설향과 양선의 마지막 표정을 떠올리며 설아린은 중얼거렸다.

이제야 완벽하게 그 표정들이 이해되어서였다.

"일단은 내부부터 수습해. 전대 문주의 죽음으로 알게 모르게 시끄러울 것 같은데."

"무룡대가 있어서 괜찮아요. 적어도 무력에서는 밀리지 않으니까요."

"도움이 필요하면 얘기하고."

소매로 눈가를 훔치며 설아린이 고개를 저었다.

그런 그녀의 눈은 단호했다.

"이 정도쯤은 저 혼자서도 할 수 있어요. 아니, 해내야 해요."

"그렇다면야."

"마음만 감사히 받을게요."

결연한 표정으로 말하는 그녀의 모습에 벽우진은 고개를 주억거렸다.

얼굴과 기세를 보아하니 잘할 것 같아서였다.

그렇게 하는 게 가장 좋기도 했고.

또르륵.

벽우진은 차호를 들어 반쯤 비어 있는 설아린의 찻잔에 차를 따라주었다.

나름 응원한다는 의미였다.

그걸 설아린도 알아차렸는지 옅게 웃으며 두 손으로 공손히 차를 받았다.

육반수에서 돌아온 제갈현은 하루가 어떻게 지나는지도 모를 정도로 정신없이 보냈다.

암약하고 있을 거라 예상했던 천년마교가 드디어 손톱을 드러냈기에 중원무림, 정확하게는 정파 역시 준비를 해야 했다.

머지않을 정마대전(正魔大戰)을 대비해서 말이다.

"그런데 이렇게 의견 수렴이 안 되어서야……."

집무실에 앉아 있던 제갈현이 깊은 한숨을 내쉬었다.

정마대전을 준비해야 한다는 것은 모두가 알고 있었다.

또한 무림맹을 결성해야 한다는 데에도 모두 동의했다.

하지만 문제는 어느 누구 하나 선뜻 나서는 이가 없다는 점이었다.

"자기만 피해 입기는 싫다는 거겠지. 그게 이해 안 가는 것은 아니지만 그래도 물은 흐리지 말았으면 좋겠는데."

제갈현의 눈매가 날카로워졌다.

그 역시 제갈세가라는 가문을 이끄는 사람이기에 그들의 마음을 모르는 것은 아니었다.

하지만 지금은 입씨름을 하고 있을 때가 아니었다.

상대는 최강, 최악의 적이라고 할 수 있는 천년마교였다.

그것도 단일 세력으로는 적수를 찾아볼 수가 없는.

게다가 천년마교가 무서운 점은 교주가 절대 권력을 가지고 있다는 점이었다.

"한 명에게 집중된 권력. 거기에 막강한 전력까지. 천년마교를 막으려면 모두가 힘을 합쳐야 하건만."

제갈현의 한숨이 깊어졌다.

말하는 걸 보면 진짜 못나다 못해 한심해서였다.

지금은 얼마만큼의 피해를 입을지 걱정할 때가 아니었다.

어떻게든 막아낼 방도를 찾고 대비해야 할 때인데 누구 하나 그걸 생각하지 않고 있었다.

"더 큰 문제는 지레 겁부터 먹었다는 것이지."

제갈현이 두 눈을 감았다.

사실 육반수의 참변을 봤을 때 그는 내심 기대했었다.

악독하기 짝이 없는 천년마교의 음모에 중원무림이 울분을 터뜨리며 들고 일어나지 않을까 싶었던 것이다.

하지만 결과는 오히려 정반대였다.

'아직까지도 눈치 보기 바쁘니.'

육반수의 참변 이후 흉흉한 소문이 계속해서 들려왔다.

운 좋게 만천무제의 무공비급 진품을 입수한 이들이 연공 중에 주화입마에 빠졌다느니, 반신 불구가 되었다느니 하는 소문들 말이다.

그런데 문제는 그게 단순한 소문이 아니라는 점이었다.

"청해성에서도 활동한 흔적이 드러났지."

자세한 사정은 파악하지 못했지만 천년마교에서 제법 거물급 인사가 청해성에서 무슨 일을 도모했다는 사실은 알고 있었다.

그 일에 벽우진이 연관되어 있다는 사실도 말이다.

"사실 청해성은 크게 걱정할 필요가 없지."

규모는 작았지만 대신 곤륜파에는 벽우진이 있었다.

또한 잘 드러나지 않았을 뿐이지 대단한 고수들이 여럿 웅크리고 있는 게 곤륜파였다.

그렇기에 제갈현은 청해성에 대해서는 크게 신경 쓰지 않았다.

다른 길목인 사천성 역시 과거의 성세를 회복한 사천당가와 전통의 강호, 청성파와 아미파가 자리 잡고 있었기에 딱히 걱정할 게 없었다.

"문제는 전쟁이지."

길목에 무시 못 할 전력을 갖춘 네 곳이 있었지만 그건 말 그대로 저지선이었다.

본격적으로 전쟁이 시작된다면 그건 큰 의미가 없었다.

그 사실을 육반수의 일로 증명하기도 했고.

때문에 제갈현은 하루라도 빨리 무림맹을 설립해야 한다고 생각하는데 정작 결과는 지지부진했다.

"하아. 조직이라는 게 말로 한다고 뚝딱 만들어지는 게 아닌데 말이지."

정마대전이 코앞까지 다가왔음을 모두가 알았다.

그런데 그놈의 권력 다툼과 이권 때문에 좀처럼 의견이 조율되지 않았다.

"이런 식이라면 쓸데없이 시간만 흐를 뿐이야. 그렇다면 누구 하나가 나서서 강하게 주도를 해야 하는데……."

제갈현이 중얼거렸다.

똑똑한 그는 자신의 위치를 아주 잘 알았다.

무림맹을 결성하는 데 지대한 역할을 할 수는 있지만 딱 거기까지였다.

그는 어디까지나 보조자였지 주인공은 아니었다.

'그럴 마음도 없고.'

제갈현은 옅게 웃으며 무림맹주로 추대할 사람을 생각했다.

그러자 세 명의 후보군으로 압축됐다.

누구라도 인정할 수밖에 없는 이는 그가 생각하기에 딱 세 명밖에 없는 것 같아서였다.

"다만 문제는 누구도 무림맹주라는 자리를 원하지 않는다는 건가."

하필이면 세 명 다 도문(道門)의 수장들이었다.

물론 후보군을 좀 더 넓히면 다섯 명까지 가능했지만 솔직한 마음으로 나머지 두 명은 조금 위험하다고 생각했다.

대의를 최우선적으로 생각하지는 않을 것 같아서였다.

무위로나 배분으로나 앞서 고려했던 세 명에 비교해서 확연히 떨어지기도 했고.

"흐음."

제갈현의 표정이 심각해졌다.

다섯 명까지 늘릴 필요 없이 세 명의 후보군에서 무림맹주를 추대하는 게 여러모로 나을 것 같다는 생각이 들어서였다.

"문제는 과연 무림맹주라는 자리를 받아들일 것이냐는 건데……."

제갈현이 말끝을 흐렸다.

다른 이라면 무슨 수를 써서라도 차지하고 싶어 하겠지만 안타깝게도 그 세 사람에게는 해당 사항이 없었다.

오히려 귀찮은 자리를 떠맡았다고 생각할 가능성이 컸다.

"역정이나 듣지 않으면 다행이지."

가장 먼저 떠올랐던 한 명을 떠올리며 제갈현이 피식 웃었다.

말을 꺼내기 무섭게 노성부터 토해낼 게 자명해서였다.

남들은 앉고 싶어 난리인 자리였지만 그는 오히려 콧방귀를 뀔 게 분명했다.

"분명 귀찮다며 새끼손가락으로 귀만 파겠지."

굳이 보지 않아도 충분히 연상되는 모습에 제갈현은 고개를 절레절레 저었다.

누가 뭐래도 현 강호에게 가장 영향력이 큰 인물이 바로 그였지만 정작 그는 세상일에 큰 관심이 없었다.

명예도 딱히 바라지 않았고 말이다.

"그래도 일단은 가봐야겠지. 설득의 여지가 아예 없는 건 아니니까. 안 돼도 차선책도 있고."

제갈현은 두 번째와 세 번째 후보를 떠올렸다.

첫 번째 후보보다는 그나마 가능성이 높은 두 사람이었다.

물론 그렇다고 해서 쉬운 상대는 또 아니었지만.

그래도 책임감이라는 부분에서는 첫 번째 후보보다 두 사람이 월등히 앞서 있었다.

"일단은 욕먹을 각오로 가야겠지."

제갈현이 자리에서 일어났다.

쇠뿔도 단김에 빼랬다고 마음먹은 순간 움직일 생각이었다.

거리가 제법 멀기는 하지만 부지런히 움직이면 또 못 다녀올 거리는 아니었다.

"겸사겸사 그쪽 분위기도 살필 겸. 아무래도 가장 가능성 높은 지역이 바로 그곳이니까."

집무실을 나서기 무섭게 미리 준비하고 있었다는 듯이 수행원이 은밀히 따라붙었다.

아무래도 정세가 정세이다 보니 제갈현도 혼자 움직이는 걸 고집하지 않았다.

혼자서도 제 한 몸 건사할 자신이 있는 그였지만 상대가 천년마교라면 조심하고 또 조심해야 했다.

사마세가도 멸문한 상황에서 그마저 제거된다면 중원무림은 가뜩이나 힘겨운 싸움을 더욱 힘들게 치러야 했다.

'두렵지는 않지만 가장 귀찮은 존재 중 하나인 것은 사실일 테니까.'

어깨를 으쓱거리며 중얼거린 제갈현이 단숨에 장원을 나섰다.

망설이지 않고 서북 방향으로 나아갔던 것이다.

탁 트인 하늘 아래 우뚝 솟은 산들이 줄줄이 이어진 모습에 여섯 명 중 다섯 명이 눈을 빛냈다.

여기까지 오면서 수많은 산들을 봐왔지만 곤륜산은 다른 산들과 다른 묘한 분위기가 있었다.

보는 순간 범상치 않은 영험함을 느낄 수 있다고나 할까.

그야말로 장관이라는 말이 절로 떠오르는 곤륜산의 모습에 다섯 명은 좀처럼 눈을 떼지 못했다.

"여기가 바로 저의 두 번째 고향인 곤륜산이로군요."

"처음 온 주제에 두 번째 고향은 무슨."

"사부님의 제자가 된 순간부터 제 두 번째 고향이 되었습니다. 근데 처음인데도 이상하게 포근한 느낌이 들어요. 제가 곤륜파의 무공을 익혀서 그런 것이겠죠?"

"그런 점도 없잖아 있겠지?"

도일수가 옅게 웃으며 석정후의 머리를 쓰다듬었다.

제법 오랫동안 동고동락해서 그런지 둘 다 서로를 상당히 편하게 대했다.

"저도 곤륜산은 처음인데, 멋지네요. 중원오악을 다 가봤는데 곤륜산도 그에 못지않은 것 같습니다."

"빈말인 게 너무 티가 나는데?"

"아이고, 공자님. 제 눈과 목소리에 담긴 진심이 보이지 않으시는 겁니까?"

"응."

수행원으로 데려온 곽춘이 호들갑스럽게 너스레를 떨었다.

자기 딴에는 진심을 담아 말했는데 석정후가 너무 곡해해서 듣는 것 같아서였다.

"섭섭합니다요, 공자님."

"섭섭은 무슨. 가슴에 손을 얹고 다시 한번 생각해 봐. 내가 빈말을 하지는 않았나."

"어후."

"뭐야? 지금 내 앞에서 한숨 쉰 거야? 내가 나이 어리다고 무시하는 거야?"

"그런 게 아니라는 걸 아시잖습니까."

곽춘이 울상을 지었다.

그러면서 도와달라는 눈빛으로 백륜을 쳐다봤다.

하지만 백륜은 호위무사이지 석정후의 윗사람이 아니었다.

"아니긴. 내가 지금까지 당한 게 한두 번이 아닌데."

"그, 그때는요……."

곽춘이 눈치를 살폈다.

아니라고 잡아떼기에는 증거와 증인이 너무나 많았다.

그래서 곽춘은 슬그머니 시선을 피했다.

"올라가자. 점심은 집에서 먹어야지."

"아, 넵!"

대화가 길어질 기미를 보이자 도일수가 끼어들어 정리했다.

이대로 있다가는 식사 시간을 놓칠 것 같아서였다.

"곤륜산은 진짜 멋진 것 같습니다."

"모용 소협도 곤륜산은 처음이시죠?"

"예, 근데 오길 잘했다는 생각이 듭니다. 중원오악을 전부 다 보지는 못했지만 곤륜산은 곤륜산만의 특별한 기운을 가지고 있는 것 같습니다. 그러니 벽 장문인 같은 분도 배출한 것이겠죠?"

"어, 사부님은 굳이 곤륜산의 정기가 아니더라도 특별하셨을 겁니다. 하하하."

초롱초롱한 모용휘의 시선을 슬쩍 피하며 도일수가 어색하게 웃었다. 벽우진이라면 굳이 곤륜산이 아니었어도 특출 났을 것 같아서였다.

"이번에는 저도 가르침을 받았으면 좋겠습니다. 이제는 부상도 다 나았으니까요."

"제가 한번 여쭤보겠습니다."

"그래 주시겠습니까?"

모용휘가 도일수의 손을 덥석 잡았다. 안 그래도 어떻게 말을 꺼내야 하나 고민하고 있었는데 그걸 도일수가 덜어주어서였다.

"하하. 말을 꺼내는 건 어렵지 않으니까요."

"사형에게만 쉬운 거예요. 저만 하더라도 눈치 많이 보는 걸요."

"그건 네 스스로가 눈치를 보려고 해서 그래. 의외로 사부님은 격식 차리는 거 별로 안 좋아하셔. 만약 사문이 건재했으면 장문인 자리에 절대 안 앉으셨을걸. 장로 자리도 억지로 앉으셨을 거야."

"그런가요?"

석정후가 고개를 갸웃거렸다.

짧은 시간밖에 함께하지 못했지만 그럼에도 격의 없이 지내는 것 같아 보이지는 않아서였다.

"구파일방의 다른 장문인들을 생각해 봐."

"아."

"차이가 있지?"

"정말 그러네요."

딱딱한 분위기의 소림사와 무당파를 생각하자 곤륜파의 분위기가 상당히 유연하다는 것을 느낄 수 있었다.

예의는 차리지만 격식에는 크게 얽매이지 않는다는 걸 깨달았던 것이다.

"저는 진즉부터 알고 있었는데."

"에이. 그건 아니다."

"공자님에게 제자가 되어 보지 않겠느냐고 물었을 때 저는 느꼈지요."

"그때는 나도 깜짝 놀랐지. 그런 제안을 받을 줄은 몰랐으니까."

비탈길을 오르며 석정후가 고개를 주억거렸다.

지금도 눈을 감으면 그때의 기억이 선명하게 떠올랐다.

마지막 기회라는 생각으로, 도박에 가까운 모험인 걸 알면서도 석정후는 벽우진을 찾아갔다.

그것 말고는 타개책이 보이지 않아서였다.

한데 그 선택이 그의 운명을 바꿨다.

"저도요. 순간 그럴 리 없겠지만 장문인이 아니라 다른 사람이 사칭한 것은 아닐까 생각했었어요. 공자님을 꼬드겨서 돈을 탈취하려는 것은 아닐까 하고요."

"사실. 나도 그랬어. 아마 사저를 보지 않았다면 정말 그렇게 생각했을 거야."

"그게 컸죠."

백륜이 고개를 주억거렸다.

벽우진이야 비슷하게 생긴 사람을 찾으려고 한다면 찾을 수 있을 터였다.

하지만 서예지는 아니었다.

"뭐, 꼭 그 이유가 아니더라도 나로서는 선택의 여지가 없기는 했지만."

"맞아요. 그리고 결과적으로는 잘 풀렸잖아요."

"그야말로 황금 동아줄이었지. 에헴!"

석정후가 콧대를 세웠다.

그때의 선택 이후로 정말 승승장구하고 있어서였다.

계속해서 좋은 일이 벌어지고 있다랄까.

"흉흉한 강호 정세와 달리 곤륜파를 찾는 사람들이 많네요."

"그만큼 사부님을 믿는다는 뜻 아니겠어요?"

"그렇게 볼 수도 있겠네요."

조금은 걱정 어린 눈으로 곤륜파의 산문을 오고 가는 일반 양민들을 쳐다보던 모용휘가 고개를 주억거렸다.

확실히 패선이라면 믿음이 갈 수밖에 없다고 생각해서였다.

"어? 저분 검후 아니에요?"

"맞는 거 같은데?"

"응?"

검후라는 말에 모두의 시선이 집중되었다.

특히 모용휘의 눈빛이 가장 강렬했다.

그는 거의 조건 반사적으로 반응했다.

"외출 나갔다가 오신 모양이에요."

"그런 것 같네. 근데 옆에 서 사저도 계신 것 같은데."

도일수가 미간을 좁혔다.

거리도 거리지만 주변에 사람이 많아서였다.

"두 분 사이가 별로라는 말이 있던데."

"나도 들었어."

"근데 헛소문인 모양이네요. 저렇게 나란히 걷고 계신 걸 보면."

꿀꺽!

도일수와 대화하던 석정후가 고개를 돌렸다.

옆에서 너무나 크게 침 삼키는 소리가 들렸기 때문이다.

그런데 그의 시선이 향한 곳을 확인하던 석정후가 묘한 표정을 지었다. 뜻밖의 결과에 살짝 놀란 것이었다.

'사저가 아니라 보타문주를?'

석정후가 고개를 갸웃거렸다.

아무리 젊어 보인다지만 검후의 나이는 불혹이 넘었다.

나이 차이만 거의 스무 살 가까이 났다.

그래서 석정후는 의아한 표정을 감추지 못했다.

"모용 소협?"

"아, 죄송합니다."

"죄송할 것까지는 없고요. 그런데 보타문주님께 관심이 많으신 모양입니다. 저희 사저가 함께 있는데도 보타문주님만 쳐다보시는 걸 보면요."

"아, 예. 아무래도 태성전 우승자이시지 않습니까. 자랑하는 것 같지만 저는 용봉전 우승자고요. 그렇다 보니 아무래도 시선이 자연스럽게 가게 되네요. 하하핫!"

나름 자연스럽게 연기한다고 하는 것 같았지만 다른 사람이 보기에는 어색하기 짝이 없었다.

핑계도 궁색하기 그지없었고.

하지만 다들 좋게 넘어갔다.

개인의 취향은 존중해 주어야 한다고 생각해서였다.

"사저!"

"응?"

모두가 알면서 모른 척하고 넘어갈 때 도일수가 손을 번쩍 들며 소리쳤다.

그러자 나긋나긋하게 걸어가던 서예지가 몸을 돌렸다.

뒤에서 들려오는 익숙한 목소리에 몸이 반사적으로 반응한 것이었다.

"오랜만입니다, 사저."

"도 사제?"

서예지의 동공이 서서히 확대되었다.

생각지도 못한 도일수의 등장에 놀란 것이었다.

하지만 놀란 기색은 잠시뿐이었고 그녀는 이내 얼굴 가득 반가운 표정을 지었다.

"잘 지내셨죠?"

"정후는 어떡하고 온 거야?"

"짜잔! 저도 왔습니다!"

도일수의 등 뒤에 숨어 있던 석정후가 장난치듯 두 팔을 활짝 벌리며 소리쳤다.

그 모습에 서예지가 실소를 흘렸다.

"이렇게 와도 돼?"

"예, 본가에서 할 일은 다 했거든요. 사실대로 말하면 할 수 있는 일만 다 했다고나 할까요."

"일단은 와 있어도 된다는 뜻이지?"

"네, 한 번은 꼭 와보고 싶기도 했고요. 곤륜산은 이제 저의 두 번째 고향이니까요. 어쩌면 진짜 고향이 될 수도 있고요."

"말은."

서예지가 약하게 꿀밤을 먹였다.

누가 장사꾼 아니랄까 봐 말은 청산유수였다.

"헤헤헤!"

"올라가자. 사부님께 인사드려야지."

"넵!"

대답과 함께 석정후는 현주혜에게도 인사했다.

안면이 있기에 어색한 것은 없었다.

다만 문제는 곽춘과 모용휘였다.

둘 다 검후라 불리는 현주혜와의 대면은 처음이었기에 상당히 굳은 모습으로 인사를 주고받았다.

"여, 영광입니다."

"……?"

특히 모용휘는 터질 것처럼 붉어진 얼굴로 현주혜에게 포권했다.

누가 봐도 사심이 가득 든 모습으로 말이다.

그런 모용휘의 모습에 현주혜가 살짝 당혹스러운 표정을 지었다.

"천하무림 비무 대회 때 정말 감명 깊게 봤습니다. 모든 대결을요."

"아, 응."

열변을 토하듯 빠르게 말하는 모용휘의 모습에 현주혜가 어색하게 웃었다.

어떻게 반응해야 하는지 모르겠다는 표정이었다.

그런 그녀를 서예지가 구해주었다.

"일단 올라가죠. 여기서 이러는 것도 민폐니까요."

"아, 죄송합니다!"

"모용 소협은 네 손님이야?"

"네, 곤륜산에 한번 가보고 싶다고 해서요."

석정후가 곧바로 대답했다.

그러면서 빠르게 서예지의 표정을 살폈다.

혹시나 불편해하지는 않나 저어되어서였다.

"견문을 넓히는 것도 중요하지."

다행히 서예지는 모용휘의 합류에 대해서는 별다른 관심이 없는지 몸을 돌렸다.

그 모습에 석정후가 작게 안도의 한숨을 내쉬었다.

혹시나 주제넘은 건 아닐까 걱정했었는데 다행히 그렇게 생각하지는 않는 듯했다.

"너에게나 중요한 사람이지 우리에게는 아니야. 그러니까 너무 신경 쓰지 마."

"새삼 제 사문이 대단하단 걸 느끼네요."

"대단하지. 당대의 천하제일인이 웅크리고 있는 곳인데. 물론 민심 역시 탄탄하고."

"그건 저도 느꼈어요. 변방이나 마찬가지인데 이상하게 다른 성들보다 더 안정적인 느낌이랄까요."

석정후가 의외라는 표정을 지었다.

중원보다는 세외에 더 가까운 곳인데 이상하게 치안이 더 안정적인 것 같아서였다.

"사부님이 계시니까. 어느 누가 설치겠어? 사부님 성격을 모르는 것도 아니고."

"하긴. 그렇죠. 산적이고 수적이고 그냥 다 때려잡으시니까요."

명예와 권력, 힘을 모두 가지고 있지만 그걸 이용하지 않았다.

그것만으로도 대단한데 벽우진은 악의 무리들이 날뛰는 걸 용납하지 않았다.

때문에 청해성은 현재 그 어떤 곳보다 안전하고 조용한 지역이었다.

"살짝 과장된 것도 있지만 말이지."

"그건 알려지지 않는 게 좋은 것 같아요."

"녀석. 들어가자."

대화하는 사이 어느새 옥청궁 앞까지 도착해 있었다.

그래서 도일수는 옷매무시를 한 번 더 신경 쓰고는 옥청궁 안으로 들어갔다.

석정후와 단둘이 남게 된 벽우진이 차를 마시며 혀를 찼다.

들어오자마자 대뜸 큰절부터 하던 모습의 여파가 아직도 남아 있었던 것이다.

"큰절이 뭐야, 큰절이."

"헤헤! 오랜만에 인사드리는 것이지 않습니까. 당연히 인사는 큰절이죠."

"다른 사람들 놀란 건 안 보이지?"

"슬쩍 둘러봤는데 크게 놀란 사람은 없던데요?"

한마디도 지지 않는 석정후의 모습에 벽우진이 고개를 저었다.

언뜻 서진후의 모습이 떠올라서였다.

서진후 역시 어렸을 적에는 저렇게 당돌했었다.

할 말 못 할 말 가리지 않았었다.

"언젠가 말로 크게 다칠 일이 있을 게다."

"조심, 또 조심하겠습니다."

"근데 여기까지는 무슨 일이야? 석가장을 집어삼키겠다며 호기롭게 갈 땐 언제고. 더구나 둘째가 죽어서 기회이지 않나?"

거리가 상당했지만 석가장에 관한 보고는 지속적으로 받고 있었다.

도일수와 비청단을 통해서 말이다.

"작은형의 죽음은 정말 생각지도 못한 일이긴 했죠. 욕심이 많은 사람이라는 건 예전부터 알고 있었지만 만천무제의 무덤에 직접 들어갈 줄은 몰랐어요."

"석가장 측에서는 아예 포기했다고 하던데."

"살아 있을 확률이 극히 적은 게 사실이니까요. 다른 곳에서 다 나섰지만 발견한 건 시체뿐이기도 하고요. 아주 희박한 가능성이지만 살아 있다면 진즉 빠져나왔겠죠. 어떤 방식으로든요. 그런데 아직까지 나타나지 않았다는 건 죽었다는 거죠. 장례식도 이미 치렀고요."

"석가장에는 안 좋은 일이지만 너에게는 호재이기도 하지. 근데 그 중요한 시점에서 네가 왔단 말이지."

벽우진이 묘한 눈빛으로 석정후를 쳐다봤다. 누가 봐도 그에게 좋은 상황인데 석가장을 떠나온 게 의아해서였다.

그렇다고 쫓겨난 얼굴은 또 아니었다.

"분명 호재이기는 한데, 저보다는 큰형에게 더 호재이더라고요."

"이 공자를 지지했던 이들이 일 공자에게로 넘어간 모양이군."

"예, 이미 판이 기울었다고 생각하는 것 같아요. 제가 있는데."

석정후가 입술을 삐죽 내밀었다.

아무리 큰형과 나이 차이가 많이 난다고 하지만 그래도 그 역시 석가장주의 아들이었다.

엄연히 후계자 중 한 명인 것이다.

하지만 석가장 중역들이나 간부들의 생각은 다른 듯했다.

"아직 보여준 게 없으니까. 현실은 냉정히 봐야지."

"전 이제 막 시작했는데요."

"그래서 도망친 거야?"

"아뇨! 생각을 조금 달리했을 뿐이에요."

석정후가 크게 소리치며 고개를 저었다.

그런 그의 두 눈에는 여전히 열정이 뜨겁게 피어오르고 있었다.

처음 만났던 그때 그 눈빛처럼 말이다.

"생각을 달리 했다라."

"아예 실속이 없었던 것은 아니에요. 이미 기반이 잡혀 있는 큰형 쪽에게 가세해 봤자 얻을 게 별로 없다는 걸 모두가 알고 있으니까요. 그리고 모험을 하려는 이들도 분명히 존재하고요. 또 큰형의 방식을 싫어하는 이들도 있고요."

"내 말이. 그들을 포섭해야 할 네가 여기에 와 있는 게 난 이해가 안 간다고. 정신없이 사람들을 만나고 다녀도 모자랄 판에."

"이미 다 끝냈어요."

벽우진이 눈을 동그랗게 떴다.

예상치 못한 말에 놀란 것이다.

"응?"

"다 끝냈어요. 숫자가 얼마 되지 않아서 그리 오래 걸리지도 않던걸요."

"네 성격상 포기했을 리는 없고. 모용세가의 아이와 연관이 있는 건가?"

"비슷해요."

석정후가 자신만만하게 웃었다.

도망자나 배신자라고는 보기 힘든 얼굴로 말이다.

"궁금하구나. 네가 무슨 생각을 하고 있는지."

"석가장을 포기한 것은 아니에요. 그런데 문득 이런 생각이 들더라고요. 석가장을 가지고 싶지만 굳이 연연할 필요는 없다는. 최선을 다했는데도 손에 넣을 수 없다면 그때는 차라리 과감하게 포기하고 새로 만드는 것도 나쁘지 않다고요."

"호오."

벽우진이 눈을 빛냈다.

무슨 말인지 그는 단번에 이해가 되었던 것이다.

동시에 역시 물건은 물건이라는 생각이 들었다.

"더구나 저에게는 본보기가 이렇게 앞에 있지 않습니까. 다 무너진 곤륜파를 홀로 일으켜 세우신 사부님이요. 사부님도 하셨는데 제자인 제가 못 할 것은 없지요. 오히려 어떤 의미에서는 새로운 석가장을 만드는 것도 나쁘지 않다고 생각해요. 더 크게 키워서 큰형의 석가장을 집어삼켜도 되고요."

"야망은 진짜 크다니까."

"자고로 사내대장부는 가슴에 한 개 정도의 야망은 품어야 하지 않겠습니다! 비록 꿈을 향해 달려가다 고꾸라져도 말이지요."

"그래서 모용휘를 데리고 왔군."

"아무래도 비슷한 처지이니까요. 그래서인지 말이 잘 통하더라고요. 근데 취향이 좀 독특한 거 같아요."

석정후가 미간을 좁혔다.

완벽한 동반자라고 생각했는데 아까 전의 모습을 보고 생각이 조금 달라졌다.

약간의 걱정이 들었던 것이다.

"취향?"

"예, 보타문주를 보는 눈빛이 심상치 않더라고요. 동경심이라고 하기에는 조금 께름칙하다고나 할까요."

"남자가 여자 좋아하는 게 뭐 어때서. 오히려 남색에 빠져 있는 것보다는 낫지."

"그건 그러네요."

석정후가 고개를 끄덕였다.

생각해 보니 남색보다는 나은 것 같아서였다.

동시에 벽우진이 새삼 긍정적으로 생각한다는 것도 깨달았다.

"그리고 너보다 나이 많은 사람을 함부로 재단하는 거 아니다. 섣부른 판단이 큰 화를 가져올 수도 있음을 명심해야 해."

"각골명심하겠습니다!"

"넉살은. 근데 자신은 있는 거겠지? 포부만 그렇게 말해놓고 십 년 후에 쫄딱 망해서 찾아오는 건 아닌지 모르겠구나."

"그럴 리가요. 단순히 포부만 밝히려고 사부님을 찾아뵌 것이 아닙니다. 진짜는 지금부터입니다."

눈을 빛내며 석정후가 자세를 바로 했다.

그 모습에 벽우진이 계속 말해보라는 듯이 눈짓하며 차를 마셨다.

"제가 비록 본가에서 나온 상태지만 그렇다고 위태위태한 상황은 아닙니다. 나름 확고하게 지지 기반을 잡아놓았거든요. 물론 큰형에 비하면 조족지혈이지만 그래도 작은형이 있을 때보다는 상당히 탄탄해진 상태입니다."

"그 정도가 아니었으면 네가 아예 안 나왔겠지?"

"맞습니다. 다름이 아니라 제가 사부님을 찾아온 것은 기회를 잡기 위해서입니다."

"기회?"

"예!"

석정후가 두 눈을 초롱초롱하게 빛내며 대답했다.

하지만 설명이 부족한 듯 벽우진은 미간을 좁혔다.

"무슨 기회?"

"저의 능력과 가치를 높일 기회요. 자고로 위기의 뒷면에는 기회가 있다는 말도 있지 않습니까."

"정마 전쟁?"

"예, 전쟁은 단순히 싸움만 하는 게 아니니까요. 전쟁에 많은 자금이 필요하단 말은 반대로 누군가는 돈을 번다는 뜻이지요."

벽우진이 고개를 주억거렸다.

이제야 석정후가 왜 석가장을 나왔는지 이해가 되었던 것이다.

그러면서 벽우진은 사뭇 놀랍다는 표정을 지었다.

행동력이 대단하다는 걸 알고는 있었지만 이렇게 큰 건에 아무렇지 않게 달려들 줄은 몰랐다.

"네가 그만한 역량이 있다고 생각하느냐?"

"확답은 못 드립니다만 자신은 있습니다. 이미 준비를 하고 있는 상태고요."

"실패할 수도 있는데?"

"원래 큰 이득에는 큰 위험이 따르는 법이죠."

"그러다가 패가망신한다. 그리고 상대가 잘못되었어. 내가 아니라 제갈가주나 무림맹주를 찾아가야지."

다부진 얼굴로 말하는 석정후를 향해 벽우진은 혀를 찼다.

당찬 포부는 좋지만 상대를 잘못 고른 것 같아서였다.

하지만 그 말에 석정후는 오히려 웃었다.

"제 생각은 다릅니다. 물론 사부님이 무림맹주는 아니시죠. 그러나 제일 가까운 사람인 것은 맞습니다. 무림맹주가 안 되시더라도 아마 그 못지않게 영향력을 가지신 분이 사부님이실 겁니다."

"나를 띄워줘도 너에게 남는 거 없다."

"전쟁을 치르기 위해서는 준비할 것도, 필요한 것도 많습니다. 그런 만큼 총군사가 될 제갈가주도 고민이 많을 겁니다. 단순히 돈만 있다고 해서 전쟁을 치를 수는 없으니까요. 무릇 모든 일이 그렇듯 효율적으로 사용하는 게 중요합니다. 또한 신뢰 관계가 확실해야 하죠."

"그런 점에서 네가 제격이다?"

"예."

석정후가 단호한 얼굴로 대답했다.

아직 나이가 어리고 실력을 증명해야 했지만 그는 자신 있었다.

그에 따른 준비도 착착 하고 있었고.

"네 사부로서가 아니라 제3자로서 보자면 못 미더운 게 사실이다. 넌 나이도 어릴뿐더러 아직 네 능력을 증명해 보인 적이 없지. 그저 출사표만 내밀었을 뿐. 그건 너 스스로도 알고 있을 거다."

"맞습니다. 하지만 그게 못 할 거라고 단정 지을 이유는 되지 못한다고 생각합니다. 전 아직 제대로 시작을 못 했을 뿐이지 실패한 게 아니니까요."

"네 말도 맞다. 하지만 그건 네 생각이지 다른 이들의 생각은 아니라는 점이지. 우선 그것부터 나는 해결해야 한다고 본다. 내가 사부이지만 난 곤륜파의 장문인이다. 단순히 제자이기 때문에 도와주는 건 힘들어."

벽우진이 선을 딱 그었다.

아무리 석정후가 제자라지만 이 일은 덩어리가 너무 컸다.

그렇기에 벽우진은 신중하게 생각했다.

덩어리가 큰 만큼 뒷말이 나올 수도 있어서였다.

"사부님께 조르기 위해 찾아온 것이 아닙니다. 그 정도로 제가 염치없지는 않습니다. 다만 그럴 만한 준비를 했고, 역량이 있음을 알리기 위해서 찾아온 것입니다."

"준비를 했다라."

"세인들의 시선과 평가에 대해서는 이미 잘 알고 있습니다. 저보다는 큰형을 더 신용한다는 사실을요. 하지만 수년 동안 실적을 쌓아왔다고 해서 믿을 수 있는 건 아니지요. 장사꾼은 기본적으로 이문을 남겨야 하니까요. 그런 점에서 저는 무림맹 입장에서 나쁘지 않은 패라고 생각합니다. 같은 품질이라면 조금이라도 더 저렴한 쪽으로 마음에 가는 게 사람이지 않습니까? 게다가 저에게는 사부님과 곤륜파라는 믿을 수 있는 배경도 있고요."

"그건 석민후도 마찬가지라고 생각하는데."

벽우진이 묘한 표정으로 반문했다.

배경으로 따지자면 석민후 역시 나쁘다고 보기 힘들어서였다.

그런데 석정후의 생각은 다른 듯했다.

"큰형의 처가가 공손세가입니다. 예전에는 그것만으로도 무림에 영향력을 발휘하기에 충분했지만 이제는 상황이 달라졌죠. 곤륜파와 비교하면 공손세가는 많이 떨어지지요. 남궁세가나 사천당가라면 모를까요."

"너무 으스대는 것 같은데?"

"배경도 능력이라고 제 앞에서 으스대던 사람이 큰형이었습니다. 제가 사부님의 제자가 되자 그런 말은 쏙 들어갔지만요."

"녀석."

눈에는 눈 이에는 이라는 듯이 말하는 석정후의 모습에 벽우진이 피식 웃었다. 자신의 제자 아니랄까 봐 하는 행동도 비슷해서였다.

물론 그렇다고 해서 나무랄 생각은 없었다.

"어쩌면 제갈가주를 만나고 있을지도 모르겠습니다. 석가장의 핏줄 아니랄까 봐 돈 냄새는 기가 막히게 맡거든요."

"아직 못 만났을 거다."

"뭔가 아시는 게 있으신가요?"

석정후가 눈을 빛냈다.

확신하듯 말하는 걸 보니 무언가를 알고 있는 듯해서였다.

"여기로 오고 있거든. 만나고 싶어도 당장은 만나기 힘들 거야."

"아!"

석정후의 얼굴이 재미있게 변했다.

통쾌하다는 듯이 히죽 웃었던 것이다.

"그러니 설득은 직접 해봐. 난 자리만 만들어줄 테니."

"감사합니다, 사부님!"

"고마우면 수련에 좀 더 집중해. 그래도 명색이 내가 사부인데 못난 모습을 보여선 안 되지 않겠어?"

"더 노력하겠습니다!"

기합이 단단히 들어간 모습으로 석정후가 대답했다.

장사꾼으로서 일가를 이루는 것도 좋지만 건강이 그보다 더 중요하다는 걸 잘 알아서였다.

게다가 체력이 좋아서 나쁠 것은 없기에 그는 요즘 들어 수련에 더욱 박차를 가하고 있었다.

어쩌다 보니 수련에 재미를 들렸다고나 할까.

“천년마교에서 날 노린 건 알고 있지? 빨빨거리며 돌아다니는 건 좋지만 조심해야 한다. 결국 네 목숨을 지켜주는 건 네 실력이야.”

“그래서 더 열심히 수련하고 있습니다. 굳이 천년마교가 아니더라도 저를 노리는 사람은 많아서요.”

“끝까지 이겨내야 하느리라.”

“물론이죠. 사부님의 제자인데요.”

석정후가 벽우진과 똑같은 표정을 지었다.

그 사부에 그 제자라는 듯이 말이다.

“싫어.”

먼 길을 달려온 제갈현을 마주한 벽우진이 단칼에 거절했다.

고민할 가치가 없다는 듯이 말이다.

그런데 의외로 제갈현의 표정은 담담했다.

“역시 그런가요.”

“제갈가주라면 충분히 예상했을 거라고 생각했는데.”

“거절할 가능성이 높다고 생각하기는 했습니다. 하지만 뚜껑은 까봐야 한다는 말도 있으니까요. 이왕이면 확실하게 대답을 듣고 싶었습니다.”

"그럼 서신을 보내지 뭐 하러 여기까지 와?"

벽우진이 어처구니없다는 표정을 지었다.

가뜩이나 무림맹의 일로 정신없이 바쁘다는 걸 알고 있어서였다.

"겸사겸사 장문인도 뵐 겸 해서요. 마교주의 셋째 제자가 장문인을 노리지 않았습니까."

"노리기는 무슨. 잔꾀 부리다가 나한테 걸린 거지."

"조금 의외이기는 했습니다. 장문인께서 직접 움직이실 줄은 몰랐거든요."

"그 정도 사이는 돼."

정파 입장에서는 껄끄러운 곳이 하오문이었지만 벽우진은 대수롭지 않다는 듯이 대답했다.

전혀 거리낄 것 없다는 듯이 말이다.

그리고 제갈현 역시 불편해하지 않았다.

곤륜파의 입장에서 생각하면 충분히 이해가 되어서였다.

… 제3장 …

진명마가(眞明魔家)

"결과적으로 저희 입장에서는 나쁘지 않았습니다. 일단 마교주의 셋째 제자를 처리했으니까요."

"전력상 큰 비중을 차지할 것 같지는 않지만 말이지."

교활하기만 할 뿐 딱히 위협적이지 않았던 셋째 제자를 떠올리며 벽우진이 차를 들이켰다.

사실 청년을 처음 봤을 때 많이 실망하기도 했었고.

도대체 어떻게 마교주의 제자가 되었나 싶을 정도의 수준이었다.

"그래도 셋째 제자이지 않습니까. 충분히 경고가 되었을 겁니다."

"근데 너무 반응이 없어서. 사기를 친 건 아닐까 하는 생각도 들어."

벽우진이 턱을 쓰다듬었다.

다른 이도 아니고 제자가 죽었다.

길길이 날뛰고도 모자랄 사건인데 이상하게 천년마교는 너무나 조용했다.

마치 아무런 일이 없는 것처럼 말이다.

“시기를 가늠하고 있지 않을까 생각합니다. 전쟁이라는 게 마음 먹은 순간 바로 되는 게 아니니까요. 더구나 천년마교의 규모를 생각하면 준비할 게 상당히 많을 것입니다.”

“흐음.”

“그래서 더더욱 서둘러야 합니다.”

“다음은 소림사인가?”

“예, 장문인께서 거절하셨으니 소림사로 가볼까 합니다.”

제갈현이 지금이라도 늦지 않았다는 듯이 은근한 눈빛을 보내왔다. 납득은 했지만 아직 포기한 건 아니라는 표정이었다.

“소림무제라면 자격은 충분하지. 역량도 두말할 필요 없고.”

“하지만 장문인에 비할 바는 아니라고 생각합니다.”

“강호무림의 동도들은 나보다 소림무제를 더 반길 거야. 왜 그런지는 굳이 설명하지 않아도 알 테지. 게다가 차차선도 있잖아?”

벽우진의 손가락이 어느 한 방향을 가리켰다.

그리고 그 의미를 제갈현은 단번에 이해했다.

“저로서는 가급적이면 법무 대사께서 무림맹주 자리를 받아들여 주셨으면 좋겠다고 생각하고 있습니다. 준비는 차곡차곡 되고 있지만 그래도 한시가 급한 상황이라서요.”

“잘 설득해 봐.”

“부맹주 자리는 어떠신지요?”

“아, 갑자기 머리가 아프네.”

갑자기 딴청을 피우는 벽우진의 모습에 제갈현이 실소를 흘렸다.

역시나 귓등으로도 듣지 않는 모습이었다.

하지만 한편으로는 존경스러운 마음도 들었다.

사람인 이상 명예에 초탈하기가 쉽지 않은데 벽우진은 정말 진심으로 귀찮아하고 있어서였다.

"애초에 부맹주라는 직위는 없습니다. 다른 분들이 인정할 리도 없고요."

"그럴 테지."

"하지만 힘은 보태주실 거죠?"

"당연히. 천년마교에 갚아야 할 빚이 있는 건 그들만이 아니야."

벽우진의 눈빛이 살벌해졌다.

누가 말려도 천년마교와 싸울 사람이 바로 그였다.

곤륜파를 멸문시킨 곳이 다름 아닌 천년마교였기에 복수심으로 따지자면 그 누구도 벽우진과 비교할 수 없었다.

"그 말이 듣고 싶었습니다."

"바쁜 사람이 실없기는. 그보다 자네를 만나고 싶어 하는 이가 있는데 말이지."

"저를 말씀이십니까?"

"응, 제갈가주에게도 무의미한 시간은 아닐 거야."

벽우진이 씩 웃으며 박수를 쳤다.

이윽고 집무실의 문이 열리며 작은 소년이 모습을 드러냈다.

"호오."

당찬 얼굴로 들어오는 소년을 본 제갈현이 의외라는 듯이 눈을 빛냈다.

정말 생각지도 못한 인물이 다가와서였다.

"처음 뵙겠습니다. 석정후라고 합니다."

고요했던 청성산이 한순간에 아비규환의 지옥으로 변했다.

갑작스러운 습격에 청성파의 도인들은 물론이고 빈객으로 머물러 있던 손님들조차 횡액을 피하지 못했던 것이다.

"꺄아아악!"

"우아앙!"

차가운 병장기들은 여자나 아이라고 해서 봐주지 않았다.

그저 무심히 살아 있는 이들을 찌르고 베었다.

"이, 이놈들!"

사방에서 들려오는 비명과 신음 소리에 자다가 버선발로 뛰쳐나온 청성파의 장문인이 노성을 터뜨렸다.

맨발이지만 검은 챙겨 나온 그는 시뻘게진 얼굴로 살기를 줄기줄기 뿌려댔다.

청성파의 제자들이 썩은 짚단처럼 베어 넘겨지는 모습에 극도로 흥분한 것이었다.

그래서인지 그의 애검에서는 서릿발 같은 검기가 줄줄이 솟구치고 있었다.

"이제야 나왔나."

"생각했던 것보다 반응이 느린데."

"청성파가 예전 같지 않다더니. 그 말이 맞는 것 같군."

살기등등하게 포효하던 장문인이 멈칫거렸다.

갑자기 나타난 다섯 명의 중년인에 순간적으로 움찔거렸던 것이다.

"썩어도 준치라고 그래도 안목은 있나 보군."

"그래도 꼴에 장문인인데 그 정도는 해줘야지."

"……누구냐."

어느 누구 하나 만만해 보이지 않는 다섯 명을 주시하며 장문인이 입을 열었다.

그러나 담담한 목소리와 달리 그의 심장은 그 어느 때보다 격렬하게 뛰고 있었다.

"지금쯤이면 짐작했을 거라고 생각하는데?"

"마기를 못 느낄 리는 없을 테고."

"뭘 받아주고 있어. 뻔히 시간 끌려고 하는 거구만."

장문인이 자기도 모르게 마른침을 삼켰다.

너무나 정확히 속내를 짚는 말에 순간적으로 반응하고 말았던 것이다.

그러면서 그는 언제라도 싸울 수 있도록 공력을 끌어올렸다.

"시간을 끈다고 달라질 게 있나?"

"어차피 죄다 죽을 텐데."

"내 말이."

장문인이 움찔거렸다.

그의 속내를 정확히 짚어서였다.

하지만 그는 최대한 그러한 티를 내지 않으려 노력했다.

지금은 때를 기다려야 했다.

'목숨을 걸어야 세 명인가.'

반박귀진은 기본이라는 듯이 다섯 명이 풍기는 마기는 평이했다.

그러나 그건 겉으로만 보기에 그럴 뿐이었다.

실제로는 하나같이 무시무시한 기운을 숨기고 있었다.

꿀꺽!

장문인이 남몰래 마른침을 삼켰다.

어쩌면 오늘이 그의 인생에서 마지막 날이 될지도 모른다는 생각이 들어서였다.

꾸욱!

하지만 이내 그는 마음을 다잡았다.

제자들이 죽어나가고 있었다.

그런 마당에 자신의 목숨만 건사할 생각은 없었다.

'한 명이라도 더 데려간다.'

툭.

격렬하게 흔들리던 동공이 더 이상 흔들리지 않았다.

동시에 그는 들고 있던 검집을 바닥에 던졌다.

죽음을 각오하겠다는 뜻이었다.

"어라? 저 녀석 끝까지 싸울 생각인데?"

"당연히 그래야지. 그래도 일파의 수장인데."

"기본은 되어 있네. 난 당연히 도망칠 줄 알았는데."

"나도."

중년인들이 히죽거렸다.

필사의 각오를 다지는 장문인을 앞에 두고도 여유를 부렸던 것이다.

그것도 다른 곳도 아닌 청성산에서 말이다.

'다섯 명을 여기에 잡아두는 것만으로도 피해를 줄일 수 있다.'

중년인들의 비아냥거림에도 장문인은 반응하지 않았다.

만만치 않은 다섯 명이 날뛰는 것보다는 여기에 붙잡아두는 게 이득이라고 생각해서였다.

게다가 시간을 끌면 장로들이 도와주러 올 거라고 생각했다.

'전대 장로님들도 계시니.'

역사와 전통을 가진 구대문파가 강한 건 단순히 무공 때문이 아니었다.

무공도 뛰어날뿐더러 고수 역시 구름처럼 많았다.

그렇기에 장문인은 아직 반전의 기회가 있다고 생각했다.

북해빙궁, 오독문의 침공이 있었지만 다행스럽게도 청성파의 피해는 그리 크지 않았으므로.

툭. 투둑.

그러나 그 생각은 반 각이 채 지나가기도 전에 산산조각 났다.

중년인들의 부하들로 보이는 마인들이 나타났는데 그들은 마치 물건 다루듯이 무언가를 바닥에 내던졌다.

정확히 그를 향해 말이다.

그런데 그것을 본 장문인의 몸이 사시나무 떨리듯이 떨었다.

"어, 어떻게?"

땅바닥을 굴러오는 열댓 개는 바로 사람의 머리였다.
목이 잘린 수급이 그를 향해 굴러왔던 것이다.
"말했잖아. 쓸데없는 기대는 하지 말라고."
"그런 말은 안 했던 거 같은데."
"아, 그랬나? 나는 했던 거 같아서."
수하들이 나타났음에도 시시덕거림은 사라지지 않았다.
오히려 정도가 더욱 심해졌다.
그러나 장문인은 그 대화가 들리지 않았다.
사형제들은 물론이고 전대 장로들마저 죽은 모습에 그는 아까의 각오가 사라진 듯 얼굴이 창백해졌다.
"아, 선물이 또 있는 모양이야."
투두둑.
새로이 나타난 마인들의 손에서 꾀죄죄한 몰골의 머리가 던져졌다.
처음 보는 얼굴이지만 떡 진 머리와 몇십 년은 씻지 않은 듯한 모습은 어디 소속인지 대충 봐도 알 수 있었다.
"역시라고 해야 하나."
"청해성의 일로 대비는 하고 있었을 테니까."
"그래도 반응이 예상했던 것보다 빠른데?"
"빠르기만 하면 뭐 해. 소용이 없는데."
개방도의 잘린 머리를 보며 중년인들이 조소를 흘렸다.
단순히 빠르기만 해서는 전황을 바꿀 수 없다는 걸 너무나 잘 알아서였다.

"모조리, 모조리 다 죽여 버리겠다!"

그때 포효성이 터져 나왔다.

사형제들의 죽음에 부들부들 떨던 장문인이 결국 폭발한 것이다.

그런데 그 기세가 심상치 않았다.

지닌 바의 기량보다 더한 기도를 뿌려대는 모습에 중년인들의 눈동자에 이채가 서렸다.

"선천진기를 폭발시킨 모양이로군."

"죽어서라도 복수하겠다는 건가?"

"나쁘지 않은 선택이지만, 그런다고 한들 결과는 달라지지 않아."

"크아아아!"

청성파의 장문인이 짐승과도 같이 포효하며 달려들었다.

과도한 진기 운용으로 머리는 산발로 변했고 얼굴은 흉신악살처럼 변했다.

또한 살기 역시 도인이라고는 보기 힘들 정도로 농밀했는데 그런 장문인을 마주하고도 중년인들은 조금도 긴장하지 않았다.

파바바밧!

왜냐하면 그들을 대신해서 싸울 이들이 있어서였다.

하나같이 병장기에 피를 잔뜩 묻힌 마인들이 사방팔방에서 솟구치며 장문인의 앞을 가로막았다.

그런데 실력들이 하나같이 범상치 않았다.

장문인이 죽음을 각오하고서 선천진기까지 폭발시켰음에도 크게 밀리지 않았던 것이다.

"죽어! 죽어!"

밀리기는 해도 치명타는 어찌어찌 피해내는 마인들의 모습에 장문인이 더욱 격분했다.

시간이 한정적이기에 어서 빨리 다섯 명의 중년인들에게 다가가야 하는데 그러질 못해서였다.

오히려 그의 시간이 얼마 남지 않았다는 것을 알고 차륜전을 펼치는 마인들의 모습에 장문인은 점점 더 조급해졌다.

"꺼지란 말이다!"

장문인이 일검을 거칠게 휘둘렀다.

죽이기보다는 밀어내서 공간을 만들 요량으로 말이다.

하지만 그조차도 예상했다는 듯이 마인들은 똘똘 뭉쳐서 호신강기를 일으켜 장문인의 참격을 막아냈다.

"쿨럭!"

물론 막대한 진기가 서린 일격이었기에 몇몇이 피를 토하기는 했으나 죽은 이는 몇 없었다.

장문인이 원한 대로 뛰어넘을 공간 역시 만들어지지 않았고 말이다.

"젠장!"

오히려 큰 동작으로 인해 생긴 빈틈을 노리고서 공격하는 마인들의 모습에 장문인이 이를 악물었다.

무시하기에는 공격들이 너무나 절묘하고 날카로웠기에 장문인은 짜증스러운 얼굴로 검을 휘둘렀다.

"일파의 장문인치고는 수준이 너무 떨어지는데."

"본래 실력이 지금 정도여야 하는 거 아닌가?"

"왜들 그래? 나름 선전하고 있구만. 육대마가 중 다섯 곳이 모였는데 저 정도면 나름 선방하는 거지. 어차피 결과는 정해져 있는데. 다만 많이 데리고 가느냐, 조금 데리고 가느냐의 차이일 뿐."

귀림마가(鬼林魔家)의 주인이 팔짱을 낀 채로 악전고투하는 청성파의 장문인을 쳐다봤다.

분전하고 있지만 안타깝게도 상대가 너무 나빴다.

혼자서 다섯 가문의 정예를 감당하기에는 실력이 너무나 부족해서였다.

"지금쯤이면 진명마가도 슬슬 도착했을 것 같은데."

"첫째 아들이 죽어서 눈이 돌아갔으니 진즉 도착했을 것 같은데."

다른 중년인들보다 머리 두 개는 족히 더 큰 야수마가주가 히죽 웃으며 말했다.

사적인 복수를 위해 진명마가가 따로 움직였지만 여기 있는 가주들 중 누구도 그 부분에 대해서 이상하다 생각하지 않았다.

명분이야 차고 넘치기도 했고, 진명마가가 합류하지 않아도 결과는 달라지지 않을 거라는 사실을 잘 알고 있어서였다.

"진명마가와 곤륜파라. 누가 이길까?"

사위에 어둠이 짙게 내린 야심한 시각에 곤륜산을 오르는 일단의 무리가 있었다.

무려 사백여 명이 넘는 인원이었는데 그들은 빛이라고는 초승

달이 뿌리는 달빛밖에 없는 야밤의 산을 너무나 편하게 올라갔다.
"저기 산문입니다."
"부숴 버려."
선두에 서서 올라가던 반천우는 심복의 설명에 싸늘하게 지시했다.
오늘 이후 곤륜산에 존재하는 곤륜파의 물건은 단 하나도 멀쩡히 남겨둘 생각이 없었고, 그건 산문이라고 해서 다르지 않았다.
"존명."
"참 나. 누가 마교 나부랭이들 아니랄까 봐 하는 짓도 무식하기 그지없구나."
스스슥!
난데없이 들려오는 음성에 피풍의를 입고 있던 흑의인들이 빠르게 반응했다.
목소리가 들려온 방향을 향해 몸을 틀었던 것이다.
그리고 몇몇은 암습에 대비하려는 듯 선두의 중년인을 자신의 몸으로 가렸다.
"네놈이로구나. 어쭙잖게 패선이라 불리는 놈이."
"언제 봤다고 이놈 저놈 하는 건지 모르겠네. 딱 봐도 나보다 어린 새끼가 말이야."
놈, 놈 거리는 말에 벽우진 역시 히죽 웃으며 맞받아쳤다.
나뭇가지에 비스듬히 앉아서 이죽거렸던 것이다.
하지만 반천우도 만만치 않았다.
"태어나는 데는 순서가 있지만, 가는 데에는 순서가 없지."

"맞아. 개인적으로 내가 아주 좋아하는 말이기도 하고. 내가 특히 마도, 사파의 종자들을 잘 보내거든. 바로 저기로."

벽우진이 비릿하게 웃으며 검지를 펼쳐 보였다.

정확히 하늘을 가리키면서 말이다.

"안타깝게도 그건 오늘로서 끝나겠군. 더 이상 네놈이 숨 쉬지 못할 테니까."

반천우가 스산한 흉소를 지으며 대답했다.

벽우진의 기세에 한 치도 밀리지 않았던 것이다.

"다들 그렇게 지껄였지. 하지만 결과는 이렇더라고. 아마 너도 크게 다르지는 않을 거야."

스스슥!

벽우진의 말이 끝나기 무섭게 산문을 향해 일단의 무리가 다가왔다. 하나같이 무시무시한 전의를 불태우며 곤륜파의 제자들이 모습을 드러냈던 것이다.

그리고 그 선두에는 청민과 서진후가 있었다.

-예상했던 것보다 반응이 빠릅니다. 인근의 개방도들을 싹 다 제거했는데도…….

"상관없다."

심복이 은밀히 보내오는 전음을 중년인은 도중에 끊었다.

애초부터 암습하거나 기습할 생각은 눈곱만큼도 없었다.

그는 진명마가의 주인이었다.

천하제일문도 아닌 일개 곤륜파 정도는 정면 대결로도 충분히 박살 낼 수 있었다.

"쯧쯧! 측근의 말을 그렇게 귀담아듣지 않아서야. 생긴 것대로 독단적인 고집불통이구만."

"시간을 끌어보려는 속셈인 것 같은데, 소용없는 짓이다. 개방이 우리의 존재를 알아차렸을 때는 모든 일이 끝나 있을 테니까."

"그렇겠지."

"또한 곤륜산 역시 불바다가 되어 있겠지. 지난번 정마대전 때처럼."

벽우진의 눈썹이 꿈틀거렸다.

하지만 그렇다고 크게 반응하지 않았다. 반천우가 무엇을 노리고서 이런 말을 했는지 너무나 잘 알아서였다.

"그건 네놈의 희망 사항이겠지. 고작 사백 명 가지고 뭘 하겠다고."

"곤륜파 따위를 멸문시키기에는 충분하지. 핏덩이들의 손까지 빌려야 하는 곤륜파와는 격이 다르다고나 할까. 후후!"

벽천우가 조소를 머금었다.

나름 위풍당당하게 다가오는 일단의 무리를 쳐다보며 비아냥거렸던 것이다.

그러자 뒤에 있던 마인들 역시 비웃음을 터뜨렸다.

"숫자가 중요하지 않다는 걸 모르는 모양이로군. 숫자만 믿고 까불다가 된통 당한 놈들이 한둘이 아니라는 것도 말이야."

"그깟 놈들과 본가를 비교하지 마라. 진명마가라는 이름은 아무나 사용할 수 있는 이름이 아니니까."

"아, 진명마가 출신이로구만? 근데 혼자서 왔어? 마교에는 여섯 개의 가문이 있지 않나?"

"곤륜파 정도는 본가만으로도 과하다."

반천우가 단언하듯 말했다.

패선의 기세가 대단하다고 하지만 그래 봤자 중원에서나 통용되는 실력이었다.

나약한 중원인들 중에서나 최고이지 기준을 신교로 잡으면 이십 위 안에도 들지 못할 터였다.

"자신감이 대단한데. 물론 실력이 그걸 뒤받쳐 줄지는 의문이 들지만 말이지. 그래도 고맙네. 찾아갈까 고민하고 있던 찰나에 이렇게 찾아와 줘서 말이지."

벽우진의 표정이 일변했다.

방금 전까지의 장난기 가득했던 표정이 사라지며 살벌한 눈빛을 뿌렸던 것이다.

"중원인들이 떠받들어 주니 자신이 뭐라도 된 것마냥 생각하는 모양이로군. 운 좋게 얻은 허명에 빠져 있는 모습이라니."

"그럴지도 모르지. 하지만 한 가지 분명한 건 여기 온 이상 네놈들은 단 한 놈도 살아서 돌아가지 못할 거라는 점이야. 내가 허락하지 않을 생각이거든."

"건방진 놈."

반천우의 눈썹이 꿈틀거렸다.

시종일관 거만을 떠는 모습이 심히 거슬렸던 것이다.

그런데 그건 수하들도 마찬가지인 듯 벽우진의 말이 끝나기 무섭게 살기가 무섭게 솟구쳤다.

"더구나 네놈은 나에게 갚아야 할 빚이 하나 있는 것으로 아는데."

"정확히는 두 개다. 네놈에게 아들과 동생을 잃었으니까."

"아들?"

벽우진이 고개를 갸웃거렸다.

육반수에서 만난 녀석이 진명마가 출신인 것은 알고 있지만 아들은 떠오르는 바가 없어서였다.

"내 얼굴을 보면 기억이 안 날 수가 없을 텐데."

"재수 없게 생긴 얼굴이 의외로 많아서 말이지. 딱 봐도 악당처럼 생긴 놈들이 세상천지에 이상하게 많더라고. 근데 그중에서도 비열한 외모로는 네놈이 상위권인데……."

벽우진이 말끝을 흐렸다.

가만히 보니 떠오르는 얼굴이 있어서였다.

저 얼굴에서 한 십 년 정도 젊어지고 좀 더 얍삽한 인상으로 바꾸자 얼마 전에 마주쳤던 이가 떠올랐다.

"셋째 제자?"

"맞아. 그 녀석이 바로 내 아들이다."

"어쩐지. 생긴 게 아주 쏙 빼닮았네. 하는 짓도 똑같고."

벽우진이 이죽댔다.

그러나 의외로 반천우는 흥분하지 않았다.

대신 서늘한 눈으로 벽우진을 응시하기만 했다.

"하고 싶은 말 다해라. 잠시 뒤면 하고 싶어도 할 수가 없을 테니까."

스윽.

말을 마친 반천우가 손을 들어 올렸다.

그러자 기다렸다는 듯이 진명마가의 마인들이 땅을 박찼다.

가주의 수신호에 즉각적으로 반응했던 것이다.

그런데 그들의 향하는 방향이 이상했다.

"와라!"

"이 순간을 얼마나 기다렸는지 네놈들은 모를 것이다!"

검은 파도처럼 밀려오는 진명마가의 마인들을 향해 청민과 서진후가 포효했다.

벽우진만큼이나, 아니, 그보다 더 벼르고 벼른 이들이 바로 두 사람이었다.

곤륜파의 참사를 직접 보지 못한 벽우진과 달리 둘은 처음부터 끝까지 모든 것을 지켜봤었다.

그렇기에 둘 다 악귀와 같은 얼굴로 마인들을 향해 달려들었다.

'괜찮을라나.'

평소답지 않게 살기를 풀풀 날리며 달려드는 두 사람의 모습에 검후가 미간을 좁혔다.

둘의 실력을 모르는 것은 아니지만 그래도 걱정이 되어서였다.

싸움에 있어 무엇보다 중요한 게 평정심인데 그녀가 보기에 두 사람은 평정심이 많이 흐트러져 보였다.

"괜찮을 게야. 흥분한 것처럼 보여도 검극이 안 흔들리잖아. 오히려 그 어느 때보다 집중한 상태야."

"그래도 상대가 진명마가의 마인들이에요. 숫자도 많고요."

"숫자는 큰 의미가 없어. 우리에게는 말이지. 그걸 검후도 잘 알고 있지 않나."

꽈아아앙!

격돌의 시작을 알리듯 묵직한 굉음이 터져 나왔다.

동시에 흑의인들이 튕겨져 날아갔다. 기세 좋게 달려들었으나 아쉽게도 청민의 참격을 버텨내지 못했던 것이다.

그러나 전투는 이제부터가 시작이었다.

까앙! 까아앙!

밀리기는 했어도 크게 다치지 않은 마인들이 재차 달려들었다.

그리고 호법들과 현주혜 역시 본격적으로 전투에 돌입했다.

끊임없이 달려드는 마인들을 향해 달려들었던 것이다.

콰콰쾅!

거기에 제자들도 합세했다.

마인들의 측면을 노리고서 기습적으로 공격했던 것이다.

그로 인해 진명마가 측의 전선이 크게 출렁였다.

어리다고 만만하게 보기에는 제자들의 실력이 너무나 출중했던 것이다.

"우리도 있다!"

"온 건 마음대로 왔어도 가는 건 마음대로 못 간다!"

강기를 줄기줄기 내뿜는 제자들의 일격에 마인들이 크게 밀려났다. 장로들이나 호법들 정도는 아니지만 그래도 상당히 위협적이었던 것이다. 거기에 빈객들도 합세하니 처음의 폭발적이던 기세가 한풀 꺾였다.

"재미나게 돌아가지?"

나뭇가지에 비스듬히 앉아 있던 벽우진이 히죽 웃었다.

그러나 반천우는 웃을 수가 없었다.

사실 그는 이번 전투를 쉽게 생각했었다. 되살아나는 곤륜파의 기세가 대단하다고 하나 진명마가에 비할 바는 아니라고 생각해서였다.

'으음!'

그런데 결과는 그의 예상과 너무나 달랐다. 소수 정예라는 말이 절로 떠오를 정도로 곤륜파의 무인들은 수하들과의 싸움에서 팽팽한 모습을 보여주었다.

특히 그중에서도 네 명은 그로서로 경시할 수 없을 정도의 무위를 뽐내고 있었다.

그게 그는 믿기지가 않았다.

'말도 안 되는 일이 하필이면 이곳에서 벌어질 줄이야.'

패선 말고는 볼 것도 없다고 생각했다.

그 패선마저도 딱히 대단하다고 여기지 않았었고.

한데 그게 실수였다.

"표정이 심상치 않아. 큭큭!"

처음과 달리 심각해진 반천우의 모습에 벽우진이 키득거렸다.

그러자 그의 시선이 벽우진에게로 향했다.

"얼마 안 가 달라질 것이다. 지금이야 초반이니 좋은 모습을 보인다지만, 쪽수 앞에서는 장사도 별수 없는 법이지."

"보통은 그렇지. 하지만 그 말은 이곳에서 통하지 않아. 뭐, 네놈이 가세하면 조금 달라지기는 하겠지만."

"그럴 일은 없다."

"크아아악!"

우연처럼 반천우의 말이 끝나는 순간 처절한 단말마가 들려왔다.

현주혜의 검에 네댓 명의 마인들이 양분되었던 것이다.

그 모습에 반천우의 이마에 깊은 주름이 생겨났다.

"좋은 선택이야. 지금 간다고 해서 달라질 것은 없으니까."

"소문대로 입만 살았군."

"다른 곳도 살아 있는데, 이거 참 보여줄 수도 없고. 몸이 젊어지면서 정말 왕성해진 곳이 따로 있는데 말이지."

벽우진이 씩 웃으며 허리춤을 만지작거렸다.

허리띠를 만지며 의미심장한 눈으로 반천우를 쳐다봤던 것이다.

"지저분한 놈!"

마치 자신을 놀리는 듯한 벽우진의 모습에 반천우가 일장을 내질렀다.

더는 더러운 광경을 보고 싶지 않아서였다.

쾅!

한순간에 뿜어져 나온 경력에 벽우진이 앉아 있던 나뭇가지가 폭발했다.

막강한 장력에 가루로 화했던 것이다.

그러나 한줄기 경력이 강타하기 직전 몸을 날린 벽우진이 깃털처럼 가볍게 바닥에 착지했다.

"우리도 슬슬 시작해야지? 농담 따먹기나 할 정도로 우리가 친한 사이도 아닌데."

뒷짐을 진 채로 바닥에 착지한 벽우진이 히죽 웃으며 말했다.
그런데 그의 눈동자는 조금도 웃고 있지 않았다.
오히려 북해의 얼음처럼 한없이 싸늘했다.
"내가 할 소리를 하고 있군."
"난 또 잊은 줄 알았잖아."
반천우의 양손이 검게 물들었다.
농밀한 마기로 인해 마치 어둠에 삼켜진 것처럼 보였는데 그게 그렇게 섬뜩할 수가 없었다.
콰아앙!
마기를 끌어올린 반천우의 주먹이 벼락처럼 휘둘러졌다.
벽우진을 박살 내겠다는 의지가 다분히 담긴 권강이 낙뢰처럼 떨어져 내렸다.
"흥!"
그러나 느닷없는 공격이었음에도 반천우의 주먹은 맨땅을 후려쳤다.
시커먼 권강이 닿기 직전 벽우진이 움직인 것이었다.
하지만 이조차도 그는 예상했었다.
'운룡대팔식인가.'
곤륜파 하면 대표적으로 떠오르는 경신술을 떠올리며 반천우가 땅을 박찼다.
벽우진이 빠르게 움직인다면 그는 그보다 더 빠르게 움직이면 되었다.
'맞으면 뒈지는 건 똑같으니까!'

지금까지 억눌러두었던 분노를 폭발시키며 반천우가 주먹을 내질렀다. 그야말로 섬전과도 같은 일격이었다.

터어어엉!

벽우진이 움직일 예상 경로까지 파악해서 내지른 공격이었기에 이번에는 역시나 피하지 못했다.

호신강기로 그의 일격을 막아냈던 것이다.

하지만 이조차도 그는 예상했다.

'애초에 목적이 마음대로 날뛰지 못하게 만드는 것이었으니까.'

우우웅!

반천우의 전신에서 마기가 넘실거렸다.

마공을 극성으로 일으키자 육안으로 보일 정도로 마기가 표출되었던 것이다.

그 상태로 반천우는 벽우진을 향해 쌍권을 폭우처럼 내질렀다.

콰콰콰쾅!

호신강기가 있다면 부수고 일격을 꽂아 넣겠다는 듯이 무식할 정도로 정공법을 펼치는 공격에 벽우진의 신형이 흔들렸다.

호신강기로 맹공을 막아내고는 있었지만 충격까지 완벽하게 해소하지는 못했던 것이다.

쩌저적.

반천우의 공세가 효과를 보는지 호신강기에 균열이 일어나기 시작했다.

단순하지만 무지막지한 힘이 실리자 벽우진의 호신강기도 버텨내질 못했던 것이다.

'내가 이겼다!'

빠르게 커지는 균열에 반천우의 입가에 미소가 맺혔다.

부수느냐, 버티느냐의 승부에서 결국 무게 추가 자신에게 기울어짐을 확인할 수 있어서였다.

쩌어엉!

이윽고 그의 주먹질에 벽우진을 보호하고 있던 호신강기가 깨져 버렸다.

그리고 그 순간의 틈을 반천우는 놓치지 않았다.

좌권이 호신강기를 부순 순간 우권이 벼락같이 벽우진의 안면으로 향했다.

우선은 건방진 얼굴부터 아작 낼 생각이었다.

터어어엉!

하지만 득의양양한 표정은 얼마 가지 못했다.

이번 일격으로 피를 토하며 나뒹굴 거라 생각한 벽우진은 여전히 제자리에 서 있었다.

그의 주먹은 벽우진의 얼굴 앞에 막혀 있었고 말이다.

'호신강기가 이중이었다고?'

상상조차 못 한 일에 반천우의 동공이 크게 흔들렸다.

그래서 그는 순간적으로 멈칫거렸다.

너무 놀라서 다음 공격을 이어가지 못했던 것이다.

그리고 그 틈을 타 벽우진의 백옥 같이 새하얀 손이 뱀처럼 미끄러지며 반천우의 가슴에 닿았다.

빠어어엉!

소리 없이 다가온 손이 반천우의 흉부에 닿은 순간 거대한 폭발이 일어났다.

동시에 반천우가 무기력하게 날아갔다.

갑작스러운 폭발과 충격으로 인해 속절없이 밀려났던 것이다.

그런데 우연인지 아니면 노린 것인지 그가 날아간 방향에는 진명마가의 마인들이 있었다.

"크아악!"

"뭐, 뭐야!"

난데없이 날아온 반천우에 휩쓸린 마인들이 비명을 질렀다.

찰나에 생사가 갈리는 전투 중에 갑작스럽게 난입하자 당황한 것이었다.

그리고 몇몇은 반천우와의 충돌로 인해 죽지는 않았지만 전투불능에 빠졌다.

워낙에 반천우의 기운이 강력했기에 단순한 충돌만으로도 피해가 엄청났던 것이다.

"이노옴!"

하지만 반천우는 그런 부하들의 상태에 일체 신경 쓰지 않았다.

오직 자신이 꼴사납게 밀렸다는 점만 생각했다.

그리고 그건 곧 분노로 이어져 무시무시한 살기를 폭발시키며 벽우진에게 달려들었다.

쿵쿵쿵쿵!

무지막지한 마기에 반천우가 발걸음을 내디딜 때마다 지축이 뒤흔들렸다.

동시에 반천우가 마기에 반 이상 잠식되었다.

상반신과 어깨 그리고 팔만 보일 뿐 나머지는 타오르는 듯한 검은 마기에 집어삼켜졌다.

'압도적인 내공으로 찍어 누르는 쪽인가.'

아직 거리가 상당함에도 불타오르는 듯한 마기로 살갗이 저릿저릿했다.

그뿐만 아니라 반천우는 상대를 겁박하는 마안(魔眼) 역시 극성으로 펼치고 있었다.

비록 도공을 익힌 벽우진에게는 크게 영향을 끼치지는 못했지만 말이다.

"갈가리 찢어 죽여주마!"

"마기가 짙어지는 만큼 정신 줄도 놓는 모양이야. 한 방 맞았다고 빼액 소리 지르는 꼴이라니."

"닥쳐라!"

순식간에 거리를 좁힌 반천우가 주먹을 내리찍었다.

마치 망치처럼 강기를 크게 일으키고서 벽우진을 짓뭉개 버리겠다는 듯이 크게 휘둘렀던 것이다.

콰아아앙!

거대한 검은색 강기가 벽우진의 머리를 강타했다.

아니, 강타한 것처럼 보였다.

"뭐, 상관없으려나. 어차피 이 자리에서 죽을 테니."

쩌저적.

벽우진을 내리찍었던 거대한 강기가 반으로 갈라졌다.

별다른 반격을 한 것도 아닌데, 단순히 충돌했을 뿐인데 좌우로 갈라지는 모습에 반천우가 믿을 수 없다는 표정을 지었다.

지금껏 수많은 격전을 치러왔지만 이런 적은 단 한 번도 없었기에 반천우는 경악한 얼굴로 벽우진을 쳐다봤다.

"어떻게……!"

"약한 놈들한테는 통할지 몰라도 나한테는 소용없다. 이런 허약한 공격은."

"말도 안 되는 소리!"

충격에서 빠져나온 반천우가 재차 쌍권을 내질렀다. 평생 동안 고련한 진마파천권(眞魔破天拳)을 극성으로 펼쳤던 것이다.

이윽고 벽우진이 서 있는 곳에 폭격이 쏟아졌다.

강맹하기 짝이 없는 권강이 속사포처럼 작렬했던 것이다.

콰콰콰쾅!

그야말로 공력을 있는 대로 쏟아부은 공격에 지진이라도 난 것처럼 대지가 흔들렸다.

말 그대로 무시무시한 파괴력이었다.

"허억! 헉!"

반 각 만에 자신이 지닌 공력의 7할을 쏟아부은 반천우가 부리부리한 눈으로 벽우진이 서 있던 자리를 쳐다봤다.

이 정도라면 제아무리 잘난 척을 하는 패선이라도 별수 없을 거라고 생각했다.

피하지도 않고 직격으로 맞았으니 죽지는 않았더라도 상당한 부상을 입었을 터였다.

"네깟 놈이 아무리 잘나 봤자지."

쿠르르릉.

여진이라도 있는 것처럼 잘게 떨리는 지면의 느낌을 올올이 느끼며 반천우가 히죽 웃었다.

아직까지도 반응이 없다는 건 한 가지를 뜻했다.

그렇기에 반천우의 미소가 더욱 짙어졌다.

"숨통은 붙어 있었으면 좋겠는데."

"그런 걱정은 안 해도 될 것 같군."

쌔애애액!

반천우의 동공이 일순 확대되었다.

동시에 그의 전신이 다시금 마기로 뒤덮였다.

짙은 먼지구름을 가르며 날아오는 수많은 강환들을 본 순간 머리보다 본능이 먼저 반응했던 것이다.

그리고 그 순간 벽우진이 날렸을 것이 분명한 수십 개의 강환들이 그의 전신을 때렸다.

콰콰콰쾅!

방금 전 반천우가 일으킨 폭격 못지않은 폭발과 굉음이 터져 나왔다.

그러자 혈전을 치르던 진명마가의 마인들과 곤륜파의 무인들이 일순 뒤로 물러났다.

지진이라도 난 것마냥 대지가 크게 흔들리자 싸우기보다는 물러나는 쪽을 택했다. 괜히 무리해서 죽거나 다치는 것보다는 일단 진형을 구축하는 게 더 낫다고 판단한 것이었다.

"크아악!"

한편 벽우진의 강환 세례에 당한 반천우는 피투성이가 된 채로 뛰쳐나왔다.

몸의 반 이상을 뒤덮고 있던 마기는 어느새 희미해진 상태였고 살기를 줄기줄기 내뿜던 마안 역시 기운이 한풀 꺾인 모습이었다.

그러나 아직 벽우진의 공격은 끝나지 않았다.

스르륵.

마치 귀신처럼 반천우의 뒤에 모습을 드러낸 벽우진은 그대로 뒷목을 잡았다.

하지만 반천우도 만만치 않았다.

천년마교를 떠받치는 여섯 개의 기둥 중 한 곳인 진명마가의 주인이라는 자리를 괜히 따낸 것이 아니라는 듯이 벽우진의 손이 닿는 순간 곧바로 반응했던 것이다.

창졸간에 몸을 돌린 반천우가 그대로 손날을 크게 휘둘렀다.

쌔애애액!

예리한 파공음과 함께 반천우의 수도가 벽우진의 옆구리로 파고들었다.

동시에 그의 전신에서 마기가 다시금 격렬하게 피어올랐다.

잠시 주춤하기는 했지만 여전히 그에게는 막대한 공력이 남아 있었던 것이다.

퍼석.

위기를 오히려 기회로 만들려고 했던 반천우의 표정이 일순 굳어졌다.

그가 날린 일격이 너무나 허무하게 바스러지는 광경에 얼이 빠졌던 것이다.

하지만 벽우진은 그가 놀라거나 말거나 뒷목을 잡아서 그대로 내리찍었다.

짐짝 다루듯 땅바닥에 메다꽂았던 것이다.

"커헉!"

안면에서 올올이 느껴지는 흙의 거친 감촉도 감촉이지만 늑골에서 느껴지는 고통 역시 상상을 초월했다.

명천진마기(明天眞魔氣)가 육신을 휘감고 있음에도 불구하고 말이다.

'도대체 왜?'

다른 마가들과 달리 진명마가의 가주지공은 공방 일체의 완벽한 무공이었다.

공격과 동시에 방어도 되는 상승마공이 바로 명천진마기였다.

그런데 늘 그의 육신을 보호하는 명천진마기가 제대로 운용되고 있음에도 고통을 느낀다는 사실이 반천우는 믿기지 않았다.

'……일단은 빠져나오는 게 먼저다. 큭!'

짐짝 다루듯이 이리 찍고 저리 내리찍는 벽우진을 향해 이를 갈며 반천우가 단전의 공력을 가일층 끌어 올렸다.

우선은 벽우진의 손아귀에서 빠져나오는 게 먼저라고 생각해서였다.

스스스스.

이윽고 반천우의 육신에서 명천진마기가 불꽃처럼 일어났다.

그러더니 뱀의 혓바닥처럼 넘실거리며 벽우진에게 뻗어갔다.

은밀히 다가가서는 한순간 폭발적으로 크기를 키워 벽우진을 집어삼켰다.

"크윽!"

보지 않아도 느낄 수 있었기에 반천우가 히죽거렸다.

아무리 마공과 상극이라 할 수 있는 도공을 익혔지만 그래 봤자 곤륜파의 무공이었다.

천하일절이라 해도 과언이 아닌 진명마가의 무공과 비교하면 격이 떨어질 게 분명했기에 반천우는 자신했다.

이번 반격이 치명타가 될 것이라고 말이다.

'지금부터는 내가 압도한다!'

반천우의 입술이 비틀어졌다.

방금 전까지는 속수무책으로 당했지만 이제부터는 다를 터였다.

그리고 자신이 당한 것 이상으로 벽우진에게 수모와 굴욕을 줄 생각이었다.

"일단 두 다리부터 자르고 시작해 볼까."

"꿈은 꿈속에서 꿔야지."

"……어?"

기분 좋은 상상에 히죽 웃던 반천우의 얼굴이 굳어졌다.

동시에 그가 경악한 표정을 지었다. 명천진마기에 잡아 먹혔던 벽우진이 너무나 멀쩡한 모습으로 되돌아왔기 때문이다.

심지어 벽우진의 기운에 반항조차 하지 못하는 듯이 힘없이 바스러지는 명천진마기의 모습에 반천우가 입을 쩍 벌렸다.

"일단 두 다리부터 아작 내볼까."

충격에 휩싸인 반천우를 보며 벽우진이 씩 웃었다.

그러나 웃고 있는 얼굴과 달리 벽우진의 수족과도 같은 무형지기는 단숨에 반천우의 양쪽 발목을 움켜잡았다.

"큭!"

소리도, 기척도 없이 다가와서는 번개같이 움켜쥐는 무형지기에 반천우가 반사적으로 반응했다.

완벽한 공방 일체의 마공답게 기습과도 같은 공격에도 반응했던 것이다.

다만 그가 놓친 게 있다면 벽우진의 무형지기는 다른 이들이 다루는 무형지기와는 격이 다르다는 점이었다.

푸푸푹!

두 개뿐이던 무형지기가 일순 열댓 개로 늘어났다.

나눠진 것도 아니고 갑자기 생겨났던 것이다.

그리고 그 무형지기는 사정없이 반천우의 몸을 꿰뚫었다.

"컥!"

금강불괴라고 해도 과언이 아닐 정도로 단단하고 질긴 그의 육신에 상처가 생겼다. 수십 개의 강환에 폭격을 당했음에도 자잘한 타박상에 그쳤던 육체에 처음으로 심각한 상처가 생겼던 것이다.

하지만 이건 시작에 불과했다.

퍼퍼퍼펑!

보이지도 않는 무형지기가 반천우를 훈련용 목각 인형처럼 두들겨 팼다.

전후좌우 할 거 없이 모든 방향에서 쉴 새 없이 반천우를 때렸던 것이다.

우우웅!

끊임없이 이어지는 난타에 명천진마기가 반천우를 보호하기 위해 저절로 일어났으나 호신강기가 펼쳐지는 것보다 벽우진의 무형지기가 훨씬 빨랐다.

또한 위력적이었다.

빠어엉!

거기에 벽우진의 발길질이 이어지자 반천우는 또다시 비참하게 바닥을 구를 수밖에 없었다.

"쿨럭! 켁!"

"주군!"

한순간에 처참한 몰골로 변한 반천우의 모습에 진명마가의 장로들이 황급히 몸을 날렸다.

지금까지는 반천우의 자존심 때문에 함부로 끼어들지 않았으나 상황이 심각하자 그들은 더 이상 고민하지 않았다.

반천우의 자존심도 중요하지만 그의 목숨은 더욱더 중요하기에 십여 명의 장로들은 전력으로 벽우진을 향해 달려들었다.

"장문인!"

그 모습에 현주혜 역시 땅을 박찼다.

벽우진이 걱정되어서라기보다는 두 사람의 대결에 장로들이 끼어드는 걸 막기 위해서였다.

··· 제4장 ···
전란의 시대

파파팟!

그 모습에 설백과 허륭, 파풍, 진구가 뒤따랐다.

현주혜 혼자서는 진명마가의 장로들을 감당하기가 벅차다고 생각해서였다.

그런데 뒤따르는 네 명의 표정이 이상야릇했다.

하나같이 현주혜의 뒷모습을 보면서 의미를 알 수 없는 표정을 지었던 것이다.

콰콰콰쾅!

그러는 사이 진명마가 장로들의 뒤를 잡은 현주혜가 매서운 일검을 찔러 넣었다.

더 이상 벽우진과 반천우에게 접근하지 못하도록 강력한 일격을 펼쳤다.

"큭!"

"이년이!"

난데없이 뒤에서 공격을 당한 장로들이 깜짝 놀라며 사방팔방으로 흩어졌다.

하지만 그러면서도 장로들은 반격하는 것도 잊지 않았다.

현주혜나 호법들이 합류하는 걸 장로들도 반기지는 않았던 것이다.

터터터텅!

사방으로 흩어진 장로들이 펼치는 공격이 자신에게 집중되었지만 현주혜는 당황하지 않았다.

대신 벽우진에게 받은 가르침대로 초식 하나하나에 집중했다.

단순히 육안을 현혹하기 위한 검이 아니라 전부에 검의를 담았다.

"미친!"

"어디서 이런 년이……!"

노도와 같이 일어나는 검해에 장로들이 황망한 표정을 지었다.

하나같이 어디서 이런 여고수가 나왔냐고 묻는 듯한 표정이었다.

쐐애액!

거기에 설백을 비롯해서 허룡과 파풍, 진구가 합류했다.

현주혜가 시간을 벌어주는 사이 네 사람이 도착한 것이었다.

"이익!"

애써 구축했던 진형이 무너지는 것을 알면서도 무리하게 자리를 이탈했던 장로들이 이를 악물었다.

무리수를 두었음에도 정작 반천우에게 다가가지 못해서였다.

"끄허헉!"

그런 그들의 귓가로 반천우의 처절한 신음 소리가 들려왔다.
더불어 뼈가 부러지는 섬뜩한 소리도 귓전으로 파고들었다.
"젠장!"
보지 않아도 누구의 뼈가 박살 났는지 알 수 있었기에 일 장로가 얼굴을 일그러뜨렸다.
하지만 몸을 돌리고 싶어도 돌릴 수가 없었다.
어느새 사방을 점유한 호법들이 그들을 압박하고 있어서였다.
'소림도 무당이 아닌 곤륜파 따위가!'
다른 장로들도 마찬가지겠지만 일 장로는 지금의 상황이 마음에 들지 않았다.
차라리 소림사나 무당파 혹은 남궁세가였다면 이렇게 밀리는 것에 자존심이 상하지는 않을 터였다.
세 곳 다 본교를 제외하면 천하제일을 다투는 세력들이니까.
하지만 곤륜파는 아니었다.
"이깟 놈들 따위에게!"
"흐하압!"
이 장로와 삼 장로도 그와 같은 생각인지 노성을 터뜨리며 각기 검강과 도강을 크게 휘둘렀다.
그로 인해 대지가 크게 갈라졌지만 정작 그들의 권역에는 아무도 없었다.
두 사람의 공격이 펼쳐지기도 전에 호법들과 현주혜가 빠져나간 것이었다.
우르르릉!

동시에 설백의 반격이 이어졌다.

자신이 나이로 대호법의 자리를 차지한 게 아니라는 듯이 웅혼하면서도 강대한 일검으로 한 명만 노렸다.

여러 명을 노리기보다는 한 명이라도 확실하게 처치하겠다는 듯이 처음부터 한 사람만 노리고서 공격했던 것이다.

콰앙!

피할 수도 없는 일격을 어쩔 수 없이 막은 막내 장로가 피를 토하며 날아갔다.

두 손이 심하게 꺾여 있는 것으로 보아 살아는 있어도 더 이상 싸우기는 힘들어 보였다.

"노물 따위가!"

"같이 늙어가는 처지에 노물이라니. 흘흘!"

막내 장로와 가장 친했던 칠 장로가 무시무시한 마안을 번뜩이며 달려들었다.

동생의 복수를 위해 설백에게 쇄도했던 것이다.

하지만 그 역시 설백이 노린 것이었다.

애초에 그는 장로들을 일거에 쓰러뜨리는 게 목적이 아니었다.

'방해만 되지 않게 하면 된다.'

이미 승기는 벽우진에게 기울었다.

아니, 처음부터 그는 벽우진이 질 거라는 생각이 들지 않았다.

이 세상에서 누구보다 벽우진의 실력에 대해 잘 알고 있어서였다.

천하에서도 손꼽히는 실력자인 그조차도 벽우진의 끝이 보이지 않는데 하물며 진명마가의 주인이라고 한들 다르지 않을 터였다.

'초대 마교주 이후 처음으로 천마라 불릴 만한 고수라고 했던가. 근데 그가 와도 질 것 같지 않아.'

눈이 돌아간 채로 달려드는 칠 장로의 검을 튕겨내며 설백이 말 그대로 진명마가주를 두들겨 패고 있는 벽우진을 힐끔거렸다.

무표정한 얼굴로 양쪽 따귀를 때리는데 진명마가주는 정신을 차리지 못하고 있었다.

"죽어! 뒈져!"

"그건 네 몫이고."

살기로 번들거리는 칠 장로의 검을 재차 튕겨내며 설백이 이죽거렸다.

벽우진과 2년 넘게 함께하자 어느새 말투마저 닮아버린 듯했다.

"뒈져라, 새끼들아!"

물론 마교도보다 더 걸쭉한 욕설을 내뱉으며 공격하는 이도 있었다.

도가문파의 호법답지 않은 외모와 성격을 가진 진구는 보다 진보한 무위를 선보이며 진명마가의 장로들 사이를 질풍처럼 가로질렀다.

쌍권을 쉴 새 없이 내지르면서 말이다.

"저, 저, 미친 새끼!"

"우리 편은 맞을 일 없으니까 쓸데없는 걱정은 하지 마라, 이 마교 종자들아!"

적아의 구분 없이 막 내지르는 듯한 공격에 장로들이 식겁했다.

자신이야 피하면 그만이지만 자신이 피한 공격이 동료들의 사각으로 파고들 수도 있었기에 이러지도 저러지도 못하는 난감한 상황에 빠졌던 것이다.

게다가 진구의 공격은 장로들에게만 향하지 않았기에 그들은 더욱더 당황했다.

스스슥!

물론 그건 불필요한 걱정이었다.

진구가 싸우는 방식을 다른 이들은 너무나 잘 알고 있었기에 미리 대비하고 있었고, 역시나 예상대로 진구의 폭격에 맞는 사람은 아무도 없었다.

심지어 합류한 지 얼마 되지 않은 현주혜조차도 말이다.

'제기랄!'

오히려 자신들만 뿔뿔이 흩어지는 광경에 일 장로가 얼굴을 일그러뜨렸다.

가주를 도와주러 나왔다가 오히려 위기에 빠진 것 같아서였다.

그래서 그는 반사적으로 반대편을 쳐다봤다.

고수들의 출혈이 있는 건 진명마가만이 아니었기 때문이다.

퍼퍼펑! 퍼엉!

그러나 한 가닥 기대는 연기처럼 사라졌다.

가장 강력한 전력이라 할 수 있는 다섯 명이 빠졌음에도 곤륜파 측은 의외로 백중세를 유지하고 있었다.

진명마가의 최정예를 어찌어찌 막아내고 있었던 것이다.

특히 치명상을 입은 이들은 있어도 아직 죽은 이가 없다는 점이 일 장로의 가슴을 답답하게 만들었다.

'어디 하나 압도하는 곳이 없다니!'

곤륜파를 표적으로 삼고 천산을 떠났을 때 그는 이런 상황이 펼쳐질 거라고는 눈곱만큼도 예상하지 못했다.

아무리 곤륜파가 근래 들어 명성이 자자하다고 하지만 진명마가의 전력에 비할 바는 아니라고 생각해서였다.

숫자가 다른 육대마가에 비하면 조금 적은 편이지만 그만큼 고르고 고른 최정예 병력이 바로 지금의 병력이었다.

그런데 그 최정예 병력이 100명도 안 되는 곤륜파를 압도하지 못하고 있었다.

"못난 것들!"

그 모습에 일 장로가 짜증을 토해냈다.

아무리 봐도 답답한 광경뿐이자 가슴이 답답했던 것이다.

"다른 곳에 신경 쓰지 말고 제 앞가림이나 잘해야 할 것 같은데."

"애송이 주제에 못하는 말이 없구나."

"내가 좀 젊어 보이기는 하지. 그쪽은 나이가 쓸데없이 많고."

진구가 이죽거리며 일 장로에게 달려들었다.

장로들 중에 가장 강해 보이기에 일단 쇄도하고 보는 것이었다.

"큭!"

그런데 가벼운 언행과 달리 상당히 묵직한 권격에 일 장로의 표정이 찡그려졌다.

의외로 만만치가 않아서였다.

짜악! 짝!

다섯 명이 장로들을 막아주는 덕분에 벽우진은 오로지 반천우만 신경 쓰면 되었다.

물론 장로들이 합세한다고 해서 달라질 것은 없었지만 적어도 방해는 받지 않았기에 벽우진은 무표정한 얼굴로 반천우의 따귀를 때렸다.

"바, 반드시 네놈을……!"

계속해서 이어지는 따귀에도 반천우는 무너지지 않았다.

아니, 포기하지 않았다.

끊임없이 명천진마기를 일으켜 벽우진을 공격했다.

이대로 무너지기에는 그의 자존심이 용납하지 않았던 것이다.

펑!

연이은 싸대기에 결국 입술이 터지며 허공에 피가 튀었다.

그러나 벽우진은 손을 멈추지 않았다.

제압도 제압이지만 기를 확실하게 죽이기 위해서였다.

"쉽게 죽을 생각은 하지 않는 게 좋아. 난 의외로 뒤끝 있는 남자거든. 특히 마교에는 더더욱 말이지."

"으아아아!"

명천진마기가 다시 한번 폭발했다.

벌써 몇 번이나 막혔음에도 반천우는 포기하지 않았다.

포기하는 순간 정말로 끝이라는 걸 알고 있었기에 포기할 수 없었다.

"소용없다니까, 그러네."

아직도 이 정도의 공력이 남아 있을까 싶을 정도로 막대한 마기가 삽시간에 주변을 잠식했다.

그러나 그 대단한 마기도 벽우진에게 닿는 순간 안개처럼 증발했다.

그뿐만 아니라 벽우진은 자신의 공력을 이용해 반천우의 명천진마기를 흩어버렸다.

상극의 힘이라는 걸 증명하듯 단순히 내공으로 명천진마기를 밀어버렸던 것이다.

"끄윽!"

언제나 그의 몸을 휘감고 있던 명천진마기가 속절없이 밀려나자 반천우의 입에서 신음이 흘러나왔다.

심령으로 연결되어 있던 명천진마기를 강제로 떼어내니 상상할 수 없는 고통이 엄습해 왔던 것이다.

'이대로는……!'

동시에 벽우진의 무경을 다시 한번 깨닫게 되었다.

인정하기 싫지만 이제는 인정할 수밖에 없었던 것이다.

그리고 동시에 그는 결단을 내렸다.

'이길 수 없다면, 같이 죽을 수밖에.'

수도 없이 맞으면서도 죽지 않았던 그의 눈빛에 귀광이 서렸다.

최고의 결과를 만들 수 없다면 차선의 결과라도 만들 생각이었다.

이윽고 그의 몸 내부에서 거대한 폭발이 일어났다.

"음?"

한 손으로 반천우의 목을 붙잡고 있었기에 벽우진은 바로 그 변화를 알아차렸다.

단순히 육안으로 보이는 명천진마기를 흩뜨리는 게 아니라 내부로도 진기를 계속해서 주입하려 했기에 모를 수가 없었던 것이다.

"너만은 반드시 데려간다!"

"끝내 선택한 게 동귀어진이냐."

갑자기 거력이라도 생긴 것처럼 자신의 손을 뜯어내는 반천우를 보며 벽우진이 실소를 흘렸다.

결국 선택한 것이 동귀어진인 게 한심해서였다.

하지만 한편으로는 납득이 가기도 했다.

그래도 진명마가의 주인인데 개 패듯이 맞았으니 눈이 돌아갈 법도 했다.

"너만은 반드시 데려갈 것이다!"

"이미 미쳐 버렸나. 아쉽군."

선천진기를 폭발시킨 만큼 반천우의 기세는 살벌했다.

지금껏 보여주었던 것보다 몇 배는 더 크고 농밀한 마기를 뿌려댔던 것이다.

심지어 얼굴까지 뒤덮은 마기는 말 그대로 마귀의 형상을 띠며 벽우진을 덮쳐왔다.

벽우진의 주위를 모조리 집어삼키며 쇄도했던 것이다.

"전신을 가루로 만들어주겠다!"

사방뿐만 아니라 발을 딛고 있는 대지마저도 검게 물들었다.

그야말로 피할 곳이라고는 단 하나도 없는 완벽한 공격이었다.

허공마저도 순식간에 검은빛 마기로 뒤덮이는 광경에 반천우는 이번에야말로 벽우진을 끝장낼 수 있을 거라고 자신했다.

선천진기를 폭발시킨 덕분에 명천진마기의 위력이 대성한 것과 필적한 수준으로 높아졌기에 가능성이 충분하다 못해 넘친다고 생각했던 것이다.

"소용없다니까 그러네."

그러나 그 자신감은 창졸간에 박살 났다.

기세등등하게 벽우진을 덮쳐가던 명천진마기가 근처에 다가가기 무섭게 햇살에 증발하는 안개처럼 너무나 무기력하게 소멸했던 것이다.

그 모습에 반천우가 두 눈을 부릅떴다.

"내공의 양이 전부가 아니라니까. 뭐, 너는 말해줘 봤자 모르겠지만."

푸스스스…….

벽우진의 손짓에 명천진마기가 빠르게 흩어졌다.

방금 전의 기세가 무색할 정도로 말이다.

그뿐만 아니라 전신을 뒤덮은 명천진마기조차 속절없이 흩어지는 광경에 반천우가 뒷걸음질 쳤다.

"너보다 약자인 놈들에게나 통하지 그딴 방식은 나한테 안 통해. 비슷한 놈들에게나 그나마 위협적인 정도랄까."

"오, 오지 마라!"

기가 완전히 꺾인 반천우가 질린 표정으로 손사래를 쳤다.

하지만 그럴수록 벽우진은 더욱더 다가갔다.

급할 것 없다는 듯이 예의 뒷짐을 지고서 느릿하게 접근했던 것이다.

"주군!"

얼마나 놀랐는지 돌부리에 걸려 엉덩방아를 찍은 반천우를 향해 삼 장로와 사 장로가 달려왔다. 격전 중에 가까스로 빠져나왔다는 듯이 온몸에 피 칠갑을 한 채로 말이다.

오직 반천우를 구하겠다는 생각으로 빠져나온 두 사람은 곧바로 벽우진에게 쇄도했다.

반천우가 몸을 뺄 시간을 벌 요량이었다.

"쓸모없는 짓이야. 이미 저놈은 삼도천에 발을 디뎠거든."

"……!"

삼 장로와 사 장로의 동공이 일순 확대되었다.

안 그래도 둘 다 갑작스러운 기운의 폭발에 놀랐었다.

근데 그게 선천진기를 터뜨린 것일 줄이야.

"나로서는 네놈들이 제 발로 와줘서 고맙지만. 안 그래도 저놈은 효용 가치가 다 되었는데."

"큭!"

갑자기 터져 나오는 위압감에 두 장로의 얼굴이 일그러졌다.

마치 무릎 꿇기를 강요하는 듯한 묵직한 중압감에 몸이 휘청거렸던 것이다. 하지만 두 사람 다 고수라고 불리기에 부족함이 없는 무인들이었다.

이내 공력을 일으켜 벽우진의 기운에 대항하고는 이내 검과 창을 휘둘렀다.

'우리 둘이 함께라면!'

진명마가주인 반천우가 선천진기까지 사용해야 할 정도의 강자라는 걸 둘 모두 알고 있었다.

하지만 반대로 말하면 그만큼 벽우진 역시 내공 소모가 상당했을 게 분명했다.

아무리 막강한 무위를 선보였다고 하나 벽우진 역시 사람이었다.

그런 만큼 적지 않은 내공을 소모했을 터였다.

'승산은 있다!'

눈빛만으로도 뜻이 통하는 두 장로가 좌우로 갈라졌다.

벽우진의 신경을 분산시키기 위해서였다.

그러면서 둘은 내심 바랐다.

무너졌던 반천우가 한 손 거들기를 말이다.

'아직 시간이 남아 있다. 그걸 제대로만 사용해 준다면 승산은 더 올라간다.'

검을 움켜쥔 이 장로가 속으로 중얼거렸다.

여기에 반천우만 합세한다면 승산이 기하급수적으로 올라갈 게 분명했다.

하지만 아직까지는 별다른 기척이 느껴지지 않았다.

쉬이익!

마기로 이루어진 시커먼 검강이 벽우진의 심장을 노렸다.

그리고 반대편에서는 삼 장로의 창극이 단전을 노리고서 섬전처럼 파고들었다.

귀신같이 서로 다른 곳을 노린 것이었다.

착.

그 광경에 두 장로가 입가에 미소를 지었다.

손발이 맞는다는 느낌이 들어서였다.

하나 그 미소는 얼마 가지 못했다.

"아니……!"

동시에 이뤄지는 협공을, 누구라도 쉽게 감당하지 못할 공격을 벽우진은 너무나 쉽게 받아냈다.

아니, 받아내는 것을 넘어 두 사람의 애병을 맨손으로 붙잡았다.

우우우웅!

이윽고 붙잡은 병장기를 통해서 벽우진의 막대한 진기가 흘러갔다.

놀랍게도 벽우진은 단숨에 내공 대결로 싸움을 바꿔 버렸던 것이다.

"크으윽!"

"흐읍!"

애병을 타고서 넘어오는 무지막지한 공력에 두 장로의 얼굴이 금세 시뻘게졌다.

하지만 얼굴에 핏줄이 솟아날 정도로 전력을 다해 내공을 끌어올렸음에도 검과 창에 서려 있는 마기는 눈에 띄게 약해져 갔다. 둘을 상대로도 벽우진이 오히려 밀어붙이고 있었던 것이다.

심지어 벽우진의 표정은 평온했다.

"꿇어."

쿵! 쿠웅!

내공 대결은 너무나 허무하게 끝났다.

두 장로가 얼마 버티지 못하고 주저앉았던 것이다.

"끄으으!"

다만 문제는 그게 끝이 아니라는 점이었다.

병장기를 넘어 그들의 몸속으로 파고든 벽우진의 진기는 마치 야생마처럼 두 사람의 내부를 쉴 새 없이 휘저었다.

말 그대로 인정사정없이 전신 혈맥을 찢어발기자 두 장로의 입에서 이내 시뻘건 선혈이 흘러나왔다.

"장문인."

"그쪽도 끝난 모양이군요."

"장로들은 정리되었습니다. 마인들 역시 금방 끝날 겁니다."

삼 장로와 사 장로가 고통으로 몸을 덜덜 떠는 걸 일별한 벽우진이 다가오는 설백을 쳐다봤다.

그러자 설백이 피에 젖은 검을 털어내며 빙그레 웃었다.

"피해가 제법 있네요."

"이 정도면 그래도 대승이지 않습니까."

제자들 중에 죽은 이는 없지만 빈객들 중에는 제법 있었다.

마교의 습격에 망설이지 않고 힘을 보태준 이들이었기에 벽우진은 침통한 표정을 지었다.

대승인 건 맞지만 그렇다고 죽은 이들이 돌아오는 건 아니었기에 마음이 무거웠다.

"죽은 분들의 시신을 잘 챙겨주십시오."

"알겠습니다."

벽우진이 시선을 돌렸다.

아직 살아 있는 반천우를 쳐다봤던 것이다.

“다행히 아직 시간이 있네. 우리 대화 좀 할까? 물론 비협조적이어도 상관은 없어. 오늘은 주둥이가 꽤 많거든.”

꿀꺽!

반천우는 진지하게 고민했다.

지금이라도 자결할지 말지를.

이미 자부심과 자긍심은 산산조각이 난 상태였기에 그는 고민하는 것을 부끄러워하지 않았다.

죽기 직전까지 갖은 굴욕과 치욕을 당하느니 깨끗하게 죽는 게 더 나을지도 몰랐다.

“사실 크게 기대하고 있지도 않고. 물론 나야 순순히 협조한다면 좋겠지만.”

반천우가 두 눈을 감았다.

아들의 복수도, 동생의 복수도 해주지 못한 게 너무나 가슴 아팠지만 이제 그는 알았다.

둘의 죽음이 불가항력이었다는 것을.

그리고 자신도 마찬가지라는 것을 말이다.

‘죽어서도 잊지 않을 것이다.’

핏발 선 눈으로 벽우진을 노려보던 반천우의 입에서 검게 죽은 피가 흘러나왔다.

“흥.”

하지만 그 모습에 벽우진은 딱히 아쉬워하지 않았다.

멀쩡하더라도 알아낼 수 있는 정보는 한정적일 거라는 걸 잘 알고 있어서였다.

만약에 알아낸다고 하더라도 대세를 바꾸지도 못할 터였고.

퍼퍼퍼펑!

반천우를 일별한 벽우진이 왼손을 들어 올렸다.

이윽고 허공에 거대한 장인이 생성되며 진명마가의 마인들을 압살시켰다.

"어마어마하네요."

"역시 지켜보라고 한 이유가 있었어."

적은 전력임에도 오히려 진명마가를 압도하는 곤륜파의 전력에 멀찍이 떨어져서 대기하고 있던 석정후가 두 눈을 초롱초롱하게 빛냈다.

나이는 어렸지만 그 역시 천년마교의 악명은 익히 들어 왔었다.

그렇기에 마인들이 습격해 온다는 말에 내심 걱정을 많이 했었다.

벽우진을 못 믿는 건 아니었으나 수적으로 차이가 너무 심하게 나서였다.

"제가 말하지 않았습니까. 믿고 지켜보면 된다고요."

"말은 그렇게 했지. 근데 표정은 엄청 심각했잖아. 동공과 두 다리가 떨리던 걸 내 두 눈으로 똑똑히 봤는데."

"저도 한 손 보탤까 고민하던 것이었습니다."

"맞은. 근데 진짜 믿기지가 않는다. 그냥 다 때려잡네. 사부님도 그렇고 호법님들도 그렇고."

"괜히 곤륜파를 호랑이 굴이라고 부르겠습니까. 다 이유가 있는 거죠."

백륜이 감탄한 얼굴로 도망치는 마인들을 뒤쫓는 곤륜파의 제자들을 쳐다봤다.

사실 처음에는 밀리는 모습을 보였다.

아무리 고수층이 두텁다고 하나 수적 차이는 어쩔 수가 없는 듯했다.

하지만 벽우진이 본격적으로 나서면서 분위기는 반전되었다.

"나도 저기서 함께 싸워야 하는데……."

"그건 우리도 마찬가지야."

"맞아."

안타깝다는 듯이 중얼거리는 석정후의 귓가로 수십 개의 목소리가 들려왔다.

이곳에는 그와 백륜만 있는 게 아니었다.

곤륜파의 속가제자들 전부가 모여 있었다.

만약의 사태에 대비해 다들 언제라도 싸울 준비를 마치고 대기 중이었던 것이다.

"너는 들어온 지 얼마 안 됐지만, 우리는 다르다고."

"우리고 싸울 수 있는데."

"더 이상 도망치고 싶지 않아."

"잃고 싶지도 않고."

송찬승을 비롯하여 몇몇 속가제자들의 눈빛은 뜨거웠다.

천년마교의 습격을 보자 작년에 있었던 은월단의 암습이 떠올라서였다.

그때 많은 사형제들이 죽었고, 그 상처는 여기 있는 모두에게 여전히 깊게 남아 있었다.

"아직은 무리인가."

"많이 강해졌다고 생각했는데……."

피 튀기는 혈전을 지켜보던 속가제자들이 주먹을 움켜쥐었다.

마음은 당장에라도 뛰쳐나가서 함께 싸우고 싶었다.

하지만 벽우진이 허락하지 않았기에 그들은 이 자리에서 벗어날 수 없었다.

"너희만 그런 게 아니다."

"청욱 장로님."

"너희는 속가제자지만 난 장로이지 않더냐."

뒤에서 들려오는 문중헌의 목소리에 속가제자들이 황급히 고개를 숙였다.

하지만 문중헌은 그 모습에 손을 저었다.

지금과 같은 상황에 인사에 얽매일 필요는 없다고 생각해서였다.

"나는 호법인데."

"흠흠! 사소한 것은 넘어가시죠."

"너무 서운해하지들 마라. 아직은 때가 아니니까. 나중에는 너희들이 귀찮을 정도로 일을 시킬 게 분명하니까 지금은 참아."

"그런 날이 올까요?"

"물론. 다음 세대의 주인공은 너희들이다. 또한 곤륜파를 이끌어야 하는 것도 너희들이고. 그러니 잘 봐두도록 해라. 장문인과 일대제자들이 어떻게 싸우고, 지키고 있는지를."

말투는 가벼웠으나 그 안에 담긴 의미는 더없이 묵직했다.

그렇기에 속가제자들은 활활 불타는 눈빛으로 전투를 지켜봤다.

다음 세대의 주인공이라는 말이 그들의 가슴에 불을 붙였던 것이다.

'본격적인 시작인가.'

투지와 열망으로 가득 찬 눈빛을 보내는 속가제자들과는 달리 전장을 지켜보는 비현의 표정은 어두웠다.

지금부터가 시작임을 그는 잘 알고 있어서였다.

이번이야 잘 막아냈지만 문제는 다음이었다.

육대마가 중 두 곳만 와도 곤륜파는 존립을 걱정해야 하는 게 현실이었다.

'아무리 장문인이라고 하더라도 모두를 지키며 싸울 수는 없다.'

벽우진의 무위를 생각하면 어떤 상황이 닥치더라도 살아남을 터였다.

그러나 다른 이들은 아니었다.

또한 그들을 지키며 싸울 수도 없었다.

"올 한 해는 유독 길겠구나."

"그럴 것 같습니다."

속가제자들과 마찬가지로 당장에라도 나가고 싶은 얼굴로 문중헌이 대답했다.

예전에는 두려움에 떨며 도망쳤지만 지금은 아니었다.

그 어떤 것도 두렵지 않았다.

자신의 목숨을 희생해 조금이라도 시간을 벌 수 있다면 그는 얼마든지 그리할 수 있었다.

'그때의 장로님들과 일대제자들의 마음이 이러했겠지.'

모두가 죽음을 직감했을 터였다.

하지만 그들은 물러나지 않았다.

그 마음을 문중헌은 이제 와 깨달았다.

"정리하러 가자꾸나."

"예!"

마무리가 되어가는 듯한 모습에 비현이 입을 열었다.

아침이면 곤륜파를 찾아올 손님들에게 시체와 핏자국이 가득한 산문을 보여줄 수는 없어서였다.

잠시 후 비현과 문중헌을 위시로 속가제자들이 우르르 몰려갔다.

아직 어둠이 남아 있는 꼭두새벽에 사천당가가 벌컥 뒤집혔다.

갑작스러운 천년마교의 진군은 물론이고 청성파가 무너졌다는 소식에 곧바로 비상 태세에 돌입했던 것이다.

벌컥!

대전의 문이 거칠게 열리며 당민호가 모습을 드러냈다.

그리고 그 뒤로 사천당가의 장로, 간부들이 차례대로 등장했다.

비상사태에 모두가 대전으로 모여들었던 것이다.

"태상가주님."

"소식을 가져온 아이는?"

"둘 모두 기식이 엄해 현재 치료 중입니다."

"심각하느냐?"

당민호의 표정이 굳어졌다.

말을 들어보니 곧 죽어도 이상하지 않은 것 같아서였다.

"숨은 아직 붙어 있습니다만……."

"마교의 짓이겠군."

"아닙니다. 하수인이었습니다. 사천성에 터를 잡고 있는 마도문파의 제자였습니다."

"으음!"

당문경의 말에 여기저기에서 침음성이 흘러나왔다.

저 말이 무엇을 뜻하는지 모두가 알아차렸던 것이다.

"숭어가 뛰니 망둥이도 따라 뛰는구나."

"이미 예상했던 부분이지 않습니까. 다만 문제는 너무 갑작스럽고, 빠르다는 점입니다. 청성산이 함락당했다는 소식 말고는 아직까지 알아낸 것이 없으니까요. 청성산 인근의 개방도들 모두 소식이 끊어졌다고 합니다."

당민호의 얼굴이 더욱 굳어졌다.

소식이 끊어졌다는 뜻은 다 죽었을 가능성이 높다는 말이었다.

그리고 그게 천년마교의 방식이기도 했고.

'굴복하지 않는 자는 모조리 죽이는 놈들이지.'

마인이되 광신도인 놈들이 바로 마교도였다.

그런 만큼 붙잡혔으면 처형당했을 가능성이 컸다.

"죽은 개방도들은 안타깝지만 지금 중요한 건 그게 아닙니다. 청성산과 본가의 거리는 지척입니다. 절정고수를 기준으로 삼으면 하루를 꼬박 달리면 본가에 도착할 수 있습니다."

"말을 탄다면 더욱 빠르겠지. 말이야 청성산에서 구하면 되니까. 그만한 자금력도 있고."

장로들이 무거운 얼굴로 의견을 주고받았다.

비상 회의를 연 것은 다른 이유가 아니었다. 청성산과 사천당가가 있는 성도와는 지근거리라는 점 때문이었다.

"현재 청성산을 차지한 마교도 놈들의 전력도 파악되지 못한 상황이니."

"가장 중요한 게 바로 그거다. 적의 전력이 어느 정도인지 파악해야 해. 아미파에는 연락했느냐?"

"혹시 몰라서 전서응으로 보내놓았습니다. 개방도들이 연락하기는 했겠지만 전서응보다는 느릴 테니까요. 살아 있을 거라는 보장도 없고요."

개방도가 아니더라도 거지가 보이면 발견되는 족족 죽이고 있을 터였다.

그렇기에 당문경은 소식을 듣자마자 아미파에도 연락했다.

청성산에서 가까운 것은 아미산도 마찬가지였다.

"이미 본가로 출발했을 수도 있다. 최악의 상황도 예상해 두어야 해."

당민호가 아들을 쳐다보며 말했다.

청성파를 무너뜨린 천년마교가 기세를 살려 그대로 진군할 가능성도 충분했다.

더구나 선택지가 두 군데뿐이니만큼 그에 따른 대비를 해야 했다.

“안 그래도 지시를 내려놓았습니다. 당가타 전체가 전투 준비 중입니다.”

“그것만으로는 모자라. 본가의 장원이 철옹성이라고 하나 상대는 천년마교야. 천년마교의 전력이 우리 쪽에 집중되면 확실하게 방어할 수 있다고 장담할 수 없어.”

“그래서 주변의 무가와 문파들에게도 인편을 보냈습니다. 아마 천년마교가 성도에 진입하는 것보다 지원군이 당가타에 도착하는 게 빠를 것입니다. 이미 연락망을 구축해 놓기도 했고요.”

어수선한 장원의 분위기와 달리 당문경은 이미 철두철미하게 준비를 끝마친 상태였다.

사천당가뿐만 아니라 성도 인근의 정도문파들 역시 미리 준비를 하고 있었고.

“제갈세가에는?”

“같이 보냈습니다. 다만 거리가 거리인지라 오후 정도는 되어야 제갈세가에 연락이 닿지 않을까 싶습니다.”

“빨라야 오후이겠군. 늦으면 저녁일 테고.”

“그렇습니다.”

“곤륜파는?”

대처가 어느 정도 끝난 듯해 보이자 당민호가 걱정스럽게 물었다.

청성파가 당한 마당에 곤륜파라고 안전하지는 않을 것 같아서였다.

사천성보다 더 인접해 있는 게 청해성이기도 했고.

"아직 들어온 소식은 없습니다. 그래서 일단 전서응을 보냈습니다."

"으음."

당민호는 갑자기 불길한 느낌이 들었다.

곤륜파를 경유하지 않고 다른 길로 사천성에 들어올 가능성도 있지만 그럴 확률은 희박하다고 생각해서였다.

일반적으로 등 뒤에 적을 남겨놓는 이는 없었다.

그래서 지난번 정마대전 당시 가장 먼저 천년마교의 침공을 받았던 곳이 곤륜파이기도 했고.

"개방이 가장 활발히 움직이고 있으니 아침이면 알 수 있을 듯합니다."

"별일이 없어야 할 텐데."

"저도 그랬으면 좋겠습니다."

"우선은 할 수 있는 일부터 하자. 그게 먼저이니."

당민호는 냉정하게 생각했다.

그가 아는 벽우진은 결코 제자들을 희생시키는 지도자가 아니었다.

그러니 위험하다 싶으면 물러날 터였다.

개인의 무력 역시 천하제일인이라 말해도 과언이 아니었기에 당민호는 당장 할 수 있는 것부터 생각했다.

"예."

"당가타에는 내가 가겠다. 그러니 가주는 본가를 맡거라."

"알겠습니다."

부산스럽게 움직이는 이들을 지나며 당민호가 대전을 나섰다.

어쩌면 지금 이 순간에도 마교도들이 몰려올 수 있기에 당민호는 서둘렀다.

중원이 발칵 뒤집어졌다.

머지않아 천년마교의 침공이 있을 거라 예상하기는 했지만 그래도 이렇게 충격적으로 시작하리라고는 누구도 짐작하지 못했었다.

침공을 알리는 시작이 청성파의 멸문이자 중원무림의 시선이 사천성으로 향했다.

구대문파 중 한 곳인 청성파의 멸문도 충격이었지만 청성파가 자리 잡은 청성산은 성도와 아미산과도 가까웠기에 모두의 시선이 사천성으로 향한 것이다.

더불어 수많은 무림인들이 사천성으로 모여들었다.

다른 곳도 아니고 천년마교의 침공에 조금이라도 힘을 보태고자 수많은 의인협객들이 구름처럼 모였다.

"거점인가."

소식이 전해지기 무섭게 사천당가를 찾은 제갈현이 미간을 좁혔다.

그런 그의 시선은 사천성의 지도에 향해 있었다.

"그것 말고는 설명이 안 되는 것 같은데. 일단 천년마교에도 거점은 필요하니까. 다만 그 시간이 너무 길어지고 있어서 의문이지."

"선발대라고 하기에는 전력이 상당하니까요."

"진명마가를 제외한 육대마가의 전부가 모여 있으니까."

방 안으로 당민호가 들어왔다.

그런데 며칠 동안 제대로 쉬지 못한 모양인지 눈 밑이 시커멓게 물들어 있었다.

"천년마교가 곤륜파를 너무 과소평가한 것이지요."

"예전이었다면 충분했겠지. 다만 지금 곤륜파에 그 녀석이 있다는 걸 간과한 게지."

"맞습니다. 현재 곤륜파에는 패선이 있으니까요. 그것도 독이 바짝 오른."

"독이 바짝 올랐다, 라는 표현은 본가에 더 어울리는 것 같은데 말이지. 중원에서 독 하면 본가 아닌가. 그리고 천년마교에 갚아야 할 빚이 있는 건 본가 역시 마찬가지야."

"그렇게 따지면 다른 곳들도 마찬가지 아니겠습니까."

제갈현이 옅게 웃었다.

피곤한 건 그 역시 마찬가지였지만 그래도 아직은 버틸 만했다.

증원도 곧 있을 예정이었고 말이다.

"청성파가 멸문지화를 입은 건 안 된 일이지만 한편으로는 크게 도움이 되었어. 만약 청성파가 당하지 않았다면 이렇게 빨리 중원무림이 결속되지 못했을 거야."

"제가 생각하기에도 그렇습니다. 아마 지지부진하게 시간만 흘러갔겠지요. 상당수는 눈치를 살폈을 테고요."

"나만 아니면 된다는 이기심이 팽배한 것 또한 사실이니까."

당민호가 혀를 찼다.

이기심은 개인과 단체를 가리지 않는다는 걸 잘 알고 있어서였다.

"어쩌면 저희의 가장 큰 적은 천년마교가 아니라 이기심일지도 모르겠습니다."

"농담을 하는 걸 보니 아직은 여력이 있는 모양이군."

"사실 급한 건 저희보다는 곤륜파입니다. 벽 장문인이 있다고 하지만 위험한 상황이 끝난 건 아니니까요."

"오대마가의 전력이 청성산에 있는 것도 위험하지만 가장 큰 위협은 천년마교의 전투 부대들이지. 다섯 개의 전투 부대가 어디에 있는지 아직도 파악이 안 되고 있으니까. 천산에 있으면 다행인데 만약 이미 중원에 들어와 있다면……."

당민호가 말끝을 흐렸다.

만약 다섯 개의 전투 부대가 이미 중원에 들어와 있다면 청성파와 같은 꼴이 수많은 곳에서 발생할 터였다.

그리고 개인적으로 당민호는 육대마가보다 다섯 개의 전투 부대가 더 위험하다고 생각했다.

"개방을 믿어 봐야지요. 천이각(千耳閣)도 거의 완성 단계이니 곧 위치를 파악할 수 있을 겁니다."

"무림맹이라."

"사실 지금도 좀 늦었습니다. 청성산을 공격하기 전에 준비가

다 끝났어야 했는데."
"아직도 늦지는 않았어. 이미 빠르게 진행되고 있기도 했고. 다만 걱정되는 건 전력을 반으로 나눈 거지."
당민호의 시선이 지도로 향했다.
정확하게는 아미산이 그려진 곳을 쳐다봤다.
"알려진 병력이 사실이라면 육대마가는 섣불리 움직이지 못합니다. 두 곳 중 어느 곳 하나 압도하기 힘드니까요. 게다가 시간이 흐르면 흐를수록 유리한 건 저희들입니다. 지원군이 계속 늘어날 테니까요."
"근데 어디로 왔을까. 소수로 흩어져서 왔다고 해도 흔적이 남을 수밖에 없는데 말이지."
당민호가 이해할 수 없다는 표정을 지었다.
사람인 이상 흔적을 남길 수밖에 없는데 귀신이 도와주기라도 한 것처럼 천년마교의 흔적은 전혀 없었다.
마른하늘에서 청성산으로 뚝 떨어진 것처럼 말이다.
"서장을 경유해서 오지 않았을까 합니다. 사천성은 서장과도 인접해 있으니까요. 곤륜파야 당연히 신강 쪽에서 넘어왔을 테니까요."
"서장이라. 포달랍궁이 가만히 있을까?"
당민호는 회의적인 표정을 지었다.
신강에 천년마교가 있다면 서장에는 전통의 강자인 포달랍궁(布達拉宮)이 있었다.
또한 포달랍궁만큼은 아니지만 그에 준하는 세력을 갖추고 있는 뇌음사도 있었기에 당민호는 고개를 저었다.

"방법이야 많으니까요. 단순히 길만 이용하는 거라면 의견 조율이 가능하지 않겠습니까."

"그렇긴 하지."

영원한 적도, 아군도 없다는 말처럼 상황에 따라 입장은 얼마든지 바뀔 수 있었다.

그렇기에 당민호의 표정이 더욱 복잡해졌다.

천년마교만 하더라도 골치가 아픈데 여기에 포달랍궁까지 합세한다면 정말 더욱더 힘들어질 터였다.

"안 그래도 개방주에게도 말을 전해주었습니다. 서장의 상황도 같이 살펴달라고요."

"없던 머리카락이 더 없어지겠는데."

"대신 사천성은 당가에서 좀 더 신경 써주셨으면 합니다."

"그거야 당연하지. 사천성이 우리 앞마당인데."

"하하하."

제갈현이 옅게 웃었다.

살짝 과장되기는 했지만 틀린 말은 아니어서였다.

불가와 도가계열의 문파인 청성파와 아미파에 비하면 사천당가는 속세와 깊게 연관되어 있었으니까.

"근데 이 정도 병력이면 한번 붙어볼 만하지 않나? 더구나 지금 저놈들이 자리 잡은 곳은 청성산인데."

"아직은 아닙니다. 저희의 병력이 늘어나는 것처럼 천년마교 역시 마찬가지입니다. 그동안 숨죽이고 있던 마도문파들이 청성산으로 모여들고 있습니다. 지금 해야 할 건 그들의 합류를 저지하는 것입니다. 또한 보급도 방해해야 하고요."

"일이 많아."

"그래도 반드시 해야 합니다."

제갈현의 표정이 달라졌다.

보급로만 틀어막아도 전쟁이 몇 배는 쉬워질 터였다.

게다가 마도문파들의 합류를 막는 건 보급을 방해하는 효과도 같이 가져왔다. 아무리 뛰어난 고수도 결국 사람이었고, 먹지 못하면 힘을 제대로 발휘할 수 없었다.

"일단 목줄부터 틀어쥐자는 말이지?"

"예, 청해성은 벽 장문인께 부탁드렸습니다."

"그럴 만한 여력이 있나 모르겠네. 아직 규모가 그리 크지 않은데. 더구나 진명마가까지 상대한 뒤잖아."

"청해성을 대표하는 문파는 곤륜파이지만 청해성에는 곤륜파만 있지 않습니다."

"아하."

당민호가 고개를 주억거렸다.

자신이 너무 곤륜파에만 집중했음을 깨달은 것이다.

곤륜파가 워낙 커져서 그렇지 청해성에도 뛰어난 군소방파들이 제법 있었다.

제갈현은 바로 그들을 이용하려는 것이었다.

"사천성 역시 마찬가지고요. 사천당가와 아미파는 자리를 지켜야 합니다. 든든하고 막강한 지원군이 도착할 때까지요. 그래야 육대마가가 섣불리 움직이지 못합니다."

"장기판으로 치면 졸들의 싸움인가."

"그렇습니다."

"근데 좀 아쉽군. 정작 놈들이 등장했는데도 지켜만 봐야 한다는 게."

손이 근질거리는지 당민호가 얼굴 가득 아쉬운 표정을 지었다.

지난 정마대전을 직접 겪었던 만큼 그는 갚아야 할 빚이 아직도 많이 남아 있었다.

"곧 본격적인 전쟁이 시작될 겁니다. 지금은 말 그대로 폭풍전야일 뿐이니까요. 그리고 이기는 것도 중요하지만 피해를 최대한 줄이는 것 역시 그 못지않게 중요합니다."

"알았어, 알았어. 나도 알고 있으니까 그만해. 전투가 시작되기 전까지는 얌전히 있을 테니까."

"말씀드렸던 것도 부탁드립니다."

"걱정하지 마. 여기는 사천성이라고."

당민호가 자신만만한 얼굴로 일어났다.

현재 가장 바쁜 사람이 제갈현이니만큼 시간을 더 이상 빼앗지 않기 위해서였다.

그 역시 할 일이 산재해 있기도 했고.

"믿겠습니다."

"아아."

왠지 모르게 벽우진이 연상되는 듯한 말투와 함께 당민호가 방을 나섰다.

그 모습을 일별한 제갈현은 다시 두 눈과 두 손을 바삐 움직였다.

… 제5장 …

뒤통수 조심해라

목진자의 얼굴에 결연한 기색이 서렸다.

갑작스러운 공격이었지만 그는 의외로 놀라지 않았다.

청성파가 이미 천년마교의 공격에 무너진 뒤였다.

그렇기에 공동파 역시 가능성은 충분히 있다고 생각했다.

"혼천천귀대(混天千鬼隊)가 올 줄은 몰랐지만 말이지."

오대 무력 부대 중 가장 인원이 많은 전투 부대이면서 정신 이상자가 많은 부대가 바로 혼천천귀였다.

워낙에 정신병자가 많은, 괴상한 마인들로 득시글거리는 부대라 그들이 나타난 것을 봤을 때 목진자는 침음을 흘렸다.

숫자도 숫자이지만 상대하기가 께름칙해서였다.

"그나마 다행인 건 정예가 본산을 떠나지 않았다는 것과, 속가 제자들이 상당수 모여 있다는 점이랄까."

청성파가 공격당한 후 정도무림의 수많은 대문파와 명문세가

들은 사천성으로 향했다.

천년마교의 육대마가가 등장한 만큼 힘을 보태기 위해 사천성으로 집결했던 것이다.

하지만 공동파는 움직이지 않았다.

북해빙궁과의 전쟁으로 입은 피해가 워낙에 컸기에 제갈현 역시 권유만 했을 뿐 부탁하지는 않았다.

공동파의 사정을 뻔히 알기에 배려해 주었던 것이다.

"만약 본산을 비웠다면……."

목진자가 생각만 해도 끔찍하다는 듯이 고개를 저었다.

그를 비롯해서 최정예가 사천성으로 떠났다면 공동산 역시 청성산과 마찬가지로 마교도들로 인해 초토화가 되었을 터였다.

하지만 다행히 공동파의 전력은 고스란히 남아 있었다.

"물론 그렇다고 해서 위기가 끝난 건 아니지만."

"키키키키!"

"다 죽여라! 싹 다 쓸어버려!"

전투에는 관심 없다는 듯이 미치광이처럼 혼천천귀대의 깃발을 흔드는 마인의 앞으로 수십 명의 혼천천귀 대원들이 쏟아져 나왔다.

하나같이 정상이 아닌 듯한 모습으로 공동파의 제자들을 공격했던 것이다.

"크아악!"

"극!"

그로 인해 경내의 곳곳에서 피가 솟구쳤다.

혼천천귀대의 마인들도 죽어갔지만 그 이상으로 공동파의 제자들이 쓰러졌다.

숫자도 숫자지만 마인들의 실력이 범상치가 않아서였다.

특히 몸을 사리지 않고 달려드는 공격에 공동파의 제자들이 크게 당황하고 있었다.

"뒤로 물러나!"

"진형을 구축해! 절대 틈을 주지 마!"

"혼자 싸우지 마라! 버겁다 싶으면 둘이서, 둘이 안 되면 셋이서 달려들어!"

광소와 괴소가 난무하는 전장에서 일대제자들이 소리쳤다.

이제는 중진이라 할 수 있는 일대제자들이 사형제들을 독려하며 악전고투하는 모습에 중앙에서 전선 전체를 조율하던 목진자가 입술을 깨물었다.

마음 같아서는 자신도 함께 싸우고 싶지만 사정이 여의치 않았다.

누군가는 지휘를 해야 했고, 그만한 역량을 지닌 이는 공동파에 그밖에 없었다.

"커헉!"

"사매! 큭!"

청성파가 당했기에 미리 대비를 했지만 그럼에도 혼천천귀대는 강했다.

괜히 마인이 아니라는 듯이 파죽지세의 기세로 공동파를 밀어붙였다.

자신들의 몸이 피투성이가 되더라도 말이다.

"크크크! 아주 맛있게 생긴 년이로구나!"

"아, 안 돼!"

"자고로 운우지락은 혈향과 함께해야 더욱 운치가 있는 법이지!"

부끄럼도 없는지 중요한 부위만 작은 천 쪼가리 하나로 가린 마인이 공동파 여제자의 머리카락을 움켜잡았다.

단숨에 목을 베어버렸던 남자와 달리 여제자는 사로잡았던 것이다.

그러고는 단숨에 여제자의 옷을 찢어버렸다.

"꺄아악!"

"크흐흐흐!"

한순간에 나신이 된 여제자가 황급히 두 손으로 치부를 가렸다.

반항하기보다는 치부를 가리는 쪽을 선택했던 것이다.

그런데 마인은 그렇게 나올 줄 알았다는 듯이 음흉하게 웃으며 여제자의 뒤태를 감상했다.

"이노옴! 그 더러운 손 떼지 못하겠느냐!"

그때 한 곳에서 노성이 터져 나왔다.

희롱당하는 사매의 모습에 청년이 버럭 소리를 지르며 마인에게 달려들었던 것이다.

"왜? 네가 만지려고? 아니면 맛을 보고 싶은 건가? 난 셋이서 하는 것도 나쁘지 않긴 한데."

서늘한 검기가 줄기줄기 뿜어져 나오는 청년의 검을 향해 마인이 여제자를 내밀었다.

피하지 않고 검로에 여제자를 들이밀었던 것이다.

"흐읍!"

그 모습에 청년이 황급히 검을 회수했다.

마인과 자신의 사이에 사매가 끼어버리자 회수하는 쪽을 선택했던 것이다.

"병신 같은 놈."

마인이 비릿하게 웃었다.

역시나 명문정파 녀석들은 고루하다는 생각이 들어서였다.

만약 그가 청년이었다면 망설이지 않고 검을 찔러 넣었을 것이었다. 사매를 죽이지 않고도 상대방을 죽일 수 있는 방법이야 얼마든지 있었으니까.

푹!

그래서 그는 청년을 한껏 비웃으며 쥐고 있던 낡은 박도를 던졌다.

정확히 청년의 심장을 향해서 말이다.

"제, 젠장……!"

"네놈이 죽는 이유는 딴 거 없다. 나약한 정신머리 때문에 뒤지는 거니까 조용히 위로 가라. 사람 귀찮게 하지 말고."

"사, 사형! 사형!"

불의의 일격에 심장이 관통당한 청년이 이내 허물어지는 모습에 머리채가 붙잡혀 있던 여제자가 비명과도 같은 소리를 질렀다.

하지만 이내 청년의 눈동자에서는 빛이 사라졌다.

"자자, 방해꾼도 사라졌으니 우리는 오붓하게 시간을 보내볼까? 사실 내 진짜 무기는 따로 있지. 바로 이 아랫도리야말로 내 최강의 무기이자 천하제일병기이지! 특히 여자에게는 더욱더 말이야!"

"꺄아아악!"

가까스로 가리고 있던 마인의 양물이 튀어나오는 광경에 여제자가 비명을 질렀다.

하지만 이런 광경은 공동파 경내 곳곳에서 벌어지고 있었다.

심지어 남자를 탐하는 이도 있었다.

"너 좀 예쁘장하게 생겼다?"

"히이익!"

우락부락한 체구의 마인이 느물거리게 웃으며 다가오는 모습에 한 남자가 싸우다 말고 본능적으로 뒷걸음질 쳤다.

음욕으로 번들거리는 눈빛을 마주하자 본능적으로 물러나게 되었던 것이다.

"이리 오너라. 내 새로운 세상을 보여줄 터이니. 흐흐흐!"

"저, 저리 가라!"

"어허! 방금 전까지 달려올 때는 언제고!"

남자가 결국 줄행랑을 쳤다.

차라리 싸우다 죽으면 죽었지 치욕을 당하고 싶지는 않아서였다.

그리고 본능이 계속 말해주고 있었다.

혼자서는 눈앞의 마인을 쓰러뜨리기 힘들다고 말이다.

'협공을 펼쳐야 해!'

무서운 속도로 따라오는 마인을 곁눈질하며 남자가 주변을 살폈다.

하지만 주위는 이미 난장판이었다. 난전이라고 하기에도 어려울 정도로 혼천천귀대와 공동파의 제자들이 뒤섞여 있었다.

"술래잡기는 이쯤 했으면 하는데."

"히익!"

귓불에서 느껴지는 뜨거운 입김에 남자가 질색한 표정을 지었다.

그러면서 그는 도와줄 사람을 찾았다.

중앙에서 전선을 조율하고 확인하던 목진자의 안색이 어두워졌다.

초반에는 어찌어찌 잘 막아냈지만 시간이 흐를수록 전선이 점차 어그러지고 있었다.

모두가 다 함께 절치부심하며 공동파를 재건했지만 역시나 시간이 부족한 모양이었다.

점차 혼천천귀대에게 밀리는 제자들의 모습에 목진자가 입술을 깨물었다.

"공격이 하루만, 아니, 반나절만 늦었더라도……."

목진자는 아쉬움에 목이 메었다.

청성파와 곤륜파가 습격당했다는 소식을 듣기 무섭게 목진자는 감숙성의 속가제자들에게 소집령을 내렸다.

청해성과 감숙성은 맞닿아 있기에 어쩌면 공동파를 노릴지도 모른다고 생각해서였다.

그와 동시에 그는 공동파의 장문인으로서 감숙성의 모든 정도 문파들에게 서신을 보냈다.

만약의 사태에 대비해 연락망을 구축해 두었던 것이다.

혹시 모를 사태가 발발한다면 서로가 서로를 지원하기로 약조도 한 상태였다.

"아니, 징조만 알았더라도!"

목진자가 피를 토하는 듯한 음성으로 소리쳤다.

그런 그의 주먹은 핏줄이 터질 정도로 강하게 쥐어졌다.

지금 이 순간 모든 것이 아쉬웠으며 자신의 모자란 능력이 너무나 한심스러웠다.

처참하게 죽어가는 제자들의 모습을 지켜봐야만 한다는 사실이 그를 너무나 작게 만들었다.

"허업!"

"장문인! 더 이상은……!"

고군분투하며 어떻게든 전선을 유지하기 위해 노력하던 일대제자들이 한순간에 무너졌다.

혼천천귀대만 해도 감당이 안 되는데 적들이 더 늘어났다.

감숙성에 암약하고 있던 마도와 흑도의 무리들이 합세한 것이었다.

그 숫자만 물경 천에 달하자 목진자의 표정이 해쓱하게 변했다.

"우리도 구대문파 좀 무너뜨려 보자!"

"구대문파가 별거냐!"

"어차피 칼침 받으면 뒈지는 건 똑같아!"

"무공서고부터 찾아라!"

고수는 많지 않았지만 문제는 숫자였다.

더구나 혼천천귀대를 상대하느라 지칠 대로 지친 공동파의 제자들에게 수많은 적들은 치명적이었다.

제아무리 고수라도 지치면 제 실력을 발휘할 수 없었다.

그걸 증명하듯 겨우겨우 유지되었던 전선은 순식간에 허물어졌고, 사방에서는 비명과 단말마가 속출했다.

"이놈들!"

피를 토하며 죽어가는 제자들의 모습에 목진자는 더 이상 자리를 지킬 수 없었다.

이미 전부 다 난전에 돌입했기에 의미도 없었고 말이다.

"어허. 어딜 가시나."

"장문인이면 장문인답게 비슷한 급과 놀아야지."

"큭!"

양쪽에서 파고드는 묵직한 경력에 목진자가 검을 크게 휘둘렀다.

검강으로 두 개의 경력을 해소했던 것이다.

동시에 목진자의 눈이 빠르게 주변을 훑었다.

"우리 둘이면 과분하지."

"암. 몰락한 공동파 따위야."

"대주도 아닌 것들이!"

목진자의 눈이 붉어졌다.

대주도, 부대주도 아닌 기껏해야 조장급 정도로밖에 안 보이는 두 명이 시시덕거리자 분통이 치밀어 올랐던 것이다.

비록 위세가 과거 같지 않다고 하지만 그래도 여전히 구대문파의 한 자리를 차지하고 있는 문파가 바로 공동파였다.

"대주가 왔으면 이미 목 위에 있는 건 날아갔지."

"우리 대주는 진짜 미친놈이라 말도 안 해. 그냥 머리부터 뎅겅 잘라 버리지."

"악력으로 터뜨리지 않으면 다행이지. 적어도 칼로 베면 고통은 덜하잖아?"

"근데 궁금하긴 하다. 머리통이 터지는 느낌은 어떤 느낌일까?"

쌔애액!

자신을 얼마나 무시하는 것인지 만담을 펼치고 있는 둘을 향해 목진자가 전력으로 검을 뿌렸다.

단숨에 둘을 처치하고 대주를 찾을 요량이었다.

하지만 마공에 상극이라 할 수 있는 복마검법(伏魔劍法)을 극성으로 펼쳤음에도 두 마인을 쓰러뜨리지 못했다.

"어이쿠!"

"꼴에 장문인이라고 한 수를 가지고 있기는 하네."

"그래 봤자 대성도 못 했지만."

두 마인이 비릿하게 웃었다.

위력적이긴 했지만 그렇다고 감당하지 못할 정도는 아니었다.

더구나 복마검법의 성취도가 상당히 낮았기에 둘은 이죽거리며 목진자에게 쇄도했다.

"큭!"

형식이라고는 눈을 씻고 찾아봐도 찾을 수 없는 난잡한 공격이었으나 문제는 그 안에 깔린 마기였다. 워낙에 강맹한 기운이 서려 있다 보니 별거 아닌 초식인데도 위력적이었다.

게다가 두 마인은 상처 입는 것을 두려워하지 않았다.

'젠장! 젠장!'

지금 이 순간에도 죽어가고 있을 제자들을 떠올리자 목진자가 다급해졌다.

한시라도 빨리 눈앞의 둘을 처치해야 하는데 마인들은 그런 그의 속내를 알고 있는 것인지 끈질기게 물고 늘어졌다.

달려들면 물러나고, 그래서 이동하려고 하면 달라붙었다.

마치 그를 농락하듯 말이다.

픽! 피픽!

그 결과 목진자의 몸에는 상처가 하나둘 늘어갔다.

다행히 치명적인 상처는 없었지만 중요한 것은 출혈과 피로가 누적되어 간다는 점이었다.

'내가 조금만 더 강했다면! 벽 장문인의 실력을 가졌더라면……!'

예전에도 부러워했었지만 지금은 더욱더 벽우진의 무력이 부러웠다. 벽우진이었다면 이깟 놈들쯤은 단칼에 베어 넘겼을 터였다.

하지만 안타깝게도 그는 벽우진이 아니었다.

콰콰쾅!

복마검이 맹렬하게 펼쳐졌지만 두 마인은 얄미울 정도로 완벽하게 그의 검역에서 빠져나갔다.

역시나 부족한 성취도 때문이었다.

완벽한 복마검이었다면 적어도 팔다리 하나 정도는 이번 공격에 내놓아야 했겠지만 안타깝게도 목진자의 수준은 그 정도에 이르지 못했다.

"슬슬 끝내자고. 고작 공동파 하나 지워 버리는데 시간 끌 필요 없잖아?"

"얼추 정리되어 가는 것 같기도 하고 말이지."

목진자의 얼굴이 시뻘겋게 변했다.

무시도 이런 무시가 없어서였다.

그러나 분한 건 저 말이 틀리지 않다는 점이었다.

피피피핑!

목진자가 자괴감에 몸서리칠 때 갑자기 허공에서 괴상한 소리가 들려왔다.

무언가가 날아오는 파공음이 들려왔던 것이다.

하지만 문제는 어디에서도 인기척이 느껴지지 않는다는 점이었다.

"뭐지?"

"무슨 소리야?"

화살이 날아오는 소리와 비슷하면서도 묘하게 다른 소리에 두 마인이 목진자를 공격하던 것도 멈추고 하늘 위를 쳐다봤다.

그리고 그때 여기저기에서 단말마가 들려왔다.

"커헉!"

"켁"!

"뭐, 뭐야!"

사선으로 내리꽂는 공격에 혼천천귀대는 물론이고 힘을 보태러 온 마도문파의 마인들이 고꾸라졌다.

정체를 알 수 없는 공격에 하나같이 머리에 구멍이 뚫린 채로 쓰러졌던 것이다.

“이야~! 많이도 몰려 왔네. 확실히 쪽수는 더럽게 많구만.”

“자, 장문인!”

멀리서 들려오는 음성에 목진자의 두 눈이 화등잔만 하게 커졌다.

거리가 상당한 모양인지 아니면 어둠 때문인지 아직 목소리의 주인은 보이지 않았지만 목진자는 알았다.

너무나 익숙한 음성이기에 모를 수가 없었던 것이다.

피피피핑!

그러는 사이에도 마인들의 죽음은 계속해서 이어졌다.

가뜩이나 깜깜한 상황에서 보이지 않는 공격이 날아오니 속수무책으로 당할 수밖에 없었던 것이다.

거기다 놀라운 점은 공격이 너무나 정확하게 마인들만 노린다는 점이었다.

마치 정확히 보고 있다는 듯이 말이다.

“움직여!”

“넋 놓지 말고 피해!”

“누가 그걸 몰라서…… 컥!”

보이지도, 느껴지지도 않는 공격에 뒤늦게 마인들이 움직였다.

하지만 그렇게 해도 결과는 크게 달라지지 않았다.

퍼퍼펑!

회피하는 것까지 감안했다는 듯이 정체를 알 수 없는 공격은 정확히 마인들의 머리통을 날려 버렸다.

운 좋게 피해내도 어깨나 가슴에 구멍이 뚫렸다.

“미, 미친!”

"도대체 누구기에 이런 무력을 보이는 거지?"

보고도 믿겨지지 않는 광경에 목진자의 앞에 있던 두 조장들도 몸을 떨었다.

혹여나 자신들에게도 날아올까 긴장하는 것이었다.

반대로 목진자의 두 눈가는 촉촉해졌다.

생각지도 못한 지원에 크게 감격한 것이었다.

쉬이익!

이윽고 무언가가 바람을 가르는 소리가 들려왔다.

동시에 혼천천귀대의 눈에 하나의 인영이 보였다.

검을 타고서 밤하늘을 가르며 날아오는 이가 눈에 들어왔던 것이다.

"어검비행술!"

마치 신선처럼 검을 타고서 날아오는 인영의 모습에 곳곳에서 탄성이 터져 나왔다.

어검술을 펼치는 이도 드문 마당에 어검비행술로 날아오는 걸 보자 다들 감탄했던 것이다.

하지만 그 감탄은 얼마 가지 않았다.

동료들을 죽인 게 바로 저 인영이라는 사실을 알았기에 마인들은 하나같이 살기를 폭발시켰다.

놀라운 구경을 하기는 했지만 중요한 건 그들에게 있어 저자가 적이라는 점이었다.

"잠깐만. 눈에 익은데?"

"패선 아냐?"

"안녕?"

무상검을 타고서 날아온 벽우진이 싱긋 웃었다.

하지만 그 미소에 혼천천귀대는 이상하게 몸이 굳어졌다.

얼굴은 웃고 있는데 전신에서 흘러나오는 기도는 전혀 부드럽지 않았다.

오히려 무자비하게 찍어 누르는 듯한 위압감에 혼천천귀대가 마른침을 삼켰다.

"어떻게 이곳에?"

"네놈들에게 이를 가는 곳이 하나 생겼거든. 그러기에 왜 그렇게 설쳤어? 가뜩이나 많은 적을 더 만들어 버렸잖아?"

펑!

목진자의 앞에 서 있던 둘 중 한 명의 어깨가 날아갔다.

동시에 오른쪽 팔이 허무하게 바닥으로 떨어졌다.

벽우진의 지풍에 팔 한쪽이 날아간 것이었다.

푸하하핫!

뒤늦게 상처 부위에서 피가 솟구쳤지만 마인은 고통을 느끼지 못하는지 멍한 표정으로 허공을 주시하기만 했다.

그런 그를 목진자는 단숨에 처리했다.

벽우진이 제법 숫자를 줄였다고 하나 그래도 아직 많은 적들이 남아 있었다.

그렇기에 목진자는 기회를 놓치지 않았다.

"다행히 완전 늦지는 않은 모양이야."

"와주셔서 정말, 정말 감사합니다."

"비슷한 처지에 돕고 살아야지. 천년마교에는 갚을 빚이 있기도 하고."

"근데 어떻게 알고 오신 겁니까?"

목진자가 얼떨떨한 표정을 지었다.

감숙성의 정도문파들조차 제때 지원군을 보내지 못하는 상황이었다.

그런데 벽우진은 그들보다 빨리 공동파에 도착했다.

심지어 곤륜파가 자리 잡은 곤륜산은 감숙성보다 서장에 훨씬 더 가까웠는데 말이다.

"말했잖아. 천년마교에 이를 가는 이들이 있다고. 중원에는 개방도들만 있는 게 아냐. 눈과 귀를 가릴 수 있는 것도 한두 번뿐이고."

"그렇지요."

짐작 가는 곳은 없지만 목진자는 일단 맞장구를 쳤다.

벽우진 한 명이 온 것만으로도 천군만마가 온 듯 든든해서였다.

또한 자신의 노력이 무의미하지 않았다는 점도 깨달았다.

만약 그가 다른 이처럼 고리타분하고 꽉 막힌 성격이어서 벽우진을 질투만 했다면 이런 기적은 찾아오지 않았을 터였다.

"그리고 알다시피 나 역시 이놈들에게 관심이 아주, 매우 많거든."

"죽여!"

"패선은 고작 한 명이다!"

"모조리 공격해라!"

조장급 하나가 죽었지만 혼천천귀대의 기세를 꺾기에는 부족했다.

백인장급도 아닌 조장급이었기에 기가 죽기는커녕 오히려 살의를 불태웠다.

강자존의 절대 법칙 속에서 자라온 이들이었기에 고수의 등장에 겁을 먹기보다는 호승심이 타올랐던 것이다.

"요놈들은 내가 상대할 테니까 장문인은 애들부터 챙겨. 부상자들은 뒤로 빼고."

"저도 힘을 보태겠습니다."

벽우진을 향해 짓쳐 드는 혼천천귀대를 보며 목진자가 결연한 표정을 지었다.

실력을 모르는 것은 아니지만 지금 벽우진에게 달려드는 혼천천귀대의 숫자는 언뜻 봐도 구백 명 가까이 되었다.

거기다 눈치를 살피는 이들을 합치면 배에 달했고.

때문에 목진자는 피투성이의 몸이었지만 벽우진의 옆에 섰다.

"잡것들 상대하는데 장문인의 손까지 더할 필요 없어. 일단 제자들부터 챙겨. 싸우는 건 그다음에 생각하고. 혼천천귀대만 있는 게 아니니까."

툭.

무상검에 타고 있던 벽우진이 바닥에 내려섰다.

그러자 무상검이 벽우진을 호위하듯 주변을 빙빙 돌았다.

마치 다가오는 자들은 가만두지 않겠다는 듯이 말이다.

"죽어라!"

"이곳을 네놈의 무덤으로 만들어주마!"

"목을 따주마!"

제정신이 아닌 이들만 모아놔서 그런지 다들 이기어검에는 신경도 쓰지 않았다.

막강한 무력을 지닌 건 알지만 단 한 명이기에 모두가 덤벼들면 잡을 수 있다고 생각한 것이었다.

그리고 그들은 천산에서 결코 물러서는 법을 배우지 않았다.

다치고 죽더라도 그들은 결코 멈추지 않았다.

"쯧쯧. 어리석은 중생들이로구나. 아, 중생들이라는 표현은 너무 과분한가? 저급한 마교 종자들에게 사용하기에는."

"뒈져랏!"

강자존의 절대 법칙을 숭상하는 마교도답게 쇄도하는 마인들의 표정에는 망설이는 기색이 전혀 없었다.

오히려 이참에 벽우진의 목을 베겠다는 듯이 사방팔방에서 개미 떼처럼 짓쳐 들었다.

"싫은데?"

퍼퍼퍼퍽!

뒷짐을 지고 있던 벽우진이 히죽 웃었다.

지척까지 혼천천귀대의 마인들이 다가왔음에도 불구하고 말이다.

그리고 그렇게 서 있던 이유를 벽우진은 실력으로 증명해 냈다.

주르륵.

무시무시한 기세로 달려들던 마인들이 멈춰 섰다.

선두에서 쇄도하던 이들이 하나같이 똑같은 간격을 남겨두고서 정지했던 것이다.

하지만 그건 결코 자의에 의한 것이 아니었다.

"뭐, 뭐야?"

아무것도 느끼지 못했는데 어느새 왼쪽 가슴에 구멍이 뚫려 있었다.

그렇다고 벽우진이 움직인 것도, 허공을 빙빙 도는 검이 쇄도한 것도 아니었다.

어느 순간 갑자기 심장이 꿰뚫린 상태에서 선두에 서 있던 마인들이 어처구니없다는 표정을 지었다.

"네 수준이 그 정도밖에 안 된다는 뜻이다. 그러니 그냥 죽어."

"미, 미친……."

정확히 심장이 관통당한 마인들이 우르르 쓰러졌다.

물경 백이 넘는 마인들이 한순간에 절명했던 것이다.

그 모습에 살기등등하게 달려들던 혼천천귀대가 멈칫거렸다.

장내에 내려앉은 싸한 느낌에 섣불리 움직이지 않았던 것이다.

"뭐 해? 안 오고. 설마 천하의 천년마교도가 겁을 집어먹은 건가? 나한테서? 그런 거야? 응?"

"닥쳐라!"

"마교가 아니라 신교다!"

벽우진의 도발에 잠시 머뭇거렸던 혼천천귀대가 달려들었다.

그러나 방금 전과 달리 무작정 덤벼들지 않았다.

오감과 기감을 최대한 끌어 올리며 벽우진의 공격에 대비했다.

보이지도, 느껴지지도 않았지만 분명한 사실은 벽우진이 무슨 수를 써서 동료들을 도살했다는 것이었다.

'나는 다르다!'

'무슨 수법을 썼는지는 모르겠으나 더 이상은 통하지 않을 것이다!'

달려드는 혼천천귀대원들의 눈빛은 형형했다.

절대 벽우진의 얕은 수법에 당하지 않겠다는 결의가 강하게 서려 있었던 것이다.

그 모습에 벽우진은 피식 웃었다.

하지만 두 눈만큼은 웃고 있지 않았다.

턱.

벽우진을 호위하는 듯이 원을 그리며 배회하던 무상검이 얌전히 앞으로 날아왔다.

그런 무상검을 벽우진은 부드럽게 잡았다. 어느새 코앞까지 마인들이 다가왔음에도 그는 느릿하게 무상검을 움켜잡았던 것이다.

"죽어라!"

동시에 지근거리까지 접근한 혼천천귀대원들이 득의양양한 표정을 지었다.

죽은 동료들이 넘지 못했던 거리를 지나쳤음에도 자신들의 몸에는 아무런 이상이 없어서였다.

동시에 그들은 예상이 맞았다고 생각했다.

사술도 사술이지만 동료들이 죽은 이유는 방심이 크다고 여긴 것이다.

"아직 좋아하기는 이른데 말이지."

"……어?"

하품이 나올 정도로 느릿하게 무상검을 잡은 벽우진은 그대로 횡 베기를 펼쳤다.

딱히 힘을 준 것도 아니고 마치 장난처럼 가로로 검을 휘둘렀던 것이다.

그런데 그 단순한 횡 베기에 세상이 갈라졌다.

적어도 달려들던 마인들에게는 말이다.

"뭐야?"

"갑자기 왜 세상이……?"

갈라진 세상이 기괴하게 비틀어지는 광경에 마인들의 입에서 하나같이 당혹성이 터져 나왔다.

그러나 그들의 중얼거림은 더 이상 이어지지 못했다.

안타깝게도 그게 마지막 유언이었던 것이다.

푸하하학!

뒤늦게 곳곳에서 피 분수가 터져 나왔다.

양분된 마인들의 시체에서 피가 솟구쳐 허공과 바닥을 적셨던 것이다.

그리고 벽우진의 주위에 시체의 산이 쌓였다.

"미, 미친!"

"저게 같은 인간이라고?"

보고도 믿어지지 않는 광경에 혼천천귀대를 지원하기 위해 공동산을 올라온 중원의 마인들이 멍한 표정을 지었다.

대단하다는 말을 귀에 딱지가 앉도록 들었지만 그래도 상대가 천년마교의 마인들이었다.

그것도 일반 마교도가 아니라 천년마교를 대표하는 오대 무력 조직 중 한 곳인 혼천천귀대원들이었다.

한데 벽우진은 그런 이들을 마치 썩은 짚단 베어 넘기듯이 썰어 버렸다.

휘이이잉.

그 말도 안 되는 광경에 전투가 일순 소강상태에 빠졌다.

모두가 똑같은 심정으로 벽우진을 쳐다봤던 것이다.

"싸우러 온 사람들 어디 갔나?"

단 한 명의 지원군이었지만 그로 인해 벌어진 결과는 놀라웠다.

혼자서 수백 명을 멈춰 세운 벽우진은 자신이 왜 패선이라 불리는지, 천하제일인에 가장 근접한 무인으로 불리는지를 증명했다.

파파파팟!

그러나 혼천천귀대도 가만히 있지는 않았다.

일반 대원들이 도륙당하자 이번에는 백인대장들이 나섰다.

총 열 명으로 이루어진 백인대장들이 말없이 벽우진을 향해 달려들었던 것이다.

"호오."

괜히 백인대장이 아니라는 듯이 열 명이 흩뿌리는 마기는 농밀했다.

또한 쓸데없이 주둥이를 나불거리지도 않았다.

그저 서늘한 살기를 내뿜으며 벽우진에게 쇄도했다.

순식간에 벽우진을 포위하고서 말이다.

"하지만 부족해."

열 명의 몸놀림은 확실히 달랐다.

또한 전술적이었다.

단순히 공격하고 죽이는 것을 넘어 공간 자체를 이해하고 있었다.

서로가 어느 곳을 노려야 하는지 정확히 알고 있는 움직임이었다.

쿠르르릉!

거기에 강력한 공력이 합세하니 대기가 진동했다.

열 명이 일으킨 마기가 그물망처럼 벽우진을 조여왔던 것이다.

그러나 그뿐이었다.

자기들 딴에는 대단한 협공이라고 생각하겠지만 벽우진에게는 아니었다.

촤라라락!

열 명이 힘을 합쳐서 만든 무형의 그물망이 한순간에 찢어졌다.

벽우진의 기운에 속절없이 찢어발겨졌던 것이다.

"큭!"

그리고 벽우진의 공격은 그게 다가 아니었다.

혼천천귀대원들을 불귀의 객으로 만들었던 무형지기는 이번에도 여지없이 백인대장들의 전신 요혈을 노렸다.

은밀히 다가가 기습적으로 파고들었던 것이다.

한데 이번에는 결과가 좀 달랐다.

"이 정도쯤이야!"

감지조차 못하고 속수무책으로 당했던 일반 대원들과 달리 백인대장들은 가까스로 사혈을 피해냈다.

완벽히 회피하지는 못하더라도 치명적인 상처만은 피했던 것이다.

그러면서 벽우진에게 달려들었다.

"제법인데?"

상처를 입기는 했지만 치명상은 어찌어찌 피해내고서 쇄도하는 백인대장들의 모습에 벽우진이 의외라는 표정을 지었다.

사실 여기까지 올 줄은 몰라서였다.

"죽어라!"

"공동산과 함께 묻어주마!"

아직까지 누구도 넘지 못했던 간격을 넘은 열 명의 공격이 벽우진에게 집중됐다.

검강이며 도강이며 온갖 공격들이 벽우진에게 쏟아졌던 것이다.

꽈아아앙!

혼신의 힘을 다한 공격이 벽우진을 덮치며 거대한 폭발이 일어났다.

굉음과 함께 지진이라도 난 것처럼 대지가 뒤흔들렸지만 백인대장들은 공격을 멈추지 않았다.

벽우진이 어느 정도의 고수인지를 이번 충돌로 인해 확실하게 알게 되었기에 백인대장들은 모든 것을 쏟아부었다.

이번이 아니면 기회가 없음을 본능적으로 알았던 것이다.

"크아아아!"

"하아압!"

연이은 폭발로 인해 벽우진이 서 있던 자리는 보이지 않았다.

어쩌면 같은 동료에게 자신의 공격이 날아갈 수도 있었지만 그들은 멈추지 않았다.

벽우진의 시체를 보기 전까지는 안심할 수 없어서였다.

투둑. 투두둑.

하늘 높게 솟구쳤던 흙덩이들이 묵직한 소리를 내며 바닥에 떨어질 무렵이 되어서야 공격을 멈춘 백인대장들이 서로를 쳐다봤다.

전력을 다하기는 했으나 벽우진을 죽였을 거라 장담하지는 못해서였다.

"이 정도면 죽지 않았을까?"

"호신강기가 있다고 하지만 그래도 만능은 아니지."

"이미 소모한 내공이 얼마인데. 다들 알잖아. 무형지기를 저렇게 사용하려면 얼마나 많은 공력과 심력이 소모되는지를."

"이대로 뒈졌으면 좋겠는데 말이지."

가지각색의 복장을 하고 있는 백인대장들이 서로를 쳐다보며 중얼거렸다.

빈말이 아니라 정말 이대로 죽었으면 싶어서였다.

웬만해서는 두려움을 느끼지 못하는 그들이었지만 벽우진은 달랐다.

공동파조차도 아래로 내려다봤던 그들이었으나 벽우진은 그러지 못했다.

퍼엉!

짙은 먼지구름이 가라앉기를 기다리며, 그리고 그 안에 벽우진의 시체가 있기를 기원하며 제자리에 서서 뚫어져라 주시하고 있던 백인대장들 중 한 명의 이마에 구멍이 뚫렸다.

소리도 없이 날아온 무언가에 직격으로 맞아 절명한 것이었다.

"젠장!"

"아직 살아 있어!"

"괴물 같은 자식!"

장대한 체구의 동료가 뒤로 넘어가는 광경을 보기 무섭게 남은 아홉 명의 백인대장들이 이를 악물고서 달려들었다.

뿌연 흙먼지로 인해 아직 벽우진의 모습은 보이지 않았으나 다들 알고 있었다.

벽우진이 살아 있음을 말이다.

"조심……!"

어느 순간 들려오는 파공성에 아홉 명 중 한 명이 소리쳤다.

하지만 그건 의미 없는 외침이었다.

그가 소리친 순간 이미 한 명의 머리통이 날아갔던 것이다.

안구 한쪽을 터뜨리며 머리를 관통한 공격에 달려들던 중년인이 바닥으로 고꾸라졌다.

"으아아아!"

"말했잖아. 부족하다고."

퍼엉! 펑!

나른한 목소리와 함께 달려들던 백인대장들이 하나둘 튕겨져 나갔다.

모두 똑같이 머리에 구멍이 뚫린 채로 말이다.

하지만 그럼에도 아직 살아남은 이들은 달려드는 것을 멈추지 않았다.

도망치는 순간 뒤통수에 공격이 날아들 것임을 너무나 잘 알아서였다.

'어떻게든 여기에서 승부를 봐야 한다!'

'허장성세일 수도 있어!'

다른 이도 아니고 백인대장들의 협공이었다.

제아무리 벽우진이라도 멀쩡하지는 못할 거라고 생각했다.

그러나 그 예상은 안타깝게도 빗나갔다.

한 줄기 바람에 먼지구름이 걷히고 드러난 광경은 달려들던 여섯 명을 절망에 빠뜨리기에 충분했다.

"……빌어먹을."

움직이지 않는 데에는 이유가 있을 거라고 생각했다.

하지만 그건 그들의 바람이었고 착각이었다.

벽우진은 처음과 똑같은 모습으로 서 있었다.

왼손의 검지만 펼친 상태로 말이다.

"평."

벽우진의 손가락이 자신을 가리키자 무섭게 작은 체구의 백인대장이 화들짝 놀라며 몸을 날렸다.

갈 지(之)를 그리듯이 경신술을 펼쳤던 것이다.

그러나 결과는 달라지지 않았다.

퍼석.

전력으로 경신술을 펼쳤음에도 장년인의 머리에는 구멍이 뚫렸다.

"뭣들 하느냐!"

그때 뒤쪽에서 묵직한 노성이 터져 나왔다.

동시에 강대한 마기가 활화산처럼 폭발했다.

"대, 대주님!"

"어서 공격하지 않고!"

공동파에 도착한 이래로 지금까지 단 한 발자국도 떼지 않았던 혼천천귀대주가 움직였다.

심지어 그의 곁에는 두 명의 부대주도 함께였다.

벽우진의 등장과 함께 장내의 분위기가 심상치 않게 흘러가자 세 사람이 끝내 움직인 것이었다.

'할 수 있다!'

벌써 반이나 죽었지만 남아 있던 백인대장의 얼굴은 밝았다. 대주와 부대주들과 함께라면 승산이 있다고 생각한 것이다.

'놈도 결국 피육으로 이루어진 인간이니까!'

움직임이 극히 적었기에 체력적으로는 여유가 있을지 모르나 공력 소모는 상당할 터였다.

물론 고수인 만큼 축적된 내공의 양이 상당하겠지만 그래도 한계가 없는 것은 아니었다.

그렇기에 백인대장들은 이번에야말로 벽우진을 끝장낼 수 있을 거라 생각했다.

'혼천천귀대가 단 한 명에게 무너진다는 건 말이 안 되니까. 교주님이라면 모를까.'

인간이되 인간이 아닌, 인간의 탈을 벗어난 존재인 교주라면 홀로 혼천천귀대를 도륙하는 것도 불가능하지는 않았다.

그 정도로 대단한 무인이 마제였다.

하지만 눈앞의 벽우진은 그 정도까지는 안 된다고 생각했다.

"이제야 좀 상대할 만하겠네."

'뭐라고 지껄이는 거야.'

온갖 거만을 떠는 벽우진의 모습에 부대주들이 입술을 비틀었다.

건방져도 너무나 건방져서였다.

그래서 둘은 벽우진에게 현실을 가르쳐 주기로 마음먹었다.

왜 중원인들이 천년신교라는 네 글자를 두려워하는지 말이다.

카앙! 캉!

"소용없다!"

예의 시작되는 무형지기 공격에 혼천천귀대주가 포효했다.

위협적이기는 하지만 그렇다고 무적일 정도로 대단한 공격은 아니었다.

벽우진만큼 세밀하지는 못해도 그 역시 무형지기를 다룰 줄 알았고.

그리고 무형살인강이라는 경지는 어느 정도의 수준만 되면 누구나 사용할 수 있는 기술이었다.

쌔애애액!

사방에서 파고드는 무형지기를 가르며 순식간에 거리를 좁힌 대주의 장검이 벽우진에게 쇄도했다.

그가 흐트러뜨린 것도 있지만 부대주와 백인대장들이 신경을 끌어주었기에 가능한 접근이기도 했다.

터엉!

태산조차 뭉개 버릴 기세로 떨어져 내리는 일검을 벽우진은 가볍게 막아냈다.

하지만 공격은 이제부터가 시작이었다.

벽우진이 대주의 검을 막은 것과 동시에 사방에서 이리 떼처럼 마인들이 달려들었다.

두 명의 부대주들과 다섯 명의 백인대장들이 벽우진의 빈틈을 물어뜯겠다는 듯이 쇄도했다.

'확실히 수준이 올라갔어.'

단 세 명이 합세한 것뿐인데도 수준이 몇 단계는 상승했다.

게다가 멀쩡한 세 명과 달리 백인대장들은 상처투성이인 상태였다.

그런데도 그들은 일말의 망설임 없이 벽우진에게 쇄도했다.

같이 죽어도 상관없다는 듯이 말이다.

'이러니 두려워 할 수밖에 없지.'

실력도 실력이지만 투지 자체가 달랐다.

죽음을 앞에 두고도 물러서지 않는 투지는 아무나 가질 수 있는 게 아니었다.

무공의 고하가 아닌 정신력과 관련된 부분이었다.

그런데 그 부분에서 천년마교는 남달랐다.

'하지만 물러나지 않은 건 내 사부님과 사백님, 사숙님들도 마찬가지였어.'

전멸당할 것을 알고 있었음에도 지난번 정마대전 당시 곤륜파의 도인들은 단 한 발짝도 물러나지 않았다.

죽을 걸 알고 있었고, 멸문지화를 당할 걸 알았다.

하나 그럼에도 곤륜파의 선인들은 끝끝내 자리를 지켰고 중원 무림이 힘을 결집할 시간을 벌어주었다.

자신들을 희생하면서까지 말이다.

터터터텅!

하나같이 치명적인 사혈만을 노리고서 파고들던 일곱 명의 공격이 막혔다.

벽우진의 손짓과 함께 생성된 일곱 개의 장인이 그들의 공격을 정확히 막아내었던 것이다.

그리고 허공에 떠오른 장인은 단순히 막는 것에서 그치지 않았다.

"죽어라."

마치 사신의 사형 선고처럼 벽우진은 너무나 싸늘한 얼굴로 입을 열었다.

애초에 그가 머나먼 공동파까지 온 이유는 목진자를 도와주기 위해서이기도 했지만 전대의 복수를 하기 위해서였다.

진명마가만으로는 턱없이 부족했기에 공동산까지 직접 날아온 것이다.

"끄아악!"

"켁!"

부지불식간에 펼쳐진 일곱 개의 상청인(上淸印)이 부대주들과 백인대장들에게 뻗어나갔다. 피해도 끈질기게 물고 늘어졌던 것이다.

"이놈!"

그 모습에 혼천천귀대주가 시뻘게진 얼굴로 연거푸 검을 휘둘렀다.

자신을 상대하면서도 일곱 명을 몰아치자 자존심에 상처를 입은 것이었다.

하지만 그럴수록 점점 수렁에 빠져들고 있음을 그는 알아차리지 못했다.

"나이도 어린 주제에."

"단숨에 네놈의 목을……!"

경합은 오래가지 못했다.

십여 합을 나누기도 전에 대주의 검이 박살 났던 것이다.

몇 차례 부딪치지도 않았건만 두 동강 나는 애검의 모습에 대주의 얼굴이 해쓱하게 변했다.

갑작스러운 상황에 당황한 것이다.

푹!

그리고 그 틈을 벽우진은 놓치지 않았다.

순간적으로 움찔거리는 순간 무상검을 찔러 넣었다.

퍼퍼퍼펑!

뒤이어 곳곳에서 육편이 치솟았다.

상청인의 집요한 추격에 결국 일곱 명 전부 폭사한 것이었다.

"이런 개 같은……."

심장이 꿰뚫린 혼천천귀대주가 얼굴을 악귀처럼 일그러뜨리며 중얼거렸다.

그런 그의 양손은 무상검을 쥐고 있었다.

혹시라도 막을 수 있지 않을까, 조금이라도 지연시킬 수 있지 않을까 싶어 붙잡은 것이었다.

하지만 결과는 관통이었다.

"외롭지는 않을 거야."

무심한 얼굴로 대주를 쳐다보며 벽우진이 말했다.

그러면서 좌우를 힐긋거렸다.

시산혈해라는 말이 절로 떠오르는 주변을 가리키면서 말이다.

"크큭! 이겼다고 좋아하지 마라. 진짜 전쟁은 시작도 하지, 않았으니까."

"피차일반이야. 나 역시 고작 진명마가랑 혼천천귀대에 만족할 생각 없어."

"지독한 절망이, 곧 중원에 도래할 것이다……."

회광반조인 듯 혼천천귀대주의 눈에서 형형한 안광이 번뜩였다.

그러나 벽우진은 그것을 보고도 대수롭지 않은 얼굴로 검을 뽑았다.

"뒈져, 그냥."

"컥!"

더 이상의 지껄임을 들어주지 않겠다는 듯이 거칠게 배를 차며 검을 회수했던 것이다.

"히이익!"

"도, 도망쳐!"

그리고 그 광경이 도화선이 되었다.

백인대장들에 이어 부대주들과 혼천천귀대주마저 쓰러지자 공동산을 올라왔던 마도문파들이 황급히 몸을 돌렸다.

벽우진을 상대할 자신이 없기에 도주를 선택한 것이다.

"어딜 가려느냐!"

"올 때는 마음대로 왔어도 갈 때는 안 되느니라!"

"모조리 추살하라!"

다급히 몸을 내빼는 그들의 모습에 목진자가 포효하며 몸을 날렸다.

전세가 역전되었기에 이 기세 그대로 쓸어버릴 생각이었다.

그 뒤로 공동파의 제자들이 악에 받친 얼굴로 뒤따랐다.

"날 잊으면 안 되지."

무상검을 납검한 벽우진이 양손을 활짝 펼쳤다. 이윽고 도망치는 혼천천귀대의 뒤통수로 수십 개의 지풍이 쏟아져 내렸다.

… 제6장 …

아아! 청민아……

탁.

붓을 내려놓은 제갈현의 표정이 어두웠다.

감숙성은 벽우진의 빠른 지원으로 한시름을 놓았지만 문제는 운남성이었다.

속가제자들을 중심으로 다시 재건에 힘쓰고 있던 점창파에 또다시 악운이 덮쳤다.

점창파를 무너뜨렸던 오독문이 재차 습격하며 또다시 중원 진출을 공표했던 것이다.

"천년마교만으로도 정신없는 마당에, 아니, 그래서 노린 건가."

오독문의 기세는 과거와 비교하면 확실히 약했다.

지난번 전쟁 때 입은 피해를 아직도 복구하지 못한 것이다.

하지만 그럼에도 최정예라 할 수 있는 문주와 사군(四君)이 건재했기에 위협적인 것은 사실이었다.

또한 오독문에 상극이라 할 수 있는 사천당가가 현재 함부로 사천성의 성도를 떠날 수 없다는 점도 큰 문제였다.

"교활한 놈들."

지도를 내려다보는 제갈현의 미간이 잔뜩 찌푸려졌다.

말 그대로 뒤통수를 후려 맞은 느낌이었다.

"일단은 형산파가 잘 막아주길 기도해야지."

아미파도 나설 수 없는 상황이었기에 현재 운남성에서 가장 가까운 곳은 형산파였다.

그렇다고 해도 호남성 형산에 자리 잡은 형산파가 운남성까지 가려면 귀주성을 가로질러야 했다.

해서 귀주성의 백도문파들에게 지원을 요청했지만 제갈현은 크게 기대하지 않았다.

다른 성들과 달리 귀주성은 백도세력이 그리 크지 않은 성이기도 했고, 특별히 강력한 문파나 가문도 없었기에 오독문을 상대하기에는 여러모로 부족했다.

"설마 북해빙궁까지 갑자기 내려오는 건 아니겠지."

생각지도 못한 오독문의 재침공에 제갈현의 입에서 탄식이 흘러나왔다.

아니길 바라고 있지만 가능성은 충분하다고 생각해서였다.

오독문과 달리 궁주와 십존이라는 최정예가 모두 쓰러지기는 했지만 북해의 패자가 북해빙궁이었다.

그런 만큼 전의 침공 때만큼은 아니더라도 전력을 상당 부분 복구했을 게 분명했다.

"하아."

거기까지 생각이 닿자 나오는 것은 한숨뿐이었다.

천년마교만으로도 버거운 실정인데 여기에 오독문까지 가세하니 날이 갈수록 흰머리가 늘어가는 것 같았다.

"아버지, 소자 준이옵니다."

"저도 같이 왔어요."

"들어오너라."

답답한 마음에 얼굴이 좀처럼 펴지지 않았던 제갈현이 오랜만에 미소를 지었다.

끊이질 않는 업무로 온몸이 쑤셔왔지만 그럼에도 자식들의 등장은 그를 미소 짓게 만들었다.

"바쁘신데 저희가 방해한 것은 아닌지 모르겠습니다."

"너도 알지 않느냐. 일은 끝나지 않는다는 걸. 단지 일이 적느냐, 많느냐의 차이일 뿐."

"맞습니다."

제갈준이 어색하게 웃었다.

제갈세가의 대소사는 제갈현이나 제갈명의 손에서 결정되어지지만 소가주인 그가 맡고 있는 소임 역시 적지 않았다.

소가주라는 직위는 이름만 있는 게 아니었기에 두 사람만큼은 아니더라도 제갈준이 하는 일 역시 상당했다.

이번 사천행 역시 그가 책임지며 이끌었고 말이다.

"여기까지 오는 데 별다른 일은 없었느냐?"

"숙부가 저를 너무 강하게 키우려는 것 같습니다."

"후후후."

평소답지 않게 앓는 소리를 하는 아들의 모습에 제갈현이 피식 웃었다. 말은 저렇게 해도 누구보다 완벽하게 일을 처리하는 게 아들이라는 것을 잘 알아서였다.

"오는 데 힘들지는 않았고?"

"저만 힘든 게 아니니까요. 오히려 저보다는 다른 분들이 힘드셨죠."

"집에 있어도 된다니까."

"미약한 힘이지만 저도 한 손 보태고 싶었어요. 저도 중원인이잖아요."

제갈미미가 다부진 얼굴로 말했다.

실질적인 무력은 별 볼 일 없는 수준이었지만 대신 그녀는 제갈세가의 핏줄답게 다재다능한 능력을 가지고 있었다.

군사부의 한 자리를 능히 차지할 수 있을 정도로 말이다.

"그리 말해주니 고맙구나."

"고맙긴요. 당연히 해야 할 일인데요. 오히려 저는 후방에 있는 게 죄송스러운데요."

"각자의 역할이라는 게 있는 것이다. 모두 다 검을 들고 싸워서는 승리할 수 없지."

제갈현이 부드럽게 웃으며 딸내미를 쳐다봤다.

항상 어린 줄만 알았는데 어느새 다 큰 처녀가 되어 있었다.

어느새 한 명의 어엿한 성인이 된 모습에 제갈현은 흐뭇하면서도 씁쓸했다.

"소집령은 어떻게 되었느냐?"

"상황이 상황이니만큼 거부한 곳들은 극히 드뭅니다. 그나마 거부한 곳도 사정을 들어보면 납득이 되고요. 웬만큼 안 좋은 상황이 아닌 곳은 전부 소집령에 응했다고 보시면 될 것 같습니다."

"그럼 편제만 남았구나."

"예."

제갈현이 한결 가벼워진 표정으로 고개를 끄덕였다.

상대가 천년마교라서 그런지 북해빙궁이나 오독문 때와는 사뭇 다른 대응에 그는 정말 다행이라고 생각했다.

만약 이번에도 뜻을 모으는 게 흐지부지되었다면 지난번 때와는 비교도 안 되는 피해를 입었을 게 분명했다.

'아니, 무너졌을지도 모르지.'

늘 천년마교의 침공을 막아내기만 한 것은 아니었다.

중원무림의 암흑기 역시 분명히 존재했었다.

그렇기에 이렇게 다들 망설이지 않고 나서는 것이었고.

"어떻게 보면 가장 큰 문제가 남았지요."

"그래도 해야만 해. 최대한 서둘러서."

"때문에 군사부의 인원이 가장 먼저 배치된 것 아니겠습니까."

"명이랑 미미와 함께하니 크게 어렵지는 않을 것이다. 나도 있고."

"안 그래도 천만다행이라고 생각합니다. 혼자서 다 해야 했다면……."

제갈준이 말끝을 흐렸다.

상상하는 것만으로도 끔찍했던 것이다.

칼을 쥐고 전선에 나서야 하는 무인들만큼은 아니겠지만 군사부 인원들이 감당해야 하는 업무 역시 만만치 않았다.

"내 앞에서 주름잡지 말고."

"아, 죄송합니다."

"일단 대략적으로라도 편제를 끝내 놔. 내가 확인만 할 수 있게. 특히 오단(五團)부터. 혼천천귀대가 지리멸렬했다고 하지만 상대가 다름 아닌 천년마교야. 괴물들이 득시글거리는. 피해가 커도 금세 충원이 될 거다."

"그리하겠습니다."

"미미는 오빠 보좌해 주고."

"네."

제갈미미가 결연한 표정을 지었다.

반드시 임무를 완수하겠다는 얼굴에 제갈현은 옅게 웃으며 머리를 쓰다듬어 주었다.

"잘 부탁한다."

"최선을 다하겠습니다."

"열심히 할게요."

"힘든 거 있으면 가감 없이 바로 나에게 말하고."

상황이 상황이니만큼 대화할 수 있는 시간은 그리 많지 않았다.

제갈현이야 두말할 필요가 없었고 제갈준, 제갈미미 마찬가지였다.

그렇기에 세 사람은 정말 할 얘기만 하고 헤어져야 했다.

달칵.

방을 나서는 아들딸의 뒷모습을 주시하며 제갈현이 안쓰러운 표정을 지었다.

자신이야 일가의 가주이니만큼 이렇게 정신없이 일을 하는 게 당연했다.

하지만 아이들은 아니었기에 그는 안쓰러운 마음을 감출 수가 없었다.

"그러나 어쩔 수 없지."

막말로 아이의 손조차도 필요한 시점이 지금이었다.

그런 만큼 자식들의 도움도 절실한 상황이었기에 제갈현은 씁쓸히 중얼거렸다.

진명마가의 습격은 막았지만 전투가 끝난 것은 아니었다.

청해성 곳곳에 마도와 흑도의 무리들이 발호했기에 오늘도 곤륜파의 제자들은 쉬지 않고 사방을 헤집고 다녔다.

"여기도 얼추 정리가 되어 가네요."

"수준 차이가 너무 나."

처음과는 달리 상당히 가까워진 서예지와 현주혜가 시체들로 가득한 장내를 둘러보며 입을 열었다.

다행히 늦지 않게 도착을 했지만 피해가 아예 없지만은 않았다.

그래서인지 태무문(太武門)의 문주는 멍한 얼굴로 죽은 문도들을 쳐다보고 있었다.

거의 반파에 가까운 피해를 입었기에 망연자실했던 것이다.

"어쩔 수 없죠. 청해성은 중원보다 세외에 더 가까우니까요. 괜히 변방이라 불리는 게 아니에요."

"아무리 신강에 가깝다고 하지만……."

"그래도 다들 열심히 노력했을 거예요. 다만 한계를 넘기가 어려워서 그렇지."

실망한 기색이 역력한 현주혜를 달래듯이 서예지가 말했다.

그녀의 심정을 모르는 것은 아니었으나 그렇다고 죽은 이들을 탓해서는 안 되었다.

죽은 이들이라고 해서 약자로 살고 싶지는 않았을 테니까.

"장문인은 잘 도착하셨으려나?"

"사부님 걱정은 하지 않으셔도 되요."

"너무 무신경한 거 아냐?"

현주혜가 피식 웃었다.

무기명제자라고 하지만 그래도 대제자라고 할 수 있는데 서예지가 너무 걱정을 하지 않는 것 같아서였다.

"사숙님들께서 늘 하시는 말씀이세요. 사부님 걱정은 하는 게 아니라고."

"그래도 장문인 앞에서는 그렇게 말하지 마. 서운하실 거야."

"당연하죠."

서예지가 두말하면 잔소리라는 듯이 대답했다.

절대 얼굴 앞에서는 할 생각이 없어서였다.

"여기 계셨군요."

"청민 장로님."

두 사람 곁으로 청민이 다가왔다.

인솔자답게 가장 많은 이들을 상대한 모양인지 청민의 도복에는 핏자국이 제법 있었다.

하지만 다행히 상처는 없어 보였다.

"굳이 도와주시지 않으셔도 되는데."

"남의 일이 아니잖아요. 저도 중원인인 걸요."

"그렇긴 합니다만. 참, 보타문의 인원들이 막 섬서성에 도착했다고 합니다."

"아직도 멀었네요."

현주혜가 미간을 좁혔다.

소식을 전한 지가 언제인데 아직도 감숙성조차 넘지 못했다는 소식에 현주혜는 가슴이 답답했다.

"그래도 섬서성이면 금방입니다. 길을 잘 모를 수도 있고."

"길 안내는 개방이 도와주는 것으로 알고 있는데요."

"하하하."

청민이 어색하게 웃었다.

이렇게까지 말하면 그로서는 더 이상 할 말이 없어서였다.

사실 생각보다 속도가 늦은 편이기도 했고.

"거의 끝에서 끝으로 오는 거잖아요. 예기치 못한 일들을 겪고 있을 수도 있죠. 여기만큼은 아니더라도 중원 역시 난리일 테니까요."

"그래도 너무 늦어."

서예지가 거들었으나 현주혜는 고개를 저었다.

아무리 그래도 이동 속도가 너무 느린 것 같아서였다.

"좋게 생각하시죠. 느리긴 해도 별 탈 없이 오고 있지 않습니까. 연락도 꾸준히 되고 있고."

"그건 다행입니다만."

현주혜가 못마땅한 표정을 지었다.

시급을 다투는 일은 아니었지만 그래도 서둘러서 나쁠 것은 없다고 생각해서였다.

"전서응으로 전달할 수 있는 내용이 한정적이라 설명을 다 못했을 겁니다. 문주님께서 이해하시죠."

"최대한 서둘러 주었으면 좋겠어요."

현주혜의 시선이 부상자들을 나르고 치료하는 곤륜파의 제자들에게로 향했다.

어린 나이의 아이들이지만 이제는 어엿한 무인 태가 나고 있었다.

찌릿!

그런데 그때 현주혜와 청민의 눈빛이 달라졌다.

멀지 않은 곳에서 아주 강렬한 파동이 느껴졌던 것이다.

"장로님."

"……문주님."

파동을 느낀 것과 동시에 두 사람은 서로를 쳐다봤다.

하지만 다른 이들은 느끼지 못한 건지 별다른 반응을 보이지 않았다.

"이 정도 기운이라면, 천년마교일 가능성이 높아요."

"그런 것 같습니다."

아직 거리가 상당함에도 살갗이 저릿해질 정도의 마기에 청민이 무거운 표정으로 주억거렸다.

동시에 머리가 빠르게 회전하기 시작했다.

도대체 누구기에 이 정도 마기를 흩뿌리나 싶었던 것이다.

'진명마가주 정도의 수준인 것 같은데.'

청민이 자기도 모르게 마른침을 삼켰다.

언뜻 느껴지는 기운이 진명마가주와 비교해도 크게 뒤떨어지지 않는 것 같아서였다.

"물러나야 해요."

청민만큼이나 심각한 얼굴로 현주혜가 말했다.

그녀 역시 상대의 수준을 짐작한 것이었다.

아니, 대놓고 드러냈기에 모를 수가 없었다.

"얼마 가지 않아 따라잡힐 겁니다. 아마 일부러 이 정도 거리에서 존재감을 드러낸 거겠지요."

"그렇다고 가만히 있을 수는 없어요."

"누군가는 시간을 벌어줘야 합니다."

현주혜가 입술을 깨물었다.

방금 전과는 완전히 다른 표정이었다.

여유로웠던 얼굴에는 다급함이 깊게 서려 있었다.

"제가, 제가 남겠어요."

"저쪽에서 원하는 건 문주님이 아닙니다. 제가 느끼기에는. 그리고 문주님께는 따로 부탁드릴 것이 있습니다."

청민의 시선이 서예지에게 향했다.

말하지 않아도 알 수 있는 그의 뜻에 깨문 입술에서 피가 흘러 나왔다.

"그럼 저도 남겠어요. 저희 둘이라면 가능성이 있을지도 몰라요. 태무문의 정예와 함께라면……."

"불확실한 가능성보다는 확실한 쪽에 저는 걸고 싶습니다."

"장로님!"

현주혜가 자기도 모르게 소리를 질렀다.

그 정도로 지금 현주혜는 흥분한 상태였다.

거기에 서예지 역시 흔들리는 눈으로 청민의 손을 잡았다.

"그러기 싫어요."

"무슨 일이에요?"

심상치 않은 기류를 느낀 것일까.

태무문의 정리를 도와주던 아이들이 하나둘 모였다.

현주혜의 뾰족한 외침에 다들 의아한 얼굴로 모여든 것이다.

"시간이 없다. 다들 현 문주님을 따라가거라. 예지는 태무문주에게 상황을 설명해 주고."

"저도 남겠어요."

현주혜가 단호한 얼굴로 다시 한번 의견을 피력했다.

도망치는 것보다는 청민과 함께 싸우는 쪽을 택했던 것이다.

"저도요."

거기에 서예지도 합세했다.

얼마나 큰 적이 다가왔는지 그녀라고 모르지 않았다.

하지만 청민의 희생으로 살아남고 싶지는 않았다.

"명령이다."

"하지만 사숙……."

"난 너희들을 책임지라는 사형의 지시를 받았다. 그런 내가 어찌 너희들을 사지로 데려가겠느냐. 그러니 아이들을 데리고 최대한 멀리 벗어나라. 본산만 쳐다보고 가."

청민이 삼엄한 얼굴로 말했다.

조금의 여지도 두지 않겠다는 듯이 말이다.

그 모습에 서예지가 현주혜와 마찬가지로 아랫입술을 깨물었다.

"거절은 허락하지 않는다."

"다 함께 싸우면 승산이 있지 않을까요?"

"말했지 않느냐. 불확실한 것보다는 확실한 쪽을 택하겠다고. 시간 없어. 얼른 가!"

"사숙!"

서예지의 목청이 높아졌다.

그리고 다른 제자들 역시 잔뜩 굳은 얼굴로 청민을 쳐다봤다.

이대로 갈 수 없다는 듯이 말이다.

하지만 청민은 단호했다.

"부탁드립니다, 현 문주님."

"다른 방법이 있지 않을까요."

현주혜의 시선이 태무문으로 향했다.

아직 아무것도 모르는 태무문도들은 어리둥절한 얼굴로 이쪽을 쳐다보는 중이었다.

"그건 옳지 않습니다. 또한 저는 그런 걸 배운 적도 없고요."

"하지만……."

현주혜가 어금니를 깨물며 청민을 쳐다봤다.

물론 자신의 선택이 잘못되었다는 것을 알았다.

그러나 태무문과 청민을 선택해야 한다면 그녀는 일고의 망설임도 없이 청민을 택할 터였다.

모든 생명은 평등하지만 그렇다고 모두가 똑같은 가치를 지니고 있는 건 아니었다.

"아이들을 부탁드리겠습니다."

"……."

"제가 느끼는 걸 문주님이 느끼지 못했을 거라 생각하지 않습니다."

현주혜가 결국 두 눈을 질끈 감았다.

무슨 말을 해도 통하지 않을 것임을, 듣지 않을 것임을 알 수 있어서였다.

"그게 무슨 말씀이세요?"

"시간이 없다. 서둘러."

"사숙님!"

양일우가 처음으로 큰 소리를 질렀다.

이렇게라도 청민을 붙잡고 싶어서였다.

하지만 청민의 뜻을 꺾기에는 부족했다.

"가라. 처음이자 마지막으로 너희들에게 내리는 명령이다."

"사, 사숙님……."

심소혜가 눈가를 글썽거리며 청민의 손을 잡았다.

하지만 그럼에도 청민은 고개를 저었다.

"먼저 가거라. 곧 뒤따라 갈 터이니."

"약속하신 거죠? 정말 저랑 약속하신 거예요?"

"물론이지."

흔들리는 손으로 새끼손가락을 내미는 심소혜를 향해 청민이 늘 그렇듯이 환한 미소를 지어 보였다.

하지만 그 모습조차도 심소혜는 불길했다.

"……최대한 빨리 돌아오겠습니다. 다른 호법님들과 같이요."

"부탁드리겠습니다."

청민은 긴말을 하지 않았다.

그저 빙그레 웃어 보이기만 했다.

한데 그 모습이 현주혜의 가슴이 화인처럼 박혔다.

또한 어째서 곤륜파가 명문대파라 불리는지 확실하게 알 수 있었다.

"그때까지……."

현주혜가 말을 끊었다.

더 이상은 말할 수가 없어서였다.

여기서 더 말한다면 서예지를 비롯한 제자들이 태무문을 떠나지 않을 게 분명했다.

그리고 그건 청민이 원하는 게 아니었다.

-문주님이 함께 있어서 정말 다행이라고 생각합니다.

꾸욱!

자신만 들을 수 있는 전음에 현주혜는 주먹을 움켜쥐었다.

전신을 휘감는 무력감에 자기도 모르게 손아귀에 힘이 들어갔던 것이다.

"……가자."

"저는 남겠습니다."

"저도요."

힘겹게 입을 여는 현주혜를 직시하며 양일우와 심대현이 입을 열었다.

청민을 홀로 남겨두고 떠날 수는 없어서였다.

적어도 한 명 정도는 남아 있어야 한다고 생각했다.

"어서 가지 못하겠느냐!"

"사, 사숙님!"

그러나 그 결연한 각오도 청민의 호통에 무너졌다.

생전 처음 보는 모습에 둘 다 화들짝 놀랐던 것이다.

"가거라!"

"……애들아, 가자."

현주혜가 아이들을 이끌었다.

이렇게 옥신각신하는 와중에도 거리는 착실하게 줄어들고 있었다.

마치 어떤 선택을 하든 상관없다는 듯이 말이다.

"하, 하지만……."

"어서!"

현주혜의 호통에 모두가 입을 다물었다.

그러고는 불안한 눈으로 그녀와 청민을 번갈아 쳐다봤다.

하지만 청민은 이미 태무문을 나서고 있었다.

"서둘러. 시간이 없어."

현주혜가 얼굴 가득 분하다는 표정으로 입을 열었다.

사실 누구보다 이 자리에 남고 싶은 건 그녀였다.

비록 소속은 다르지만 전우라고 해도 이상하지 않은 게 그녀와 청민이었다.

그런데 그를 남겨두고 떠나야 했다.

'내가, 내가 약해서 그래.'

현주혜의 두 눈이 벌겋게 변했다.

그러자 아이들도 더 이상은 입을 열지 않았다.

말하지 않아도 현주혜의 심정이 올올이 전해졌던 것이다.

"무, 무슨 일입니까?"

"천년마교에요. 어서 빨리 물러나야 해요."

"오대 전투 부대라도 나타난 겁니까?"

이상한 낌새를 느끼고서 태무문주가 다가왔다.

그런 그의 얼굴에는 두려움이 가득했다.

싸우기 전에야 중원무림을 수호한다는 기치로 달려들었지만 전쟁을 직접 겪어보니 상상했던 것과는 너무나 달랐다.

가족과 제자들 그리고 문도들이 죽어나가는 광경을 보자 전쟁이 얼마나 참혹하고 무서운 것인지 깨달았던 것이다.

"어쩌면 그보다 더한 존재일지도 몰라요."

꿀꺽!

보타문주인 현주혜의 말에 태무문주가 마른침을 삼켰다.

그러고는 더 이상 묻지도 않고 소리를 고래고래 질렀다.

자신의 사람들을 구하기 위해서라면 터를 버리는 굴욕은 아무것도 아니라는 듯이 대피를 서둘렀던 것이다.

"가자. 최대한 빨리 호법님들과 합류해야 해. 대호법님이 어디에 계시지?"

"거리상으로 반나절은 족히 달려야 해요. 청해성은 마을끼리의 간격이 워낙에 멀어서……."

"전서응은?"

"여유분이 없는 것으로 알아요. 전서구가 있기는 한데 얘들은 아는 길로만 다녀서 전서응보다는 융통성이 떨어져요."

전서구는 기본적으로 비둘기의 귀소 본능을 이용했다.

그렇기에 특정한 장소에만 보내는 게 가능했고, 이동 중에는 연락을 주고받기가 힘들었다.

"후우."

"일단은 개방에 연락을 해볼게요."

"그보다 이동이 먼저야. 한시가 급해."

태무문주에게 상황 설명을 끝낸 현주혜는 땅을 박찼다.

지금 이 순간에도 거리가 좁혀지고 있는 만큼 최대한 서둘러야 했다.

저벅저벅.

아직은 어슴푸레한 하늘을 올려다보며 늙수그레한 노인이 길을 가로지르고 있었다.

낡은 무복이 아니라면 촌부라고 해도 이상하지 않을 노인이었는데 특이하게도 등에는 무언가를 교차해서 메고 있었다.

"오늘은 맑은 하늘을 볼 수 있겠어. 바람도 없고 구름도 보이지 않으니. 안 그런가?"

뒷짐을 진 채로 느릿하게 대로를 거닐던 노인이 시선을 아래로 내렸다.

하늘에 향해 있던 시선을 대로의 끝으로 옮겼던 것이다.

그리고 그 시선의 끝에는 청민이 있었다.

"……."

"흘흘. 마교 종자와는 말도 섞지 않겠다는 건가."

"한낱 종자라고 폄하할 수 있는 실력이 아닌 것 같소만."

"호오. 그래도 인정해 주는 건가?"

노인이 의외라는 표정을 지었다.

마교라면 치를 떠는 중원인이, 그것도 곤륜파라는 명문대파의 제자가 자신을 인정해 줄 줄은 몰라서였다.

물론 시간을 끌기 위해 일부러 말을 받아주는 것일 수도 있었다.

'근데 그건 아닌 것 같군.'

사람의 눈은 마음의 창이었다.

그런데 그가 보기에 청민에게서는 다급함이라거나 조급함이 느껴지지 않았다.

단지 굳은 결의만이 느껴졌다.

'내 기운에 담긴 의지를 느낀 것인가. 별 볼 일 없는 제자라고 알려졌는데, 역시 소문은 믿을 게 못 되는군.'

노인이 내심 흡족한 미소를 머금었다.

그저 그런 녀석이었다면 자신이 친히 이곳까지 왕림한 게 무의미했을 텐데 다행히 그렇지는 않은 느낌이었다.

"언뜻 느껴지는 기운만 봐도 진명마가주 이상인데 어찌 마교 종자라 하겠소. 거마(巨魔)라면 모를까."

"거마라고 하기에는 내가 좀 왜소하지 않나?"

"단순히 체격만 따지자면 피차일반 같소만."

"흘흘! 패선의 사제라 그런가, 입심이 대단하구먼."

"누구시오?"

노인은 더 이상 접근하지 않았다. 그저 가만히 서 있기만 했다.

하지만 그렇기에 청민은 불안했다.

그의 기감에 다른 마기는 느껴지지 않았지만 다른 곳도 아니고 천년마교인 이상 방심은 절대 금물이었다.

"누구일 것 같나?"

"모르겠소이다."

"시간을 끌 생각은 아닌가보군."

"그걸 바란다면 넘어가 주겠소?"

청민이 도발적으로 물었다.

그로서는 시간을 끌어서 나쁠 것은 없었다.

자신이 노인을 붙잡고 있는 만큼 아이들이 무사할 확률은 높아지니까.

"글쎄. 그건 좀 고민이 되는군. 대벽검(大壁劍)이 원래 목표이기는 했는데, 그래도 한 명보다는 둘이, 둘보다는 셋이 나으니까. 더구나 한두 명도 아니고 패선의 제자들이 모두 다 모여 있는데 대벽검 하나로 만족하기에는 좀 아쉽지."

청민의 얼굴이 굳어졌다.

역시나 예상했던 대로 모든 걸 알고 왔다는 생각이 들어서였다.

어쩌면 태무문을 노린 것 자체가 함정일지도 몰랐다.

'방심하지 않았는데도 이 정도란 말인가.'

은근히 안일한 태도를 보이는 다른 곳들과 달리 곤륜파는 조금도 방심하지 않았다.

오히려 그 어떤 곳보다 경계했다는 말이 맞았다.

하지만 그럼에도 천년마교의 함정에 빠졌다는 생각이 들자 청민은 등골에 소름이 돋았다.

"그런 일은 없을 것이오. 내가 무슨 수를 써서라도 막을 테니."

"자신 있나?"

"자신이 없어도 해야 될 일이 있는 법이오."

"기개가 좋군. 역시 패선의 사제라고 해야 하나."

노인이 살짝 놀란 표정을 지었다.

빈정대는 게 아니라 진심으로 감탄한 것이었다.

어떻게 보면 청민은 스스로 죽을 자리로 걸어온 것이나 마찬가지였다.

도망이라는 다른 선택지가 있었음에도 불구하고 말이다.

'소속감이 끈끈하다더니. 그 말이 사실인 모양이군.'

자신을 희생해서라도 사질들을 구하겠다는 의지가 가득한 청민의 모습에 노인이 고개를 주억거렸다.

어찌 됐든 그로서는 도망치지 않는 쪽이 좋았다.

"패선의 사제이자 곤륜의 제자다."

스르릉.

청민이 검을 뽑았다.

어쩌면 이 자리에서 죽을지도 몰랐지만 그는 두렵지 않았다.

사람은 언젠가 죽게 마련이었고, 중요한 건 언제이냐가 아니라 어떻게 죽느냐였다.

"그리 말하니 내 정체를 밝히지 않을 수가 없군. 무인다운 무인에게 예의를 지키는 것 또한 예의이니. 노부는 곤마(棍魔)일세. 이름은 너무 오래전에 잊어버려서 생각나지 않는군."

"……설마 구마(九魔)이오?"

"그렇다네. 당대 구마의 한 명이 노부일세."

청민이 자기도 모르게 마른침을 삼켰다.

진명마가주보다 더한 고수일지도 모른다고 생각했는데 설마하니 구마의 일인일 줄이야.

거물이어도 너무 거물이었다.

'반대로만 하면 구마가 노릴 정도의 인물이 된 건가, 내가.'

청민이 실소를 흘렸다.

죽을지도 모르는 긴박한 상황인데도 왠지 모르게 웃음이 흘러나왔던 것이다.

하지만 그 기색은 창졸간에 사라졌다.

"삼 공자와 진명마가주가 죽었으니 최소한 곤륜파의 일 장로의 목 하나쯤은 있어야 하지 않겠나?"

"내 목이 그 정도의 가치가 있다니. 놀랍구려."

"많이 부족하기는 한데, 그래도 급한 불을 끌 정도는 되지. 게다가 지금은 하나뿐이지만 곧 두 개, 세 개, 여덟 개도 될 수 있으니."

"그럴 일은 없을 것이오."

청민의 표정이 결연해졌다.

자신의 목숨을 바쳐서라도, 죽어서라도 곤마의 바짓가랑이를 붙잡고 매달릴 작정이었다.

그야 다 늙은 노물이지만 아이들은 달랐다.

곤륜파의 미래나 마찬가지였기에 절대 아이들을 곤마에게 넘길 수 없었다.

"그건 두고 보면 알겠지."

곤마가 빙긋 웃었다.

그리고 그 순간 등에 교차 되어 있던 두 자루의 몽둥이가 모습을 드러냈다.

낡디낡은 몽둥이였는데 흠집이 너무나 많아 금세라도 부서질 것 같은 모양새였다.

하지만 그 두 개의 몽둥이를 곤마는 너무나 사랑스러운 얼굴로 움켜잡았다.

"당신은 여기서 더 이상 나아가지 못할 것이오."

"그리할 수만 있다면, 얼마든지. 근데 내가 보기에는 힘들 것 같은데."

곤마의 기세가 달라졌다.

방금 전까지만 해도 촌부와도 같이 수더분한 모습이었다면 지금은 한 명의 전사가 되어 있었다.

은연중에 흘러나왔던 기세가 한순간에 폭발적으로 솟구쳤던 것이다.

그러나 갑작스럽게 바뀐 곤마의 기세에도 청민은 놀라지 않았다.

'크흡!'

단순히 갈무리하고 있던 기도를 드러낸 것뿐인데도 청민이 받는 압박감은 상상을 초월했다.

오직 그에게만 집중된 기세는 감히 그가 튕겨낼 수준이 아니었던 것이다.

하지만 그는 견뎌내야 했다.

'시간을 벌어야 해.'

무형지기도 아니고 단순한 기세일 뿐인데도 살갗이 베일 것만 같은 느낌이 들었다.

그 정도로 예리한 기세였기에 청민은 공력을 가일층 끌어 올리며 만약의 상황에 대비했다.

벽우진만큼은 아니겠지만 그래도 조심해서 나쁠 것은 없었다.

'치명타만 허용하지 않으면 된다.'

청민의 눈빛이 진지해졌다.

곤마는 자신이 죽음을 각오한 상태라고 생각할 터였다.

하지만 그건 반만 맞았다. 죽음을 각오한 건 맞지만 그렇다고 이 자리에서 죽을 생각은 없었다.

'가장 가까운 곳에 대호법님이 계신다. 대호법님과 검후라면 승산이 있어.'

곤륜파에서 벽우진을 제외하면 가장 강한 무인이 대호법 설백이었다.

그런 만큼 청민은 설백과 현주혜가 올 때까지 자신이 버틴다면 살아남을 수 있다고 생각했다.

곤마를 처치하지는 못하더라도 두 사람이 합세한다면 쫓아낼 수는 있을 거라고 생각한 것이다.

하지만 그 계획에는 전제 조건이 하나 있었다.

'그때까지 내가 살아남아 있어야 한다는 것.'

파아앗!

거기까지 생각한 청민이 땅을 박찼다.

하수인 자신이 시간을 끌기 위해서는 적어도 흐름 정도는 가져와야 한다고 생각해서였다.

가뜩이나 무위가 떨어지는 자신이 열세에 빠진다면 얼마 가지 못할 게 분명했다.

그렇기에 청민은 먼저 달려들었다.

'침착하고 차분하게.'

청민이 전력을 다해 태청검법을 펼쳤다.

전초전이니 탐색전이니 하는 생각은 일체 하지 않았다.

상대가 다른 이도 아니고 구마의 한 사람이었다.

그런 이에게 간을 보는 행위는 죽여달라는 뜻이나 마찬가지였기에 청민은 처음부터 전심전력으로 공격했다.

우우우웅!

웅혼한 기상이 서린 태청검이 연신 곤마의 사혈을 노렸다.

혼신의 힘이 서린 일검 일검이 집요할 정도로 곤마를 파고들었던 것이다.

하지만 간절한 의지로도 격차를 좁힐 수는 없었다.

종이 한 장 차이로 정말 안타깝게 청민의 검은 빈 허공을 갈랐다.

'초조해하면 안 된다!'

아슬아슬하다 못해 안타깝게 곤마에게 닿지 못했으나 청민은 조급해하지 않았다. 자신이 초조해하고 조급해할수록 더욱더 불리해진다는 걸 알고 있어서였다.

그렇기에 청민은 차분하게 공격에만 집중했다.

맞추지 못해도, 치명타를 입히지 못해도 아직은 괜찮았다.

'이대로 시간만 끌어도 나에게는 이득이다.'

애초에 자신보다 고수라는 걸 알고 있었다.

그 격차가 한두 수라는 표현할 수 없다는 것 역시.

물론 무공의 고하에 따라 승패가 절대적으로 가려지지는 않는다는 걸 청민도 알고 있었다.

하지만 그렇다고 모험을 하기에는 저울의 한쪽에 올라가 있는 것들이 너무나 무거웠다.

'아이들의 목숨에 비하면 내 자존심은 아무것도 아니야.'

청민이 입술을 깨물었다.

자신의 자존심을 굽혀서 아이들을 살릴 수 있다면 그는 몇 번이고 버릴 수 있었다.

그렇기에 청민은 흔들리지 않았다.

"좋은 검이고 무인이야. 그래서 아쉽구나. 꽃을 피우지 못하고 여기서 죽어야 한다는 게."

곤마가 진심으로 아쉽다는 표정으로 중얼거렸다.

비록 적이지만 청민이 보여주는 기개는 한 명의 무인으로서 존중해 줄 만한 가치가 있었다.

괴물들이 득시글거리는 본교에서도 이 정도 기개를 보여주는 이는 드물었기 때문이다.

쌔애액!

하지만 그의 말에도 청민은 아무런 대답을 하지 않았다.

마치 그의 말이 들리지 않는 것처럼 묵묵히 검을 휘두르는 것에만 집중했던 것이다.

그 모습에 곤마도 마음을 고쳐먹었다.

전력을 다하는 청민에게 그 역시 예의를 다하기로 마음먹은 것이다.

웅웅웅!

이윽고 그의 양손에 쥐어진 낡은 철곤들이 공명음을 토해냈다.

동시에 전신에서 무지막지한 마기가 뿜어져 나왔다.

곤마의 존재감이 일순간 터져 나왔던 것이다.

"큭!"

아지랑이처럼 피어오르는 마기도 마기지만 사방을 밀어버리는 어마어마한 기운의 폭풍에 청민이 순간 움찔거렸다. 태청진기로 전신을 보호하고 있었음에도 중심을 잡기가 쉽지 않았던 것이다.

하지만 진짜는 지금부터였다.

스르르륵.

두 자루의 철곤이 부드러운 선을 그렸다.

그러나 그 선이 청민에게는 사신의 칼날처럼 보였다.

보기에는 뭉툭하기 짝이 없는 철곤인데 느껴지는 예리함은 절세보검 저리 가라 할 정도였다.

닿지도 않았는데 피부가 베일 것만 같은 날카로운 기세에 청민이 어금니를 앙다물었다.

'흘려낸다!'

느리지만 그렇기에 피할 수가 없었다.

어느 쪽으로 움직이든 그대로 따라올 것만 같은 느낌에 청민은 회피하려는 생각을 버렸다.

벽우진과 대련할 때 많이 느꼈던 것이기에 욕심을 부리지 않았던 것이다.

터엉!

검을 비스듬히 틀어 방향만 살짝 비틀었지만 워낙에 철곤에 실린 힘이 대단해서인지 손목으로 전달되는 충격이 상당했다.

더구나 청민이 막아야 하는 철곤은 아직 하나 더 있었다.

검이 하나뿐인 그와 달리 곤마는 쌍곤을 들고 있었기에 청민은 다급히 좌장을 내밀었다.

태청검법보다는 성취가 낮지만 그래도 맨손보다는 나을 거라는 생각에서였다.

콰앙!

하지만 고작 3성의 옥심장(玉心掌)으로는 역시 무리였다.

청민이 일으킨 장강은 곤마의 철곤과 부딪치기 무섭게 박살이 나며 손바닥뼈를 뭉개 버렸다.

낡은 모습과 달리 철곤의 강도는 상상을 초월했던 것이다.

"끄악!"

손바닥뼈가 산산조각 나는 고통에 청민의 입에서 비명이 터져 나왔다.

충돌한 곳은 손바닥이었지만 팔뚝은 물론이고 상완골과 어깨로 이어지는 고통에 청민은 신음을 참을 수가 없었다.

하지만 그러면서도 청민은 물러나지 않았다.

"호오. 반격할 여력이 있나?"

고통에 신음하면서도 청민은 검을 휘둘렀다.

맞닿아 있던 철곤을 흘려내면서 태청검의 절초를 뿌렸던 것이다.

비록 충돌 직후였기에 날카로움은 많이 무뎌진 상태였지만 대신 그만큼 거리가 가까웠기에 충분히 위협적이었다.

다만 문제는 곤마의 상태가 청민보다 훨씬 낫다는 것이었다.

퍼퍽!

가볍게 옆으로 반보 움직이는 것으로 청민의 공격을 피해낸 곤마가 재차 철곤을 휘둘렀다. 왼손을 아작 낸 철곤으로 청민의 옆구리와 허벅지를 연달아 가격했던 것이다.

"큭!"

반사적으로 호신강기를 일으켰음에도 단숨에 깨부수며 파고드는 강맹한 일격에 청민의 신형이 휘청거렸다.

옆구리도 옆구리지만 허벅지에 맞은 일격으로 인해 뼈가 부러졌기에 중심을 잡을 수가 없었던 것이다.

'이대로 무너질 수는 없어……!'

한순간에 승기가 기울었지만 그렇다고 순순히 포기할 마음은 눈곱만큼도 없었다.

고작 이 정도를 벌어주려고 남은 게 아니었다.

그렇기에 청민은 단전의 내공을 모조리 끌어 올렸다.

"좋지 않은 생각이야. 어설픈 공격은 하지 않느니만 못해. 내공 소모도 극심하고."

쩌저저적!

곤마를 중심으로 무언가가 깨지는 소리가 들려왔다.

마치 그릇이 깨지는 듯한 소리였는데 그 소리를 들은 청민의 안색이 해쓱하게 변했다.

한쪽 다리를 잃은 것이나 마찬가지였기에 아직 서투른 무형지기를 일으킨 것이었는데 역시나 곤마에게는 통하지 않았다.

"지금이라도 포기한다면 약속하지. 고통 없이 보내주겠네."

"흐흐!"

허벅지며 왼손이며 말 그대로 왼쪽이 망가진 청민이었다.

서 있는 것조차 힘겨울 정도로 말이다.

하지만 그런데도 청민은 웃었다.

고통으로 얼굴을 잔뜩 일그러뜨리고 있었음에도 말이다.

"역시 그런가."

죽어도 포기하지 않겠다는 청민의 눈빛에 곤마는 고개를 주억거렸다.

그러고는 쌍곤을 고쳐 잡았다.

비록 적장이지만 예우를 다해주는 것이었다.

'다른 선택지도 있지만, 선택하지 않겠지.'

곤마의 시선이 청민에게로 향했다.

그의 주인이자 교주인 마제는 생포할 수 있으면 생포하라는 지시도 내렸었다. 사제들을 끔찍하게 여기는 벽우진이기에 인질로서의 효용성도 상당하다고 생각한 것이다.

하지만 지금 앞에 서 있는 청민을 보니 죽으면 죽었지 사로잡히지는 않을 것 같았다.

'그러고 싶지도 않고.'

중원인들은 천년신교의 사람들을 피도 눈물도 없는 악마라고 생각하지만 그건 잘못된 생각이었다.

천년신교 역시 사람이 사는 곳이었다.

그런 만큼 상대적으로 호전적인 성격을 가진 이들이 많을 뿐이지 모두가 다 악랄하고 잔혹하지는 않았다.

쉬이익!

또한 그처럼 상대를 존중할 줄 아는 무인도 있었다.

물론 아무에게나 그러지는 않았지만 말이다.

"이제 그만하게."

곤마는 다가오는 검을 안타깝게 쳐다봤다.

자세가 흐트러진 만큼 검극은 사정없이 흔들리고 있었고, 공력 역시 제대로 주입되지 않았기에 형형했던 검강은 사라진 지 오래였다.

하지만 그럼에도 청민은 검을 휘두르고 있었다.

오직 그를 저지하겠다는 일념 하나만으로 말이다.

퍼석!

비틀거리는 몸으로 힘겹게 다가오는 청민에게 곤마가 철곤을 휘둘렀다.

더 이상 그를 상대하는 건 모욕이라고 생각했기에 이번에야말로 끝낼 생각으로 곤마는 머리를 노렸다.

그런데 놀랍게도 그의 철곤이 타격한 곳은 어깨였다.

비틀거리는 자신의 육신을 이용해 가까스로 곤마의 공격을 피해냈던 것이다.

"허! 그 와중에 피했단 말인가."

"크으읍!"

그뿐만 아니라 청민은 마지막 힘을 모두 쥐어짜 내듯이 곤마에게 달려들었다.

옆구리와 허벅지, 어깨에 맞은 공격으로 인해 공력의 흐름이 원활하지 않았지만 그럼에도 청민은 포기하지 않았다.

조금이라도 시간을 벌기 위해 악착같이 달려들었다.

이가 없으면 잇몸으로라도 하겠다는 듯이 몸을 날렸던 것이다.

푹!

청민의 몸이 멈췄다.

비록 느릴지라도 계속해서 접근하던 그가 일순 멈춰 섰던 것이다.

동시에 청민의 입에서 시커멓게 죽은 피가 뿜어져 나왔다.

몸에 축적된 내상이 한꺼번에 터진 것이었다.

"아직, 아직 죽어서는 안 되는데…… 좀 더……, 좀 더 시간을 벌어줘야……."

탁한 눈빛의 청민이 중얼거렸다.

마치 자신이 멈춰 섰다는 사실조차 모르는 듯했다.

아니, 심장이 꿰뚫린 고통조차 느끼지 못하는 것 같았다.

"이만 쉬게나."

같은 말을 끊임없이 반복하는 청민을 가만히 바라보던 곤마가 입을 열었다.

그리고 그 순간 청민의 움직임 역시 멎었다.

마지막까지 물러나지 않았던 무인이 끝내 숨을 멎은 것이었다.

휘이이잉.

마지막의 마지막까지 자신을 저지하겠다는 일념을 드러내듯 검을 뻗은 채로 죽은 청민의 시신을 곤마가 지그시 쳐다봤다.

사실 처음 이곳으로 올 때만 하더라도 그는 별다른 생각이 없었다.

당한 게 있기에 그 이상으로 갚아줘야 한다는 교주의 생각을 지지했기에 딱히 따지지 않고 출발했다.

그런데 직접 본 청민이라는 무인은 그가 생각했던 중원인들과는 달랐다.

"흐음."

그는 겁쟁이와 기회주의자들만 가득할 거라고 생각했다.

어려서부터 들은 게 그런 것들이었고, 몇 번 본 이들 역시 그 예상에서 크게 다르지 않았다.

하지만 청민은 달랐다.

"명문대파의 저력을 무시하면 안 된다더니."

심장이 꿰뚫린 상태에서도 상대방에 대한 집념을 놓지 않았던 청민이었다.

이런 이는 본교에서도 드물었다.

아니, 명문이라 할 수 있는 육대마가에서도 드물 터였다.

더구나 자기보다 강한 자를 상대로 이런 모습을 보일 수 있는 이는.

"적장이지만 예의는 지켜야겠지."

마인이지만 무인의 긍지를 모르는 건 아니었다.

어떻게 보면 누구보다 신봉하는 이가 그라고 할 수 있었다.

그렇기에 곤마는 아직도 청민의 심장에 박혀 있는 자신의 애병을 천천히 뽑았다.

"그대의 이름을 기억하겠다."

마제는 청민뿐만 아니라 제자들까지 죽이라 했지만 곤마는 몸을 돌렸다.

이 정도면 최소한의 목적은 이루었다고 생각해서였다.

청민을 상대한 후에 조무래기들과 손을 섞기도 싫었고.

"패선이라면 모를까."

곤마가 중얼거렸다.

패선이 온다면 모를까 그 외에는 관심 없었다.
그렇기에 곤마는 망설임 없이 몸을 돌렸다.

털썩!
소식을 듣자마자 어검비행술로 날아온 벽우진이 바닥에 주저앉았다.
그런 그의 안색은 새하얗게 변해 있었다.
믿기지 않은 현실에 넋을 놓은 것이었다.
"장문인……."
먼저 와 있던 설백이 조심스럽게 벽우진을 불렀다.
하지만 벽우진은 그의 음성을 듣지 못한 듯 멍하니 청민만 쳐다봤다.
여전히 검을 뻗은 채로 서 있는 청민을 말이다.
"청민아……."
무엇이 그리 간절한지 두 눈조차 감지 못한 채로 죽어 있는 청민의 모습에 벽우진은 가슴이 미어졌다.
상처만 봐도 청민이 얼마나 악착같이, 처절하게 싸웠음을 능히 짐작할 수 있어서였다.
"오래오래 같이 살자고 했잖느냐. 근데 어째서, 어째서 먼저 갔느냐. 나보다, 나보다 더 살겠다고 했지 않느냐."
주르륵.

벽우진의 눈에서 결국 눈물이 흘러나왔다.

하지만 벽우진은 그 사실을 인지하지 못한 듯 차갑게 굳어버린 청민의 시신만 쓰다듬었다.

동시에 쓸모없는 짓이라는 걸 알지만 공력을 있는 대로 쏟아부었다.

혹시라도 기적이 일어나지는 않을까 싶어서였다.

푸스스스…….

그러나 소용없는 짓이었다.

아무리 공력을 쏟아부은들 심장이 파괴된 이가, 죽은 이가 되살아날 리는 없었다.

"장문인."

그 모습을 지켜보던 설백이 침중한 얼굴로 다시 한번 벽우진을 불렀다.

이제는 현실을 받아들여야 한다고 생각해서였다.

벽우진의 심정을 모르는 것은 아니지만, 그래도 죽은 사람은 보내주어야 했다.

다만 슬픔과 분노, 울분은 가슴과 머리에 각인시켜 두고 말이다.

부르르르!

벽우진만큼은 아니지만 설백 역시 그 누구보다 분노한 상태였다.

알고 지낸 시간은 그리 길지 않지만 청민은 그에게 있어 가족이나 다름없었다.

또한 누구보다 곤륜파와 곤륜산을 위하는 인물이었다.

그렇기에 설백은 가까스로 분노를 찍어 눌렀다.

"죄송해요……. 제가 남았어야 했는데……."

사방을 짓누르는 무거운 분위기에 현주혜가 죄라도 지은 사람처럼 고개를 푹 숙였다.

아이들을 위해서라지만 어찌 됐든 청민을 버려두고 도망친 것은 사실이었기 때문이다.

"현 문주의 잘못이 아니오. 피할 수 없는 함정에 걸린 것뿐."

"그렇지만……."

현주혜가 맞잡은 두 손을 꼼지락거렸다.

무슨 말을 해도 변명에 불과하다는 걸 본인 스스로가 잘 알고 있어서였다.

"주혜야."

"예, 장문인."

현주혜가 죄인처럼 고개를 숙이고 있을 때 벽우진이 입을 열었다.

여전히 청민을 뚫어져라 쳐다보면서 그녀를 불렀던 것이다.

"누구인지, 혹시 아느냐?"

"저도 직접적으로 보지는 못했습니다. 다만 청민 장로와 느끼기로 진명마가주 이상이었습니다."

"진명마가주 이상이라."

어느새 눈물을 그친 벽우진이 살벌한 안광을 번뜩이며 중얼거렸다.

그런 그의 머리는 그 어느 때보다 빠르게 회전했다.

"나머지 육대마가의 가주들은 아직 청성산에 있지 않나?"

"밝혀진 바로는 그렇습니다."

"하지만 비밀리에 하산했을 수도 있지. 그만한 실력자라면 혼자 몰래 이동하는 게 쉬울 테니까."

설백이 미간을 좁혔다.

진명마가주 정도나 되는 거물은 천년마교에도 흔치 않을 터였다.

그런 만큼 아무래도 육대마가의 가주들 중 한 명이 아닐까 예상했다. 육대마가라는 울타리에 있는 만큼 교분이 적지 않을 테니까 말이다.

"가주 혼자 단독으로 움직였을 가능성도 있기는 하지만, 희박하지 않을까 생각합니다. 진명마가주만 하더라도 가솔들을 데려온 것처럼요."

"흐음."

설백의 이마에 주름이 깊어졌다.

틀린 말은 아니어서였다.

"육대마가 중에 타격 병기를 다루는 가문이 있나?"

"타격 병기요?"

청민의 시신을 매의 눈으로 관찰하던 벽우진이 물었다.

그런 그의 시선은 청민을 지나 주변을 날카롭게 훑었다.

"확실히 검에 의한 상처는 아닌 것 같습니다."

벽우진의 말에 무언가를 발견한 듯 설백 역시 눈을 빛냈다.

청민의 죽음에만 온 신경이 쏠려 정작 상처를 살피지 못한 걸 뒤늦게 깨달은 것이다.

"검면에 의한 상처가 아닙니다. 둔탁한 무언가에 맞은 상처입니다. 그렇다고 권장각의 흔적도 아니고요."

"맞습니다."

설백이 고개를 주억거렸다.

그러고는 방금 전의 벽우진처럼 주변을 빠르게 훑었다.

싸움에는 흔적이 남게 마련이었다.

고수들의 대결일수록 그 흔적은 더욱더 커졌기에 설백은 주변을 낱낱이 살폈다.

"둘이서 싸운 모양입니다. 제3자의 흔적은 없습니다."

"제 생각도 같습니다."

"둔기 혹은 타격 병기를 사용하는 진명마가주 이상의 고수라."

설백이 곰곰이 생각에 잠겼다.

지금껏 드러난 이들에 대한 정보를 빠르게 곱씹는 것이었다.

하지만 딱히 떠오르는 마인이 없었다.

"누가 됐든지 간에 가만두지 않을 것입니다. 천년마교 역시 마찬가지고요."

벽우진의 표정이 스산해졌다.

어차피 답은 하나였다.

천년마교를 때려 부수다 보면 자연스레 알게 될 터였다.

그렇기에 벽우진은 분노를 억누르며 청민의 두 눈을 감겨주었다.

"그동안, 고생 많았다. 이제 편히, 눈 감거라. 뒤는 나에게 맡기고."

청민의 눈을 감겨주는 벽우진의 손이 떨렸다.

그리고 그 모습을 현주혜와 설백은 차마 보지 못했다.

마지막 순간 청민이 얼마나 고통스러웠을지 감히 짐작도 가지 않아서였다.

특히 마지막까지 검을 뻗고 있는 모습이 두 사람의 가슴을 애달프게 만들었다.

우드득!

동시에 설백은 주먹을 움켜쥐었다.

청민의 복수는 벽우진이 하겠지만 그렇다고 가만히 지켜볼 생각은 없었다. 그 역시 복수에 힘을 보탤 생각이었다.

'가만두지 않으리라. 모조리 죽여주마.'

설백의 두 눈에서 형형한 살광이 번뜩였다.

사실 지금까지 그는 전쟁이 일어났음에도 그리 열의를 보이지 않았다. 곤륜파와 곤륜산을 지키는 정도면 족하다고 생각해서였다.

하지만 이제부터는 달랐다.

가족이나 마찬가지인 청민이 죽었기에 설백은 보다 적극적으로 전투에 나설 생각이었다.

"가시죠."

"예."

설백이 분노를 곱씹는 사이 청민을 안아 든 벽우진이 몸을 돌렸다.

품 안 가득 느껴지는 차가운 한기에 다시 한번 눈물샘이 터질 뻔했지만 벽우진은 참았다.

울더라도 곤륜산에 도착한 후에 울 생각이었다.

지금은 그저 청민을 데려가는 것만 생각하기로 했다.

달칵!

회의실의 문이 거칠게 열렸다.

뒤이어 벽우진이 모습을 드러내자 먼저 회의실에 와 있던 당민호와 제갈현이 자리에서 일어났다.

"왔어?"

"오셨습니까."

"앉아. 무슨 대단한 사람이 왔다고 일어나?"

"대단한 사람 맞지. 살기를 풀풀 날리는데. 너 오는 걸 백 리 밖에서도 느낄 수 있겠더라."

반사적으로 일어난 당민호가 투덜거렸다.

그 역시 청민의 소식을 들었기에 이해하지 못하는 것은 아니었지만 그래도 정도가 너무 심한 것 같아서였다.

"너니까 느끼는 거야. 다른 녀석들은 느끼지도 못해."

"그래도 적당히 해. 애들이 겁에 질렸어."

"이 정도로 각오로 달려들어야 이기고 살아남을 수 있어. 미리 정신 단련 한다고 생각하라고 해."

"두 번 정신 단련 하다가는 실신하겠다."

당민호가 어처구니없다는 표정을 지었다.

자기 기준에서야 정신 단련이지 다른 사람들에게는 고문이나 마찬가지였다.

"알았다, 자제하마. 놈들이 근처에 있다고 하니까 좀 흥분했어."

"이해는 하는데, 좀 참아. 곧 마음껏 터뜨릴 수 있을 테니까."

"여전히 교주의 위치는 파악하지 못했다며?"

"아직까지는."

벽우진이 자리에 앉으며 물었다.

그러자 당민호가 씁쓸한 얼굴로 대답했다.

앞마당이나 마찬가지인 사천성인데도 정작 확실하게 알아낸 게 없어서였다.

"뒤통수도 맞고."

"육대마가를 미끼를 쓸 줄 낸들 알았냐. 나도 그 소식 듣고 뒷골 잡았다."

당민호가 인상을 잔뜩 찌푸렸다.

지금도 그 말을 들으면 뒷골이 땅겼기에 자연스레 표정이 안 좋아졌다.

"뭐, 나도 할 말은 없다만."

"……청민의 일은 안타깝게 생각하고 있다. 그리고 미안하다. 청민의 장례식에 가지 못해서."

"이해해. 상황이 이런데 네가 자리를 비우는 게 말이 되냐?"

"그래도 가는 게 맞는데, 하아."

당민호가 복잡함이 가득 담긴 한숨을 내쉬었다.

마음 같아서는 청민의 소식을 듣자마자 달려가고 싶었다.

벽우진만큼은 아니겠지만 그래도 그 못지않게 청민을 아꼈던 사람이 그였다.

또한 봉문을 풀자마자 곤륜산부터 찾아갔던 이 또한 그였고.

"어쩔 수 없는 상황이었으니까. 청민이도 이해할 거다."

"그래도 살기는 좀 자제해. 네가 그러니까 아무도 말은 못 하고 속으로 끙끙 앓기만 하더라."

"더불어 내 마음도 이해해 주고. 내 기억에 있던 둘뿐인 사제 중 한 명이 죽었어."

청욱을 비롯해서 몇 명의 사제들이 더 돌아왔지만 그 누구도 청민과 비교할 수는 없었다.

폐허가 된 곤륜파를 홀로 마지막까지 지키던 이가 청민이었다.

또한 그가 돌아왔을 때 가장 먼저 반겨주고 알아봐 주었던 이가 청민이었고.

그렇기에 누구도 청민과 비교할 수 없었다.

"알지. 알아서 이렇게 어렵게 말하는 거 아냐. 네 심정을 모르는 건 아니니까."

"그럼 이쯤 해. 제갈가주는 이제 총군사라 불러야 하나?"

"편하신 대로 부르시면 됩니다. 제갈가주도 저이고 총군사도 저이니까요. 사실 맹주님이 계시기는 하지만 천년마교와는 지휘부가 많이 다르니까요."

"특히나 네 눈치를 많이 보지. 지금은 더더욱."

당민호가 피식 웃으며 말했다.

분위기를 누그러뜨리기 위해 제갈현을 도와주었던 것이다.

그 노력이 통한 것인지 벽우진이 실소를 흘렸다.

"내 눈치를 왜 봐?"

"비공식 천하제일인이 너 아냐? 네가 거절해서 방장이 맹주직에 앉은 거 아냐."

"다들 알고 있잖아? 나보다는 법무가 더 맹주직에 어울린다는 걸. 아마 투표했으면 나를 찍은 이는 한 명도 없었을걸?"

벽우진이 장담하듯 말했다.

그런데 그 말에 당민호가 슬그머니 시선을 피했다.

친구이지만 솔직히 맹주 자리에 어울린다고는 생각하지 않아서였다.

자격은 충분하지만 역시 성격이 문제였다.

"한 표는 나왔을 겁니다."

"대세는 거스를 수 없어."

"그렇겠지요."

제갈현이 옅게 웃었다.

하지만 그의 생각은 대답과 조금 달랐다.

만약 벽우진이 맹주직을 받아들였다면 잡음은 좀 있을지 몰라도 대놓고 거절하는 이는 없었을 게 분명했다.

적어도 무위만 본다면 벽우진만큼 맹주직에 어울리는 무인은 없었다.

'분명한 건 지금과는 상황이 많이 달랐겠지.'

··· 제7장 ···

모조리 씹어 먹어주마

제갈현의 표정이 살짝 어두워졌다.

무림맹이 결성되고 모든 것이 착착 진행되고 있었다.

하지만 그렇다고 모든 일이 순탄하게 진행되는 건 아니었다.

정마대전이 발발했음에도 정치질은 여전했던 것이다.

'방장님도 나쁜 선택은 아니지만 아무래도 이런 쪽에는 약할 수밖에 없지.'

평생을 무공 수련에 힘 쏟은 이가 법무였다. 방장이라는 자리도 원래는 사제인 법우가 맡고 있었고.

다만 법우가 죽었기에 법무가 어쩔 수 없이 방장의 자리에 앉을 수밖에 없었다. 때문에 정치 싸움에는 아무래도 취약한 편이었다.

'그런 점에서는 정말 딱인데.'

고약하고 괴짜스러운 성격의 벽우진이었지만 의외로 공과 사의 구분이 명확했다.

또한 아무 이유 없이 사람을 핍박하지도 않았고, 신분에 따라 대우가 달라지지 않았다.

특이한 성격 때문에 가려져서 그렇지 사람을 편견 없이, 선입견 없이 보는 사람이 벽우진이었다. 지닌바 무위야 두 말할 필요도 없었고.

'아마 장문인이 맹주가 되었다면 누구도 감히 입을 나불거리지 못했겠지.'

제갈현은 확신할 수 있었다.

만약 벽우진이 맹주자리에 앉았다면 감히 누구도 지금과 같은 정치질을 하지 못했을 터였다.

그래서 제갈현은 아쉬웠다. 법무도 훌륭한 인물이지만 지금과 같은 전시에는 벽우진과 같은 인물이 훨씬 더 나았다.

"무슨 생각을 하는데 표정이 시시각각으로 변해?"

"여러 가지를 생각했습니다."

"상황이 안 좋은 건 아니잖아? 사천성의 정세가 어지럽다고 하지만 그렇다고 나쁜 건 아니라고 들었는데."

"운남성에 이어 광서성도 반쯤 넘어간 상태라서요."

"아, 오독문?"

"예."

벽우진이 고개를 주억거렸다.

확실히 제갈현으로서는 신경 쓰일 수밖에 없어서였다.

그러면서 한편으로는 오독문이 상당히 얌체 같다는 생각이 들었다.

어부지리를 노려도 너무 얍삽하게 노리고 있어서였다.

“급한 건 천년마교야. 오독문은 그 다음에 처리해도 돼.”

“알고 있어. 오독문에는 딱히 관심 없기도 하고. 북해빙궁이라면 모를까.”

“하긴. 곤륜파하고는 접점이 없지.”

“있다면 네가 있겠지.”

“맞아.”

당민호가 순순히 고개를 끄덕였다.

오독문과는 독의 명가라는 자존심을 비롯해서 여러 가지로 얽혀 있는 게 많았다.

하지만 무릇 모든 일에는 선후가 있는 법이었다.

지금은 턱밑까지 다가온 천년마교가 먼저였다.

“솔직히 말해서 지금의 난 오독문은 안중에도 없어.”

“그것도 인정. 내가 너였어도 이렇게 차분히 앉아 있지 못했을 거야.”

“사실 난 통보를 하러 온 거다.”

“설마…….”

나름 차분한 신색을 유지하던 제갈현의 표정이 갈라졌다.

이 한마디에서 그는 많은 걸 유추해 낼 수 있었던 것이다.

그리고 그건 당민호 역시 마찬가지였다.

“아이들을 사지로 내몰 생각이냐?”

“전혀.”

“그럼?”

"나 혼자 간다."

"뭐?"

당민호가 자리에서 벌떡 일어났다.

생각지도 못한 말에 깜짝 놀란 것이었다.

"그게 무슨 말씀이십니까?"

"저놈들이 청성산에 자리 잡은 이유는 이미 다 드러났다고 생각되는데."

"다른 음모가 준비되어 있을 수도 있다. 어쩌면 교주를 비롯해서 정예가 이미 자리를 잡고 있을 수도 있다."

"혼천천귀대는 감숙성에서 지리멸렬했고, 잔영비마대(殘影飛魔隊)는 사천성 곳곳을 휩쓸고 있지. 그렇다면 남은 곳은 세 곳뿐이다. 진명마가도 제외해야겠지."

벽우진이 담담히 입을 열었다.

하지만 그럴수록 두 사람의 얼굴은 굳어져만 갔다.

말이 이어질수록 벽우진의 의지를 느낄 수 있어서였다.

"그렇다고 해도 청성산에 모여 있는 전력은 천년마교 전체의 반 이상이다."

"이건 말 그대로 추측이지. 육대마가 중 다섯 곳만 모여 있을 수도 있어. 어쩌면 위장 성세일지도 모르지. 애초에 남의 집인 청성산에 터를 잡을 이유가 없어."

"거점으로 삼기에는 네 말대로 모든 점에서 부족하지. 하지만 시선만큼은 확실하게 끌 수 있다. 그걸 지금까지 증명하기도 했고."

"그러니 내가 알아보겠다는 거다."

"너무 위험합니다."

조용히 듣고 있던 제갈현이 조심스럽게 입을 열었다.

청민을 잃은 벽우진의 심정도 짐작이 가고, 어떤 생각인지도 알고 있었다.

하지만 그래도 너무 위험했다.

더구나 벽우진은 앞으로 있을 전쟁에서 너무나 중요한 인물이었다.

그런 벽우진을 고작 청성산의 전력을 확인하는 일에 사용하는 것은 낭비였다.

"이대로 가만히 있으면 청민을 죽인 놈을 찾을 수 있나?"

"……."

"그렇다면 좀 더 기다리지."

제갈현의 입이 다물어졌다.

이런 식으로 나오면 누구라도 할 말이 없었다.

"너 이젠 혼자가 아니다."

"내 인생의 반 가까이를 채워주었던 녀석이 죽었다."

"제자들도 생각해야지."

입을 다문 제갈현을 대신해서 당민호가 나섰다.

어르고 달래듯이 말했던 것이다.

그 역시 벽우진이라는 존재가 현재 중원무림에 얼마나 필요한지 너무나 잘 알고 있었기에 만류하고 또 만류했다.

"어째 말하는 투가 묘하다? 내가 마치 뫼자리를 스스로 걸어 들어가는 것처럼 말하네?"

"그럼 육대마가 중 다섯 곳이 웅크리고 있는 곳에 혼자 가겠다고 하는데 그게 몇자리가 아니고 뭐냐?"

당민호가 자기도 모르게 버럭 소리를 질렀다.

이제는 하나밖에 남지 않은 친우였다.

또한 죽었다고 생각했던 녀석이 기적처럼 되돌아왔기에 당민호는 더더욱 벽우진을 잃고 싶지 않았다.

개인적인 이유뿐만 아니라 중원무림을 생각해서라도 벽우진은 마지막의 마지막까지 살아 있어야 했다.

"친구라는 녀석도 나를 못 믿어서야."

"그럼 넌 내가 홀로 싸우러 가겠다고 하면 안 말릴 거냐?"

"말려야지. 넌 약하잖아. 가면 십이면 십 무조건 죽어."

"……이 자식이."

당민호의 얼굴이 사정없이 일그러졌다.

확신하듯 말하는 모습이 너무나 얄미웠던 것이다.

하지만 강하게 부정할 수도 없었다.

그 역시 알고 있어서였다.

"근데 난 다르지."

"너도 사람이야."

"너희들 눈에는 그렇게 보이겠지."

"뭐?"

당민호와 제갈현이 순간 멍한 표정을 지었다.

저게 무슨 소리인가 싶었던 것이다.

그러나 벽우진은 화제를 돌렸다.

"내가 혼자 쳐들어가서 다 때려 부수겠다는 게 아냐. 단지 가서 알아보겠다는 거지."

"아! 적당히 싸우다가 몸을 빼시겠다는 말씀이시군요."

"맞아. 마교주가 있으면 모를까, 진명마가주와 비슷한 수준이라면 내 한 몸 빼내는 것은 어렵지 않아. 내가 청성산을 가로지르겠다는 것도 아니고, 청성산에 있는 놈들을 모조리 막겠다는 것도 아냐. 그저 알아보고 싶은 것만 알아보고 오겠다는 거다."

"그럴 거면 나랑 같이 가자."

당민호가 큰 결심을 한 듯한 얼굴로 말했다.

친우의 실력을 모르는 것은 아니지만 그래도 혼자는 너무 위험했다. 또한 인원을 늘리는 것 역시 짐만 늘리는 셈이 될 테고.

"청범이도 안 데려가는 마당에 너를 왜?"

"나 정도면 너에게 짐은 안 될 것 같은데?"

"내 작전에 방해된다."

"도대체 무슨 작전인데?"

당민호는 물론이고 제갈현도 짐짓 궁금하다는 표정을 지었다.

도대체 무슨 생각인지 궁금했던 것이다.

하지만 벽우진은 설명해 주지 않았다.

"비밀이다. 철통 보안이 필요한 일이라."

"별거 아닌 것 가지고 위세 부리는 거 아냐?"

"그럴지도 모르지."

"흐음."

당민호가 미심쩍은 눈빛을 보냈다.

그러나 벽우진은 그 눈빛에도 그저 씩 웃기만 했다.

"꼭 하셔야겠습니까? 조금만 더 기다리시면 원하시는 정보를 알아낼 수 있습니다."

"지금 당장 청성산에 가지 않은 것만으로도 나 많이 참고 있는 거야."

"그건 알고 있습니다만, 너무 성급한 결정은 아닐까 싶어서요."

"제갈가주도 알고 있을 텐데. 내가 많이 참고 있다는 걸."

"개방주는 물론이고 천이각이 사천성과 청해성을 샅샅이 뒤지고 있습니다. 조금만 더 기다려 주시면 범인을 밝혀내겠습니다."

제갈현은 다시 한번 만류했다.

어떤 상황에서라도 자기 몸쯤은 빼낼 수 있는 실력자라는 걸 모르지 않지만 그래도 위험한 건 사실이었다.

더구나 아직 구파일방도 제대로 집결하지 못한 상황이었기에 제갈현은 가급적이면 말리고 싶었다.

"그것보다는 이쪽이 더 빠를 것 같아서 말이지. 그리고 막말로 알아내리라는 보장도 없잖아?"

"……그건 그렇습니다만."

가능성이 높을 뿐이지 확신할 수는 없었다.

모든 일이 마찬가지겠지만.

그렇기에 제갈현이 한발 물러났다.

"꼭 그렇게 가야겠어?"

"어. 그래서 여기로 온 거야. 사실은 천산에 가려고 했는데 길을 아는 사람이 없더라고."

"끄응!"

당민호가 앓는 소리를 냈다.

그러면서 속으로는 다행이라는 생각을 했다.

벽우진의 성격을 생각하면 다짜고짜 신강으로 날아가고도 남아서였다.

"겸사겸사 길잡이도 구할 겸 이리로 왔지. 일단 천년마교 놈들이 확실하게 자리 잡고 있는 곳이기도 하고."

"어쩌면 함정일 수도 있어. 너를 잡기 위한."

"그럴지도 모르지. 근데 함정은 걸려서 위험해야 함정이지 안 걸리면 아무것도 아니야."

"허참. 그놈의 패기는."

누가 패선 아니랄까 봐 패기가 넘치다 못해 폭발하는 모습에 당민호가 결국 고개를 저었다.

무슨 말을 해도 이제는 듣지 않을 것임을 안 것이다.

"개인적으로 궁금한 게 있는데 말이지."

"말씀하십시오."

"지금 전력이면 한번 붙어도 되지 않아? 난 해볼 만하다고 생각하는데."

"으음!"

제갈현이 침음을 흘렸다.

사실 그도 몇 번이나 생각하기는 했었다.

개방과 천이각을 통해 파악한 바에 의하면 지금 청성산에 모여 있는 천년마교의 전력은 육대마가뿐이었다.

잔영비마대가 암암리에 사천성 북서쪽에서 활동한다고 하지만 그래 봤자 천년마교 전체 전력의 반 정도였다.

반면에 청성파가 무너지고 공동파와 형산파가 각각 감숙성, 오독문을 수습한다고 쳐도 반 이상의 전력이 집결 중이었다.

또한 끊임없이 협객, 협사들이 모여들고 있었고.

"안 그래?"

"왜 애를 독촉하고 그래. 총군사 입장에서는 승리도 승리지만 피해를 최소화하는 것도 생각해야 하는데. 이거 정마대전이야. 애들 골목 싸움이 아니라고."

"피해 없이 이기는 게 가능하다고 생각하는 거냐? 저 천년마교를 상대로?"

"그래도 노력은 해봐야지. 피를 보는 게 당연하다고 무작정 싸우면 누구 좋으라고? 가뜩이나 오독문이 우리랑 천년마교가 양패구상하길 바라며 눈치 보고 있는데."

당민호가 고개를 저었다.

도망치느냐 싸우느냐의 문제가 아니라 지키느냐의 문제라고 생각해서였다.

천년마교나 오독문은 중원만 생각하겠지만 안타깝게도 중원 무림은 아니었다.

두 곳 다 감안하고 감당해야 하는 만큼 움직이는 건 신중해야 했다.

자칫 잘못해서 악수를 두게 된다면 수습할 수 없는 피해를 입을지도 몰랐다.

"그러니까 내가 나서겠다고. 그러니 지켜보도록 해."

"……이래서 통보라고 했던 거냐?"

"응, 너희들에게 이득이면 이득이었지 해는 아니니까."

"애들은 가만히 있냐?"

이것도 안 되고 저것도 안 되자 당민호가 이번에는 인정을 걸고 넘어졌다.

서로를 끔찍이 여기는 사제지간인 만큼 아이들이 이런 결정을 이해하지 못할 거라 생각해서였다.

"우리 애들은 너희 가문 애들 못지않게 강해. 오히려 같이 간다고 하지 말리지는 않아."

"다들 눈 돌아간 모양이네."

당민호가 한순간에 오 년은 훌쩍 늙은 표정으로 한숨을 쉬었다.

마지막으로 아이들을 믿었는데 결과는 정반대였다.

"뭐, 나 혼자 가는 건 말렸지만. 근데 최종 결정권자는 나다."

"알고 있지? 지금의 곤륜파, 보기와는 다르게 위태위태하다는 거. 네가 있기에 곤륜파가 지금의 위치와 위상을 가지고 있는 거야. 네가 쓰러지는 순간 곤륜파도 같이 무너진다. 그걸 명심해야 해."

"내가 몇 번이나 말했을 텐데. 나 58년은 더 살 거라고. 이제 56년 정도 남았다."

폭풍 같던 회의가 끝나고 회의실에는 당민호와 제갈현만 남았다.

벽우진이 할 말만 하고 부리나케 나간 덕분이었다.

"……잘한 일일까요?"

"하는 데까지 했는데 안 됐잖아. 어쩔 수 없지. 저 똥고집을 누가 말려? 예지도 안 되고 아이들도 안 되면 불가능해. 유일하게 가능했던 이가 청민이랑 청범이었어. 근데 청민이 죽었어. 청범이라고 제정신일 것 같아?"

"……."

어떻게 보면 벽우진보다 더 각별했을 게 청민과 서진후였다.

그런 만큼 제갈현은 섣불리 입을 열 수 없었다.

"뭐야? 분위기 왜 이래?"

당민호와 제갈현이 연거푸 한숨만 내쉴 때 회의실로 개왕이 들어왔다. 벽우진이 도착했다는 소식을 듣고 한달음에 달려온 것이었다.

"왜 그러긴. 이유가 있으니 이러겠지."

"무, 무슨 일인가요? 오대 전투 부대 중 나머지 세 곳이 나타난 겁니까? 아니면 마교주라도?"

"그걸 나한테 물으면 어떻게? 개방주는 너잖아?"

"흠흠! 사천성에 한정해서는 얘기가 달라지지 않습니까. 저희보다는 사천당가가 훨씬 더 소식이 빠르죠."

개왕이 슬쩍 물러났다.

전 중원이라면 모를까 사천성에 한해서는 개방도 사천당가에 한 수 접어줄 수밖에 없었다.

게다가 사천성에는 사천당가만 있는 게 아니라 청성파와 아미파도 있었다.

"우진이가 굉천뢰를 하나 던져놓고 갔어."

"굉천뢰요?"

느닷없이 굉천뢰를 던졌다는 말에 개왕이 식겁한 표정을 지었다.

그러면서 황급히 주변을 훑었다.

"진짜 굉천뢰가 아니라 굉천뢰급의 통보를 던졌다고."

"아."

"뭐야, 그 반응은? 신경 쓰이지 않는다는 거냐?"

"그런 게 아니라. 벽 장문인이 통보했으면 별수 없지 않습니까. 태상가주님께서도 못 말리셨다는 뜻인데 그 정도 사안이면 누가 말려도 못 말리죠."

"……어떤 때보면 참 똑똑한데 말이지."

기가 막히게 맹점을 잘 잡는 개왕의 모습에 당민호가 허탈한 웃음을 흘렸다.

동시에 한편으로는 자신도 저렇게 속이나 편했으면 좋겠다는 생각을 했다.

"하하. 제가 그리 멍청한 것은 아닙니다. 똑똑한 것도 상대적이지요. 총군사와 비교를 하면 누구나 다 바보가 될 겁니다."

"저보다 뛰어난 사람은 많습니다. 다만 무림에서는 제가 좀 특출할 뿐이지요."

"아니라고는 말 안 하네."

"하하하."

제갈현이 어색하게 웃었다.

너무 겸손한 것도 좋지 않다고 생각해서였다.

그래도 개왕의 등장으로 가라앉았던 분위기가 조금은 풀렸다.

"한데 무슨 통보를 하고 가신 겁니까?"

"청성산에 홀로 오르겠다네."

"역시 패선이십니다!"

개왕이 진심으로 감탄했다.

역시 패기로는 중원일절이라 칭해도 부족함이 없어서였다.

마음이나 생각을 그렇게 먹는 사람은 많아도 실행하는 이는 없었다. 그것도 천년마교를 상대로 말이다.

"걱정 안 되냐?"

"당연히 걱정이 되지요. 그런데 말입니다. 벽 장문인이시라면 왠지 혼자 쳐들어가서 싹 다 쓸어버리는 것도 가능할 것 같습니다."

개왕이 그답지 않게 진지한 얼굴로 말했다.

아직도 그는 사왕성에서 벽우진이 보여주었던 일검이 잊히지 않았다.

그리고 속으로 몇 번이나 이런 생각이 들었다.

만약 벽우진 혼자 대막에 갔어도 사왕성주의 목을 땄을 거라고 말이다.

'다들 허황된 소리라고 하지만. 글쎄. 난 그렇게 생각 안 하는데. 만약 그 일검을 본 이들이라면 절대 불가능하다고 생각하지만은 않을걸.'

홀로 대막을 평정했던 이가 사왕성주였다.

또한 대막의 유일한 지배자이자 독재자가 사왕성주였었다.

그런 사왕성주조차 벽우진의 손에 의해 쓰러졌었다.

"말이 되는 소리를 해. 아무리 무림인이 범인들과는 다르다고 하지만 인간이야. 탈인경의 경지에 들었다면 모를까, 그건 불가능해."

"저는 가능성이 있다고 보는데요? 태상가주님도 대막에서 보시지 않으셨습니까?"

"탈인경이 왜 탈인경이라 불리겠어? 인간의 탈을 벗어던졌기에 탈인경이라는 이름이 붙은 거야. 그리고 인간이 아닌 존재는 인세(人世)에서 살 수 없어. 아주 먼 옛날 상고무림 시절이라면 모를까."

"그건 믿으시네요?"

개왕이 의외라는 표정을 지었다. 워낙에 칼 같은 성격이기에 전설이나 설화로만 치부할 줄 알았는데 그게 아니어서였다.

"기록이 남아 있으니까. 아마 본가보다는 제갈세가에 더 많이 남아 있을 것 같은데. 원래 학사들이나 책사들이 기록에 대한 욕구가 상당하잖아."

"맞습니다. 하지만 증명할 방법이 없어 참고만 하고 있습니다."

"기문진도 있는 마당에 단순히 전설이라고만 치부할 수는 없지. 상고무림 시절과 지금이 무언가 다른 점이 있을 수도 있고. 우리는 느낄 수 없지만 아주 확실한 기준으로 삼을 수 있는 무언가라든가 말이야."

"그런 생각을 가지고 계실 줄은 몰랐습니다."

"무릇 무공이라는 게 인간의 끝을 보고자 하는 공부가 아냐. 나라고 늘 현실적인 것은 아냐. 사람은 밥만 먹고 살 수 있는 게 아니니까. 꿈이라든가, 목표라든가 하는 게 있어야 진짜 살아 있다고 할 수 있지."

웬일로 철학적인 말을 하는 당민호의 모습에 제갈현과 개왕의 표정이 오묘하게 변했다.

감성적이어도 지나치게 감성적인 것 같아서였다.

-왜 그러시는 거냐?

-저도 잘 모르겠습니다. 짐작하기로 벽 장문인의 영향이 아닐는지 예상해 봅니다.

-흐음.

전음을 주고받던 개왕이 미간을 좁혔다.

순간적으로 노망이 왔나 우려가 되었던 것이다.

가뜩이나 고수 한 명이 아쉬운 마당에 독존이라 불리는 당민호가 노망으로 전력에서 제외된다면 출혈은 상당히 컸다.

"뭐야? 그 눈빛은. 상당히 건방진데?"

"아닙니다. 근데 정말 혼자만 보내실 겁니까? 만약의 상황에 대비는 해야 한다고 생각하는데요. 저는 큰 걱정을 안 하지만, 그래도 혹시 모르니까요. 저희가 파악한 전력보다 더 모여 있을지도 모르잖습니까."

"알고는 있는데……."

"맹주님과 권제도 오고 있지 않습니까. 제왕검 역시 모레면 도착할 예정이고요."

당민호가 말을 아꼈다. 대신 그는 제갈현을 쳐다봤다.

"생각해야 할 게 많습니다. 만약 지금 벽 장문인의 움직임조차도 천년마교의 설계라면 저희는 예상치 못한 일격을 맞을지도 모릅니다."

"여기 성도에서? 그것도 사천당가가 있는데?"

"허를 찌르는 것도 병법이니까요. 저는 책사로서 변수를 가장 조심해야 하고요."

제갈현이 섣불리 움직이지 않는 이유는 명확했다.

전황 자체를 비틀어 버릴 수 있는 변수를 최소화하기 위해서였다.

게다가 아직은 완벽하게 준비가 되지 않았고 말이다.

"늘 완벽한 상태에서 전쟁을 치를 수는 없는 법이야. 가끔은 과감한 결단도 필요하다고 본다."

"맞는 말씀입니다. 하지만 불안 요소가 눈에 훤히 보이는데 섣부르게 결정을 내리는 건 위험합니다."

"그러다가 우리가 지닌 가장 강력한 패를 잃게 되면 어떡하려고? 이도 저도 아니게 되면 불리한 건 우리야. 북해빙궁, 오독문, 대막. 거기에 만천무제의 무덤까지. 이미 우리가 입은 피해는 커."

개왕이 진지한 얼굴로 말했다. 탁상공론이 길어져서 좋았던 적이 없기에 그 점을 염려하는 것이었다.

그리고 어쩌면 이게 기회일지도 몰랐다.

"물론 제대로 된 정보를 알아내지 못한 점은 내 능력 부족이야. 하지만 애초에 모든 걸 다 알고서 계획을 세울 수는 없어. 특히나 정마대전 같은 상황에서는."

"……맞습니다."

"때론 본능에 따라 움직이는 게 답이기도 해. 사람은 기본적으로 생존 본능을 타고 나는 존재이니까. 신중한 건 좋지만 지나친 장고는 기회를 가리기도 한다는 말을 떠올려 봤으면 좋겠다."

"명심하겠습니다."

"그럼 잔소리는 이쯤하고. 사실 내가 제갈가주한테 잔소리할 신분은 아니잖아? 클클!"

"아닙니다. 충분히 하실 수 있습니다. 더구나 사적인 자리인데요."

제갈현이 아무렇지 않은 얼굴로 대답했다.

정말로 기분이 나쁘지 않아서였다.

오히려 이런 직언을 해주는 이가 멀지 않은 곳에 있다는 사실이 그는 기꺼웠다.

'심지어 싸대기를 날릴 수 있는 사람도 있고 말이지.'

그럴 일은 벌어지지 않겠지만 벽우진이라면 자신이 잘못을 저지른 순간 손찌검부터 할 터였다.

아니, 그전에 죽을지도 몰랐다.

그런데 제갈현은 그게 참 좋다고 생각했다.

잘못된 길을 갈 때, 혹은 선택을 할 때 말려주는 사람이 있다는 건 정말 좋은 일이었다.

가장 무서운 것은 곁에 누구도 없을 때였다.

"그래서 어떻게 하실 생각이십니까?"

"뭘?"

"지켜만 보실 겁니까?"

"지 혼자 가겠다잖아? 말려도 듣질 않는데 어떡해?"

당민호가 어깨를 들썩였다.

아무리 그가 친구라지만 벽우진은 그 마음대로 할 수 있는 소유물이 아니었다.

그럴 인간도 아니었고.

때문에 당민호는 어쩔 수 없다는 듯이 고개를 저었다.

"그렇다고 가만히 지켜만 볼 수는 없지 않습니까?"

"반대로 물어보자. 너는 대책이 있느냐?"

"준비는 할 수 있을 것 같습니다."

"……?"

당민호와 제갈현의 고개가 동시에 개왕에게로 향했다.

궁금증과 의아함이 가득 담긴 눈빛을 그에게 보냈던 것이다.

"벽 장문인께서 어디로 가셨는지 저는 알고 있습니다."

"갔다고? 이제 막 본가에 도착한 녀석이?"

"예."

"어디로?"

당민호의 얼굴 가득 황당한 기색이 서렸다.

방금 전에 도착한 녀석이 떠났다고 하자 당혹스러웠던 것이다.

"아미파로요."

"거기에는 왜?"

당민호가 의문 가득한 표정을 지었다.

그가 알기로 벽우진과 아미파는 인연이 전혀 없어서였다.

선대로 올라가면 같은 구대문파이기에 인연이 없다고는 할 수 없지만 적어도 당대에는 곤륜파와 아미파는 딱히 교류가 없었다.

아미파 장문인의 얼굴은 알겠지만 딱 거기까지였다.

"저도 전해 들은 내용이라 자세히는 모르지만 짐작 가는 것은 있습니다."

"잠깐만."

당민호가 미간을 좁혔다.

조금 늦어서 그렇지 그 역시 개왕처럼 하나의 결론을 도출해 냈다.

그러고는 역시나 무섭다는 생각을 했다.

"태상가주님도 눈치채셨군요."

"가능성은 있지만, 위험한데."

"거기에 저희가 손을 거든다면 무게 추가 확 기울지도 모릅니다."

당민호가 턱을 쓰다듬었다.

그러나 고민은 길지 않았다.

이윽고 당민호의 시선이 제갈현에게 닿았다.

해가 중천에 떠 있는 한낮임에도 산문으로 향하는 비탈길에는 인기척이 전혀 없었다.

육대마가가 자리 잡았다는 소식이 전해지자 발길이 뚝 끊어진 것이었다.

그래서인지 왠지 모르게 을씨년스러운 분위기를 풍겼다.

"참 하등 도움이 안 되는 것들이야."

뒷짐을 지고서 느긋하게 발걸음을 옮기며 벽우진이 중얼거렸다.

그의 눈에는 청성산에 짙게 내린 마기가 보였다.

영험하고 청청한 산의 기운을 마기가 억누르고 있었다.

"얼마나 많은 놈들이 모여 있기에."

벽우진의 시선이 청성산의 정상으로 향했다.

그곳에 유독 많고 짙은 마기가 뭉쳐 있었다.

다른 사람들 눈에는 보이지 않겠지만 말이다.

"뭐, 상관없지. 어차피 언젠가는 다 뒈질 것들이니까."

무표정한 얼굴로 중얼거린 벽우진이 다시 산길을 올랐다.

이윽고 반쯤 무너진 산문과 함께 사주 경계를 서고 있는 마인들의 모습을 벽우진은 발견할 수 있었다.

"누구냐!"

"흥."

기척도 없이 나타난 벽우진의 모습에 놀란 듯 두 명 중 한 명이 반사적으로 소리쳤다.

하지만 벽우진은 대답 대신 콧방귀를 뀌었다.

고작 잔챙이들 따위와 말을 섞으려고 여기까지 온 게 아니었기 때문이다.

털썩!

그런데 갑자기 산문을 지키던 두 명의 마인들이 고꾸라졌다.

마치 질식사라도 당한 것처럼 새하얘진 얼굴로 쓰러졌던 것이다.

"나와라, 개새끼들아."

벽우진의 두 눈에서 살광이 폭사되었다.

마인을 보자 꾹꾹 눌러놓았던 분노가 폭발한 것이다.

동시에 청성파의 경내가 들썩였다.

벽우진이 뿜어대는 살기를 느끼고 난리가 난 것이었다.

뎅뎅뎅뎅!

이윽고 멀리서 정신없는 경종 소리가 울려 퍼졌다.

침입자의 등장을 알리는 경종 소리였다.

동시에 사방팔방에서 인기척이 폭발했다.

스윽.

하지만 산문을 향해 폭풍처럼 달려드는 마기를 느끼고 있었음에도 벽우진은 여유로웠다.

뒷짐 진 자세에서 팔짱을 낀 자세로 바꾸기만 한 상태로 산문 너머를 삐딱하게 응시하기만 했다.

"뭐야?"

"한 명이야?"

"기습 공격 아니었어?"

가장 근처에 있던 십여 명의 마인들이 허겁지겁 산문으로 달려왔다가 얼빠진 표정을 지었다.

갑작스러운 경종 소리에 비상인 줄 알고 헐레벌떡 달려 나왔는데 보이는 것이라고는 수십 명도 아닌 단 한 명의 도사뿐이었기 때문이다.

심지어 이마에 피도 안 마른 젊은 도사의 모습에 다들 하나같이 기가 차다는 표정을 지었다.

"누가 경종 친 거야?"

"청성파의 제자인가?"

"그때 봤던 도복이랑은 좀 다른 거 같은데."

"속가제자라서 옷을 다르게 입은 거 아냐? 검에 달아놓는 수실로 서열을 나누기도 한다던데?"

자신들이 나타났음에도 긴장은커녕 재수 없는 얼굴로 팔짱을 끼고서 서 있는 벽우진을 보며 마인들이 중얼거렸다.

그런 그들의 시선은 날카롭게 벽우진의 몸 곳곳을 훑었다.

하지만 원하는 정보는 얻을 수가 없었다.

도복을 입고 허리에 검을 찬 무인은 중원에 수두룩했기에 다들 고개를 갸웃거렸다.

"그런데 이상하게 얼굴이 익숙하지 않아?"

"도망자 중에 한 명 아냐?"

"말이 되는 소리를 해라. 도망쳤던 놈이 저런 여유를 부릴 수 있다고 생각하는 거야?"

"믿을 만한 뒷배를 데려왔을 수도 있잖아. 예를 들면 암살자들이라던가. 돈만 주면 누구든 죽여주는 게 청부 살인업자들이라며?"

적을 앞에 두고도 마인들이 키득거렸다.

단 한 명이라는 사실을 그들을 방심케 만들었던 것이다.

그러나 벽우진을 보며 고개를 갸웃거렸던 한 명만은 여전히 묘한 눈으로 조용히 주시했다.

이상하게 눈에 익은 느낌이 들어서였다.

'어디서나 볼 수 있는 평범한 생김새인데. 도복이랑 검만 빼면 시골 촌놈이라고 해도 이상하지 않을. 근데 저놈 왜 저렇게 여유가 있는 거지? 미친놈인가?'

자신만 하더라도 마기를 숨기지 않았다.

이미 청성산을 정복했기에 굳이 마기를 갈무리할 필요가 없어서였다.

천산에서는 원래 이렇게 생활하기도 했고.

그런데 눈앞의 청년은 이상할 정도로 마기에 영향을 받지 않는 듯했다.

부르르르!

'자, 잠깐만!'

동료들이 떠들거나 말거나 혼자만의 상념을 이어가던 마인이 돌연 몸을 떨었다. 미친놈이라는 세 글자를 떠올리기 무섭게 한 명이 자연스레 떠올라서였다.

바로 얼마 전에 질리도록 본 용모파기 속의 얼굴이었다.

그것도 장로가 가장 먼저 보여준 요주의 인물이었다.

"패패패패……!"

"뭐? 패야 한다고? 그건 당연하지."

"패는 것 정도로 되겠어? 목을 따줘야지."

"안 그래도 겁쟁이처럼 웅크리고만 있어서 손이 근질근질거렸는데 잘됐네. 저놈 좀 가지고 놀면 되겠다."

벽우진을 알아차린 마인의 안색이 해쓱하게 변했다.

강호에 알려진 것이 사실이라면 지금 눈앞에 있는 존재는 감히 그들이 패니 마니 할 수 있는 급이 아니었다.

사니 마니 하는 쪽은 자신들이었던 것이다.

그런데 너무 놀라서 그런지 좀처럼 입이 뜻대로 움직이지 않았다.

씩.

더구나 그런 그의 모습에 벽우진이 의미심장하게 웃기까지 하자 마인은 몸이 굳어졌다.

별다른 기세를 풍기는 것도, 그렇다고 무형지기를 움직인 것도 아닌데 눈이 마주친 순간 그는 꼼짝도 할 수 없었다.

마치 독사와 눈이 마주친 개구리처럼 말이다.

'도, 도망쳐야 해!'

시시덕거리는 동료들은 여전히 벽우진을 알아보지 못하고 있었다. 지금 자신들이 호랑이 아가리 안에 들어와 있음을 모르고서 말이다.

그렇다면 자신이라도 빠져나가야 하는데 이상하게도 두 다리가 움직이지 않았다.

'다리를……!'

말도 안 되는 소리지만 그는 땅이 마치 자신의 다리를 움켜잡고 있는 것 같았다.

아니면 발바닥에 아교를 발라놓았거나.

물론 둘 다 말도 안 되는 소리였다.

내공을 익힌 그가 고작 아교 따위에 붙잡힐 리가 없었다.

탁.

그때 벽우진이 움직였다.

왼손을 갑자기 허공으로 뻗었던 것이다.

그러자 바닥에 아무렇게나 나뒹굴고 있던 돌멩이 하나가 두둥실 떠올라 벽우진의 손아귀에 잡혔다.

"뭐야?"

"허공섭물은 갑자기 왜?"

뜬금없는 허공섭물에 마인들이 실소를 흘렸다.

갑자기 뭐 하는 짓인가 싶어서였다.

그러나 뒤이은 행동에 그들은 입을 쩍 벌렸다.

퍼퍼퍼퍽!

손아귀에서 적당한 크기로 부서진 돌멩이 조각들은 이내 허공을 갈랐다.

장난처럼 튕기는 손가락에 돌멩이 조각들이 정확히 마인들의 미간을 꿰뚫었던 것이다.

털썩! 털썩! 털썩!

실소를 흘리던 표정 그대로 머리에 구멍이 뚫린 마인들이 우수수 쓰러졌다.

막거나 피해내는 이는 존재하지 않았다.

말 그대로 일격필살이었다.

"으어어……!"

동료들이 한순간에 절명하는 모습에 가장 먼저 벽우진을 알아봤던 마인이 바닥에 주저앉았다.

감히 반항하겠다는 생각은 하지 않았다.

달려들어 봤자 돌아오는 건 죽음뿐이라는 사실을 잘 알고 있어서였다.

그는 자신의 주제를 잘 알았다.

"내가 네놈을 살려둔 이유는 하나뿐이다. 수뇌부를 데려와. 잡것들 말고."

쉬이이익!

지금 이 순간에도 경종 소리를 듣고 달려오는 이들은 수두룩했다.

하지만 그중에 수뇌부라, 혹은 지휘관이라 할 수 있는 이는 없었다.

대부분 다 아랫것들이었다.

그렇기에 벽우진은 유일하게 자신을 알아본 마인을 차가운 눈으로 내려다보며 말했다.

"사, 살려주시는 겁니까?"

"글쎄. 그래도 당장은 죽지 않을 것 같은데."

"가겠습니다!"

누군가는 소식을 전해줘야 했다.

아니, 반드시 전해야 했다.

벽우진은 진명마가주마저 쓰러뜨린 강자였다.

아무리 육대마가의 마인들이라고 하나 숫자로 어떻게 할 수 있는 존재가 아니었기에 마인은 고민하지 않고 몸을 일으켰다.

"뭐 하는 거냐!"

"적을 앞에 두고 도망치다니!"

"킬킬킬! 고추가 없는 녀석인가 본데?"

다른 마가(魔家) 출신인지 무복이 미묘하게 다른 이들이 되레 경내로 달려오는 마인을 보고는 조소를 잔뜩 머금었다.

꼬락서니가 꼭 꼬랑지에 불이 붙어 발광하는 짐승 같아서였다.

하지만 그 조소는 얼마 가지 못했다.

퍼퍼퍼퍼퍽!

거리는 조금도 상관없다는 듯이 돌멩이 조각들이 그들의 머리를 꿰뚫었던 것이다.

고통을 느낄 새도 없었다는 듯이 조소를 머금은 표정 그대로 허물어지는 모습에 뒤따르던 마인들이 어안이 벙벙한 표정을 지었다.

이게 무슨 일인가 싶었던 것이다.

"저, 저놈 짓이다!"

"도대체 무슨 수……!"

"철릉아!"

말을 채 끝내기도 전에 관자놀이가 꿰뚫렸다.

심지어 무엇에 당했는지도 알 수 없었다.

그렇기에 탐천마가(貪天魔家) 마인들의 표정이 일변했다.

한 명이라고 방심하던 분위기가 한순간에 사라졌던 것이다.

"흩어져!"

동시에 이십여 명의 마인들이 뿔뿔이 흩어졌다.

그런 그들의 뇌리에는 방금 전 경내로 되돌아가던 마인에 대한 생각은 감쪽같이 사라져 있었다.

지금 중요한 것은 생존과 적을 죽이는 것이었다.

그렇기에 산개한 마인들은 잔뜩 긴장한 얼굴로 벽우진에게 쇄도했다.

"죽어!"

순식간에 산개한 마인들이 벽우진을 포위했다.

방심을 걷어내자 무시무시한 살귀들로 변한 것이다.

하지만 상대가 나빴다.

퍼퍼퍽!

"어?"

매서운 기세로 달려들던 마인들의 움직임이 일순 멎었다.

갑자기 포물선을 그리며 바닥으로 힘없이 추락했던 것이다.

동시에 그들의 전신에서 피가 솟구쳤다.

"이게, 무슨……."

뒤늦게 찾아오는 고통에 모두가 신음을 흘렸다.

하지만 입을 열 수 있었던 것도 딱 거기까지였다.

그들의 생각은 더 이상 이어지지 않았다.

"아직도 멀었나."

순식간에 수십 명을 절명시켰으나 벽우진의 표정은 담담했다.

고작 이 정도로는 그의 울분이 풀리지 않아서였다.

아무리 생명은 존귀한 것이라고 하지만 마귀들에게는 해당 사항이 없었다.

그렇기에 벽우진은 마인들을 죽이는 것에 조금도 망설이지 않았다.

살아 있어 봤자 세상에 해악만 끼치는 것들이었다.

이런 놈들을 죽여 선인 한 명을 살릴 수 있다면 벽우진은 얼마든지 살계를 열 생각이었다.

타다다닷!

경내에서 시커먼 무복을 입은 이들이 구름처럼 몰려왔다.

이제야 본격적으로 공격할 생각이 든 모양이었다.

하지만 그들을 본 벽우진의 얼굴에는 여전히 못마땅한 기색이 떠올라 있었다.

지휘부를 데려오라고 친히 명령을 내렸음에도 죄다 어중이떠중이로 보여서였다.

"아직 제대로 보고가 덜 된 모양인데. 좀 더 살려둘 걸 그랬나."

별다른 직책도 없는 하급 마인 하나만 달랑 돌아왔으니 의심을 할 수도 있었다.

어쩌면 양동 작전일지도 모른다고 생각할 수도 있었고.

하지만 어느 쪽이든 벽우진은 실망스러웠다.

천년마교면 천년마교답게, 강자존을 숭상하는 집단답게 무식하게 달려들기를 원했다.

"이런 찌끄레기들 말고 말이지."

탁.

검은 파도처럼 밀려드는 육대마가의 마인들을 무심히 쳐다보며 벽우진이 팔짱을 풀었다.

그러고는 느릿하게 무상검을 움켜잡았다.

"엉덩이를 떼기 싫다면, 뗄 수밖에 없게 만들면 되는 일이지."

벽우진의 입가가 비틀렸다.

그 순간 무상검이 쏘아졌다.

말 그대로 화살처럼 달려드는 마인들을 향해 일직선으로 날아갔던 것이다.

"역시 오라버니시네요."

"괜히 패선이라 불리시는 게 아니죠."

감탄이 짙게 서린 현주혜의 말에 서진후가 뿌듯함이 가득한 표정으로 말했다.

하지만 그의 얼굴은 이내 어두워졌다.

패선이라는 별호는 그와 청민이 만든 것이나 다름없었다.

그렇다 보니 자연스레 청민이 떠오른 것이다.

"제가 생각하기에도 그보다 더 잘 어울리는 별호는 없는 것 같아요. 사실 선(仙)자보다는 왕(王)이 더 잘 어울리기는 하지만요."

"저도 같은 생각이지만 그래도 사형은 도사이니까요. 도사에게 왕이라는 별호는 그리 어울리지 않지요. 그런데, 괜찮으시겠습니까?"

나이는 한참 많았지만 서진후는 현주혜를 대하는데 있어 늘 예의를 지켰다.

그가 곤륜파의 장로이고 청하상단의 전 상단주라고 하지만 현주혜는 보타문의 수장이었다.

때문에 서진후는 보타문주로서 그녀를 대우해 주었다.

"보타문 말씀이시죠?"

"예."

"사부님이 계시니까 괜찮아요. 지금은 비록 내공을 잃으셨지만 그렇다고 해서 신망이 어디 간 것은 아니니까요. 모든 제자들이 저보다 더 존경하는 사람이 저희 사부님이세요."

"그렇습니까."

"그래서 조금 아쉬워요. 만약 사부님의 내상을 치료할 수 있는 영약을 구할 수 있었다면 이번 전쟁에서도 큰 힘이 되었을 텐데."

현주혜가 얼굴 가득 아쉬운 표정을 지었다.

무리한 수련으로 인해 주화입마에 빠져 평생 동안 쌓아온 내공을 모조리 잃어버린 연진청이었다.

하지만 육체는 망가졌을지 몰라도 그녀가 쌓아온 무공은 사라지지 않았다.

머리에 고스란히 남아 있었던 것이다.

'그 부분은 오라버니께서도 인정하셨지.'

가끔 연진청과 벽우진이 논검하는 걸 들은 그녀는 확신할 수 있었다. 비록 육체적인 수련은 하지 못해도 정신적으로는 계속해서 사부가 수련하고 있다는 사실을 말이다.

"저에게도 지나가듯이 말씀하신 적이 있습니다. 이제는 고인이 되신 분이지만 검선과 비견될 만한 실력자이시라고요."

"정말요?"

현주혜가 깜짝 놀란 표정을 지었다.

무당검선이라 불린 이는 그녀도 들은 적이 있어서였다.

"아십니까?"

"운정 진인과 사부님께서 친구 사이셨다고 들었어요. 정확하게는 사부님 혼자서 호적수라 여기셨지요."

"허허허."

눈에 훤히 보이는 듯한 모습에 서진후가 옅은 웃음을 흘렸다.

두 사람이 나란히 서 있는 모습이 연상되었던 것이다.

"근데 돌아가셨군요. 하긴. 나이가 적지 않으시니까요."

"얼마 안 되었습니다."

"그렇군요."

짧게 고개를 끄덕인 현주혜가 주변을 슬쩍 둘러보았다.

분위기가 살짝 누그러진 서진후와 달리 모여 있는 아이들의 표정은 살벌했다.

벽우진의 지시만 기다린다는 듯이, 마치 팽팽하게 끌어당긴 활시위처럼 아이들은 무서운 얼굴로 때를 기다리고 있었다.

어쩌면 오늘은 이대로 물러나야 할지도 모르는 상황인데 말이다.

'그래도 온 건 가만히 있을 수 없어서겠지.'

아직은 소중한 사람을 잃어본 경험이 없는 현주혜였다.

천명을 다해 떠난 사람들은 많았어도 누군가의 손에 죽은 이는 없었다.

하지만 그렇다고 해서 그 슬픔을 짐작할 수 없는 건 또 아니었다.

청민은 그녀에게도 이제는 가까운 사람이 되었으니까.

'늘 살갑게 대해주셨지. 무뚝뚝한 내가 불편하지 않게.'

나이에 맞지 않게 사람을 대하는 게 조금은 어색한 그녀였다.

마흔이 넘은 나이였지만 대부분의 시간을 보타암에서 수련만 했기에 사람을 상대하는 걸 조금 낯설어했다.

한데 그런 그녀를 살갑게 대해줬던 게 바로 청민이었다.

'남들은 무모하다고 할지 모르지만, 난 아냐.'

현주혜의 눈빛이 서늘해졌다.

방금 전 서진후와 대화할 때와는 너무나 다른 눈빛이었다.

그리고 그녀는 결코 아무 계획 없이 무작정 청선산을 오르지 않았다.

벽우진이나 서진후에게 말하지는 않았지만 인근에는 보타문의 전력이 와 있었다.

'대세를 바꿀 수는 없지만 흐름 정도는 충분히 바꿀 수 있어.'

원래부터 여자로만 이루어진 문파였기에 구파일방이나 명문세가와 비교하면 세가 비교할 수 없을 만큼 작았다.

하지만 그럼에도 보타문은 무려 백 명이나 되는 인원을 보냈다.

그것도 최정예라 할 수 있는 여검객들만 말이다.

'오라버니는 아마 알고 계시겠지.'

아무리 은밀히 뒤따랐다고 하지만 백 명이나 되는 인원이 일정 거리를 두고서 따라왔다.

그런데 기감이 귀신같은 벽우진이 그걸 모를 리 없었다.

단지 알면서도 모른 척 넘어가 주는 것뿐.

'육대마가가 모조리 밀려오더라도 아이들을 빼낼 시간 정도는 충분히 벌 수 있어.'

현주혜가 보타문의 전력을 몰래 데리고 온 건 다른 이유가 아니었다.

육대마가와 싸우기 위해서가 아니라 아이들을 위해서였다.

상황이 닥치면 싸우기는 하겠지만 그녀가 전력을 다할 전투는 이곳이 아니었다.

또한 주인공도 아니었고.

스윽.

현주혜의 시선이 오늘의 주인공이라 할 수 있는 이에게로 향했다.

그러고는 일거수일투족에 집중했다.

'흠.'

현주혜가 벽우진을 뚫어져라 바라보고 있을 때 서진후는 묘한 눈길로 그녀를 힐끔거리고 있었다.

천하무림 비무 대회 이후로 갑자기 친해진 사람. 정확하게는 그녀보다 연진청이 벽우진과 호법들하고 친해진 것이었지만 어찌 됐든 적지 않은 시간을 곤륜산에서 함께 보낸 건 사실이었다.

하지만 여기까지 함께 올 정도의 사이라고 하면 고개가 갸웃거려졌다.

'우리로서야 나쁘지는 않지만, 조금 의외로군.'

다정다감과는 아무래도 거리가 좀 있는 성격이었기에 처음 함께 간다고 했을 때 서진후는 의아함을 감추기 힘들었다.

정말 생각지도 못한 합류여서였다.

그러나 검후의 합류는 그에게나 곤륜파에게나 나쁘지 않았다.

'도와준다는데 거절할 필요는 없지.'

현주혜는 모르고 있을 거라 생각하겠지만 실상은 달랐다.

곤륜파의 정보 조직인 비청단의 책임자가 바로 그였다.

그런 만큼 보타문의 여검객들이 비밀리에 뒤따르고 있다는 것쯤은 이미 진즉부터 알고 있었다.

사천당가나 개방 역시 마찬가지일 터였고.

'그나저나 이번에는 좀 알아냈으면 좋겠는데 말이지.'

다시 전방으로 향하는 서진후의 두 눈이 스산해졌다.

청민을 죽인 자가 여전히 오리무중에 빠져 있었기에 이번에는 반드시 알아내고 싶었다.

그래야 제대로 된 복수를 할 수 있을 테니까.

○

"으어어억!"

"크헙!"

갑자기 날아온 철검이 대지에 박히자 믿기지 않게도 땅거죽이 뒤집혔다.

거대한 폭발과 함께 말 그대로 대지가 뒤집어졌던 것이다.

그뿐만 아니라 폭발로 인해 발생된 거친 경력이 사방을 사정없이 휘몰아치며 마인들을 덮쳤다.

"으으으!"

운 좋게 거리가 제법 있던 이들은 내상을 면했지만 대신 두 다리가 풀렸다.

하나하나가 절정고수인 그들이 고작 경력의 폭풍에 반쯤 무력화되었던 것이다.

"미, 미친!"

"도대체 누구야?"

직접 겪고도 믿기 힘든 광경에 우르르 달려오던 마인들이 대경실색했다.

만약 자신이 직접 겪지 못했다면 절대 믿지 못할 광경이었기 때문이다.

"패, 패선이다!"

"뭐?"

"패선이라고, 이 등신들아!"

거친 일갈이 장내를 휩쓸었다.

동시에 무거운 침묵이 내려앉았다.

아까 전 청년처럼 벽우진을 알아본 이가 있었던 것이었다.

저벅저벅.

바람 소리만 들릴 정도로 적막이 내려앉을 때 벽우진이 천천히 걸음을 옮겼다.

그들을 향해 뒷짐을 지고서 다가왔던 것이다.

"패선이라고."

"그게 뭐 어쨌다고?"

"어차피 죽여야 할 놈 아냐?"

"제 스스로 사지로 들어왔는데 그럼 모가지를 따줘야지!"

패선이라는 두 글자가 주는 이름값은 대단했다.

청성파조차 하찮게 여기던 그들이 순간적으로 경직되었던 것이다.

하지만 모두가 그런 것은 아니었다.

개중에는 패선이라는 말에 오히려 호승심을 불태우는 이들이 있었다.

파파파팟!

그 사실을 증명하듯 모두가 굳어 있을 때 수십 명은 오히려 벽우진에게 달려들었다.

대단하다는 패선의 실력을 직접 겪어보고 싶었던 것이다.

동시에 그들은 중원제일인이라는 패선을 자신의 손으로 쓰러뜨리고 싶었다.

중원과 천산의 격차가 얼마나 큰지 자신들이 증명하고자 했던 것이다.

"어어?"

동료는 물론이고 상관이 말리기도 전에 달려드는 이들의 모습에 자연스럽게 뒤에 남은 마인들이 입만 쩍 벌렸다.

뭐라고 말하기도 전에 이미 그들은 벽우진의 지근거리까지 접근했던 것이다.

"얼마나 보잘것없는 실력인지 이 몸이 친히 알려주마!"

"일단 건방진 눈깔부터 뽑아버려야겠어!"

메뚜기처럼 곳곳에서 솟구쳐서 달려드는 마인들의 기세는 매우 흉흉했다.

하나같이 살기와 마기를 줄기줄기 흩뿌리며 쇄도했던 것이다.

그러나 그들을 보는 벽우진의 눈빛에는 가당찮은 기색만 가득했다.

"흥."

긴 말이 필요 없다는 듯이 콧방귀로 대답을 대신한 벽우진이 손을 뻗었다.

그러자 사각에서 파고들던 마인의 동공이 화등잔만 하게 커졌다.

워낙에 시선을 끌어주는 이들이 많았기에 당연히 벽우진이 자신을 인지하지 못했을 거라 생각했는데 실상은 달라서였다.

덥석!

하지만 그렇다고 가만히 당해줄 생각은 없었다.

벽우진이 알아차렸다면 피하고 다시 공격하면 될 일이었다.

지금까지 늘 그래왔던 것처럼.

다만 문제는 그가 지금까지 상대했던 이들과 벽우진은 완전히 다르다는 점이었다.

"어?"

분명히 회피 동작을 했음에도 불구하고 그의 머리는 어느새 벽우진의 손아귀에 잡혀 있었다.

벽우진이 손을 뻗는 걸 똑똑히 보고 몸을 비틀었음에도 말이다.

그런데도 마치 자신이 일부러 정수리를 들이민 것 같은 상황에 그는 당혹감을 감추지 못했다.

하지만 안타깝게도 그의 의문은 거기서 더 이상 이어지지 못했다.

콰드득!

마인의 머리통을 움켜잡은 벽우진이 그대로 손아귀에 힘을 줘서 터뜨렸던 것이다.

"이노옴!"

마치 장난감마냥 머리를 박살 내버리는 벽우진의 모습에 마인들이 흥분했다.

방금 전까지는 호승심과 투지를 불태웠다면 지금은 거기에 분노가 합쳐졌다.

무인의 긍지를 무시하는 벽우진의 행동에 다들 격노한 것이었다.

"주제도 모르는 것들이 어디서."

콰득! 콰드득!

살기등등한 기세로 달려드는 마인들을 벽우진은 거침없이 도륙했다.

지금껏 무형지기와 돌멩이를 이용한 것과 달리 이번에는 양손을 이용해서 머리를 쥐다 터뜨렸던 것이다.

"끅!"

"으아악!"

그 어떤 공격도 벽우진에게는 소용이 없었다.

날카로운 도강도, 묵직한 권강도, 그렇다고 거대한 장인도 벽우진의 몸에 생채기 하나 내지 못했다.

반면에 벽우진의 양손은 너무나 쉽게 마인들의 정수리를 잡았다.

마치 빨아 당기는 것처럼, 마인들이 스스로 머리를 들이대는 것처럼 움직이는 족족 정수리를 잡은 벽우진은 그대로 깨부숴 버렸다.

주르륵.

먼지 하나 없이 깨끗한 도복과 달리 벽우진의 양손은 죽은 이들의 피와 뇌수로 흥건했다.

게다가 달려드는 이들이 반항다운 반항도 하지 못한 채 무기력하게 죽어나가자 분위기가 달려들었다.

흉흉하게 달려들던 마인들이 되레 머뭇거렸던 것이다.

"확실히 손을 직접 쓰니 속은 시원하네."

"미친놈!"

"그건 네놈들이고. 가만히 잘 살고 있는 사람들 건드린 쪽은 네놈들이야. 천산이 답답하면 신강에서나 활보하며 지랄할 것이지 여기까지는 왜 와?"

"……."

일순 말문이 막힌 듯 모두가 입을 다물었다.

틀린 말이 아니어서였다.

침입자는 엄연히 그들이었다.

또한 전쟁을 일으킨 것도 그들이었고.

"뭣들 하는 것이냐!"

"한 명에게 겁을 집어먹고 있다니! 그러고도 네놈들이 대 신교의 교도들이라 할 수 있느냐!"

그때 후위에서 거친 노성이 들려왔다.

이제야 육대마가의 중진들이 모습을 드러냈던 것이다.

그러자 분위기가 다시 한번 달라졌다.

고수급이라 할 수 있는 이들의 등장에 하급 마인들의 눈빛이 일변했다.

"부족해."

하지만 달라진 기세에도 불구하고 벽우진의 얼굴에는 여전히 못마땅한 기색이 서려 있었다. 고작 저 정도로는 원하는 정보를 얻을 수 있다는 확신이 들지 않아서였다.

"부족한 건 네놈의 지능이겠지. 도대체 무슨 생각으로 이곳에 혼자 온 것이지?"

"저희로서는 좋은 일이지 않습니까. 거물이 제 발로 찾아왔으니까요."

노인을 향해 간신배처럼 생긴 왜소한 체구의 중년인이 듣기 좋은 어조로 입을 열었다.

하지만 정작 노인의 시선은 벽우진에게 향해 있었다.

"물어볼 것도 있고, 화풀이 겸?"

"화풀이? 화아풀이?"

노인의 얼굴이 순간적으로 시뻘겋게 달아올랐다.

그리고 그건 노인과 비슷한 연배로 보이는 네 명의 노인들도 마찬가지였다.

하나같이 노기가 짙게 서린 눈으로 벽우진을 죽일 듯이 노려봤던 것이다.

"어. 화풀이. 나에게 네놈들은 딱 그 정도 용도야."

"저 천둥벌거숭이 같은 놈이!"

파아앗!

결국 흥분을 참지 못한 노마두가 땅을 박찼다.

나찰과도 같이 얼굴을 일그러뜨리며 단숨에 벽우진에게 날아왔던 것이다.

"버르장머리 없는 것 보소. 내가 이렇게 생겨서 그렇지 나이는 칠십이 넘었어, 새끼야."

쿠르르릉!

얼마나 대단한 공력을 쌓아왔는지 대기가 진동했다.

동시에 묵직한 중압감이 느껴졌다.

그러나 딱 그뿐이었다.

느껴졌을 뿐이지 벽우진에게는 조금의 위협도 되지 않았다.

덥석!

머리를 꿰뚫어 버리겠다는 듯이 떨어져 내리는 묵빛 조강(爪罡)

을 슬쩍 피하며 벽우진이 손을 털었다.

언뜻 보면 손바닥에 묻어 있는 뇌수와 식은 피를 털어내기 위한 것처럼 보였다.

하지만 실상은 아니었다.

그의 손짓에 무지막지한 경력이 일어나며 단숨에 노인을 휘청거리게 만들었다.

"큭!"

거대한 파도가 자신을 휩쓸고 지나간 듯한 충격에 노인의 동공이 순간적으로 흔들렸다.

그리고 그 순간 벽우진이 움직였다.

딱히 노인의 시야가 흔들린 틈을 노린 것은 아니었다.

그저 벽우진은 손을 흔든 후에 발걸음을 내디딘 것뿐이었다.

'어디로?'

하지만 그 한걸음이 노인에게는 너무나 섬뜩하게 다가왔다.

시야가 안정되었을 때 벽우진이 보이지 않아서였다.

"혹시 너는 알고 있나? 내 사제를 죽인 놈이 누구인지."

··· 제8장 ···

누구도 그를 막을 수 없다

화려한 장포를 입고 있던 노인이 몸을 부르르 떨었다.

등 뒤에서 들려오는 음성에 몸이 반사적으로 움찔거렸던 것이다.

하지만 그럴 수밖에 없는 게 벽우진의 목소리는 귀의 바로 옆에서 들렸다.

뜨거운 김이 느껴질 정도로 가까운 거리에서 말이다.

'피하는 건 늦어!'

노인이 이를 악물고서 몸을 회전시켰다.

그러면서 양손을 거칠게 휘둘렀다.

단순히 피하려고 하다가는 등에 공격을 당하기 십상이기에 아예 그가 먼저 공격적으로 대응한 것이었다.

물론 치명타를 노린 일격은 아니었다.

스으읍!

그런데 양손 어디에서도 손맛은 느껴지지 않았다.

분명 벽우진의 목소리가 들려온 곳을 노리고서 팔을 크게 휘둘렀는데 말이다.

"역시 모르는 모양이군."

우득!

노인의 동공이 순간적으로 확대되었다.

곧게 잘 뻗어 있던 그의 팔이 기형적으로 꺾였기 때문이다.

뒤이어 뼈가 바스러지는 고통에 입 역시 크게 벌려졌다.

"끄어어억!"

얼마나 깔끔한 일격이었는지 새하얀 뼈가 너무나 깔끔하게 피부를 찢고 모습을 드러냈다.

하지만 이건 시작에 불과했다.

콰앙!

"자, 장로님!"

손날로 노인의 상완골을 아작 낸 벽우진이 그대로 뒤통수를 잡고 냅다 바닥에 찍었다.

그 모습에 아부를 떨던 중년인의 두 눈이 금방이라도 튀어나올 것처럼 커졌다. 심상치 않은 폭발에 화들짝 놀란 것이었다.

"끄으으……."

"호오. 장로였어? 그럼 알지도 모르겠는데? 아니면 아는데 모르는 척했던 건가?"

중년인의 외침에 마지막에 힘을 뺀 벽우진이 눈을 빛냈다.

다른 이도 아니고 육대마가의 장로라면 아는 게 많을 거라는 생각이 들어서였다.

"네놈의 사제는……."

"응응. 말해봐."

기어 나오듯이 희미하게 흘러나오는 목소리에 벽우진이 귀를 기울였다. 방금 전과는 너무나 다른 표정으로 눈을 빛내며 노인의 목소리에 집중했던 것이다.

"뒈질 때가 돼서 뒈진 것뿐이다……!"

"싫으면 마."

콰직!

피투성이는 되었어도 나름 형태는 유지하고 있던 노인의 머리가 짓뭉개졌다.

벽우진이 조금의 망설임도 없이 그대로 땅에 처박은 결과였다.

형체를 알아보기 힘들 정도로 뭉개진 노인의 머리에서 손을 떼고서 벽우진이 고개를 돌렸다.

"말해줄 입이 아직 좀 남아 있거든. 큰 기대는 되지 않지만."

"이노옴!"

달려든 네 명 중 가장 큰 덩치의 노인이 어금니를 드러내며 포효했다.

그러자 놀랍게도 그의 신체가 변화하기 시작했다.

가뜩이나 컸던 덩치가 더욱 커졌던 것이다.

"야수마가 출신인가."

구척은 될 법한 신장도 신장이지만 근육 역시 범상치 않았다.

그뿐만 아니라 마치 짐승처럼 털까지 난 모습에 벽우진이 신기하다는 표정을 지었다.

"크헝헝헝!"

"저런 게 가능하기는 하구나."

말은 들었어도 보는 건 처음이었기에 벽우진은 살짝 놀랐다.

소문으로만 듣던 것과 직접 보는 것의 차이는 컸던 것이다.

그러는 사이 나머지 세 명도 각각 자리를 잡고서 벽우진에게 쇄도했다.

전방을 야수마가의 장로가 맡자 셋은 알아서 흩어졌던 것이다.

쌔애액!

정확히 사방을 점유하고서 펼치는 협공에 벽우진은 순식간에 갇혔다. 허공 말고는 딱히 피할 곳이 없었던 것이다.

"네놈의 그 오만함이 널 죽음으로 이끌 것이다!"

"글쎄 안 죽는다니까 그러네."

양옆에서는 혈천마가와 탐천마가가, 그리고 뒤에서는 천패마가의 장로가 벽우진을 노리고서 쇄도했다.

각자 최고의 절초를 펼치며 벽우진의 목숨을 노렸던 것이다.

그러면서도 그들은 은근슬쩍 허공 쪽을 비워두었다.

'제아무리 운룡대팔식이 대단하다고 하나 그래 봤자 한계가 있는 법.'

'몸을 띄우는 순간 끝장이다.'

셋의 안광이 형형하게 빛났다.

야수마공을 극성으로 일으킨 장로는 본능만 남았기에 협공을 제대로 펼칠 수 없었지만 그래도 상관없었다.

세 사람의 협공이면 육대마가의 가주도 감히 경시하지 못했다.

때문에 셋은 자신만만한 얼굴로 공격했다.

스르륵.

다만 한 가지 문제가 있다면 벽우진의 무위가 그들이 생각했던 것 이상이라는 점이었다.

완벽하게 포위를 했다고 여겼지만 그건 세 사람만의 생각이었다.

"헙!"

벽우진은 네 명의 공격을 너무나 쉽게 흘려냈다.

아니, 거의 동시에 이어진 협공을 여유롭게 피해내는 것을 넘어 반격까지 했다.

맨손으로 혈천마가와 탐천마가의 공격을 맞받아쳤던 것이다.

그러고는 그대로 몸을 띄웠다.

휘리리릭!

곤륜파가 자랑하는 운룡대팔식이 장엄하게 펼쳐지며 벽우진의 신형이 단숨에 야수 마인의 어깨에 내려섰다.

"크아아앙!"

보이지는 않지만 느껴지는 벽우진의 기척에 야수 마인이 거칠게 몸을 흔들었다. 거머리처럼 붙어 있는 벽우진을 떼어내기 위해서였다.

하지만 야수 마인이 몸을 흔드는 것보다 벽우진의 용천혈에서 뿜어진 진기가 육신 안으로 파고드는 게 훨씬 빨랐다.

부르르르!

서늘하다 못해 시린 벽우진의 진기는 따로 침투경의 수법을 펼치지 않았음에도 자연스럽게 스며들었다.

야수 마인의 전신을 흐르는 마기를 아무렇지 않게 흐트러뜨리며 내부로 파고들었던 것이다.

그리고 거기서 멈추지 않고 야수 마인의 혈맥과 경맥들을 모조리 헤집었다.

"케헥!"

이윽고 거대한 동체가 휘청거리더니 주저앉으며 검게 죽은 피를 토해냈다.

겉은 멀쩡해 보여도 속은 모조리 망가진 것이었다.

"이익!"

별다른 반응도 하지 못하고 야수마가의 장로가 쓰러지자 나머지 세 명이 이를 악물고서 달려들었다.

특히 벽우진의 반격에 속수무책으로 밀려났던 혈천마가와 탐천마가 장로들의 눈빛이 심상치 않았다.

벽우진에게 속절없이 밀렸던 게 자존심이 상한 모양이었다.

'좋지 않아.'

반면에 천패마가의 장로는 미간을 좁혔다.

그의 본능이 계속해서 경고를 보내왔던 것이다.

벽우진에게 달려들면 안 된다고 말이다.

"네놈들은 알고 있느냐? 청민을 죽인 놈이 누구인지."

검붉은 마기와 시커먼 검강이 무시무시한 기세로 파고드는 걸 직시하며 벽우진이 물었다.

야수 마인은 누가 봐도 제정신이 아니었기에 묻지 못했지만 나머지 셋은 달랐다.

정상은 아니어도 이지는 유지하고 있는 것처럼 보였기에 벽우진은 세 사람을 차례대로 쳐다봤다.

"닥쳐라!"

"우리가 말해줄 것 같으냐!"

"그럼 하나만 묻자. 알아, 몰라?"

새까만 검강이 벽우진의 귓불을 스치고 지나갔다.

그리고 기분 나쁜 검붉은색을 가진 거대한 장인이 땅거죽을 한 차례 쓸고 지나갔다.

벽우진의 하반신을 노렸다가 실패한 것이다.

"알고 싶으면 방법이 하나 있지. 무릎 꿇고 항복하면 말해주겠다."

"모르는 모양이군."

천패마가 장로의 말에 벽우진이 피식거렸다.

낌새를 보아하니 나머지 셋도 모르는 모양새 같아서였다.

그러는 사이 방금 전에 피해냈던 두 공격이 재차 벽우진에게 날아들었다.

"알아봐 줄 수는 있지. 네놈이 성의를 보인다면."

"됐다."

콰아아앙!

무심한 목소리와 함께 시커먼 검강이 박살 났다.

벽우진의 목을 노리던 공격이 건성으로 휘두른 손등에 의해 산산조각 났던 것이다.

동시에 탐천마가의 장로가 피를 토하며 주저앉았다.

"잡았다!"

그러나 동료의 희생은 남은 이에게 기회를 만들어주었다.

아주 찰나지만 벽우진의 움직임을 잡아주었던 것이다.

그걸 혈천마가의 장로는 놓치지 않았다.

쯔아악!

손에서부터 시작된 검붉은 빛의 거대한 장인이 반으로 갈라졌다.

벽우진의 코앞에서 그를 집어삼킬 것처럼 양옆으로 벌어졌던 것이다.

쩝!

갈라진 장인은 순식간에 벽우진을 집어삼켰다.

동시에 혈천마가의 장로가 득의양양한 표정을 지었다.

완전히 삼켜진 이상 싸움은 끝났다.

'맛있게 먹어주마.'

남자인지 여자인지 구분이 가지 않는 묘한 외모의 그가 얇은 혀로 입술을 핥았다.

이제 곧 중원제일인이라 불리는 벽우진의 피 맛을 볼 수 있을 거라 생각하자 심장이 벌렁거렸다. 벽우진을 흡수하면 얼마나 강해질지 상상하는 것만으로도 흥분되었던 것이다.

"너에게만 너무 좋은 일을 만들어준 것 같은데."

"그럼 너도 혈천마가로 오던가. 본가는 모든 마공을 포용한다."

"강해지는 것도 좋지만 남자로서의 쾌락을 놓치고 싶지는 않은 지라."

천패마가의 장로가 고개를 저었다.

인간에게 주어진 가장 큰 쾌락 중 하나를 포기하기는 싫어서였다.

"말했을 텐데. 음양교합과는 비교도 안 되는 쾌감을 느낄 수 있다고."

"그건 모르는 거지. 그나저나 강하긴 더럽게 강하군. 괜히 패선, 패선거리는 게 아니었어."

순식간에 장로 세 명이 전투 불능이 되어버렸고 죽은 마인들은 백 명이 훌쩍 넘었다.

그것도 한 식경이 채 되기도 전에 말이다.

그렇다고 마인들이 약한 게 결코 아니었다.

하급 마인이면 중원에서는 절정고수 중에서도 강한 축에 들어가는 자원들이었다.

다만 벽우진이 말도 안 될 정도로 강한 것뿐이었다.

"그래 봤자 허약한 중원인일 뿐이지. 제법 강할 뿐. 어……?"

"왜 그래?"

기고만장하던 장로의 표정이 일변했다.

갑자기 동공이 흔들리며 안색이 창백해졌던 것이다.

"뭐, 뭐야. 이거?"

퍼엉!

말이 끝나기도 전에 벽우진을 집어삼켰던 검붉은 빛의 구가 폭발했다.

그리고 너무나 멀쩡한 모습으로 벽우진이 걸어 나오며 둘을 쳐다봤다.

"피, 피해라!"

그때 탐천마가 쪽 장로가 소리쳤다.

왠지 모르게 다급한 음성으로 둘을 향해 경고했던 것이다.

하지만 그의 경고를 다 듣기도 전에 파육음이 들려왔다.

"어라?"

천패마가의 장로가 순간 멍한 표정을 지었다. 자신의 가슴을 뚫고 나온 검이 이상하게 비현실적으로 느껴졌던 것이다.

주르륵.

그러나 그는 받아들일 수밖에 없었다. 검신을 타고 흐르는 뜨끈한 피와 함께 지독한 고통이 엄습했던 것이다.

"컥!"

상황은 혈천마가의 장로 역시 다르지 않았다.

단숨에 거리를 좁힌 벽우진이 그의 모가지를 움켜잡았던 것이다.

"얼마나 많은 사람을 잡아먹은 거냐?"

"크으윽!"

"뭐, 말해줄 리는 없겠지. 네놈들이 일일이 기억하지도 않을 테니까. 하지만 네놈은 쉽게 죽여선 안 될 것 같구나."

허공에 들린 채 버둥거리던 장로의 얼굴이 시뻘겋게 달아올랐다.

그런데 그건 얼굴뿐만이 아니었다.

몸 전체에서 뜨거운 열기가 뿜어져 나왔다.

"그만! 그마안!"

전신에서 아지랑이가 피어오르며 몸의 수분이 빠르게 증발했다.

그가 익힌 무공의 근간이라 할 수 있는 혈액이 빠른 속도로 사라졌던 것이다.

더불어 지독한 고통이 함께 엄습해 오자 장로가 비명을 질렀다.

“제발, 제발 그만……!”

머리, 팔다리 할 거 없이 전신에서 수증기를 뿜어대던 장로가 이내 축 늘어졌다. 한순간에 폭삭 늙어버린 모습으로 흐느적거렸던 것이다.

하지만 그 참혹한 모습에도 벽우진의 눈빛은 싸늘했다.

지금껏 잡아먹은 이들을 생각하면 이 정도 고통은 아무것도 아니어서였다.

“피, 피가 모자라…….”

힘의 원천인 피를 잃은 장로가 어느새 시체가 되어버린 천패마가 장로를 향해 손을 뻗었다.

시신이기는 했지만 아직 피는 따뜻했다.

더구나 천패마가의 장로인 만큼 쌓은 마기 역시 상당할 터였기에 그는 본능적으로 손을 뻗어 흡수하려고 했다.

그러나 느릿한 그의 움직임보다 벽우진이 빨랐다.

쾅!

몇 배는 가벼워진 그를 바닥에 메다꽂은 것으로도 모자라 발바닥으로 단전을 박살 냈던 것이다.

그것도 확인 사살을 하듯 짓이겼기에 단전은 물론이고 내장들과 척추도 끊어졌다.

“허어업!”

“죽을 때까지 고통스러워하도록.”

싸늘한 눈빛으로 혈천마가의 장로를 내려다보던 벽우진이 손을 뻗었다.

그러자 날아와서 천패마가의 장로를 격살한 무상검이 얌전히 손아귀에 들어왔다.

패선이 홀로 쳐들어왔다는 소식은 순식간에 육대마가의 주인들에게 전해졌다.

하지만 다급하게 소식을 알린 마인의 마음과 달리 육대마가의 수장들은 놀라거나 당황하지 않았다. 늘 그렇듯이 여유롭게 움직일 채비를 했다.

패선의 명성이 대단하다고 하나 이곳에는 육대마가 중 무려 다섯 마가의 주인들이 모여 있었다. 또한 머지않아 진명마가의 새 가주가 병력을 이끌고 합류할 예정이었다.

그렇기에 다섯 명의 가주들은 늦장 아닌 늦장을 부리며 청성파의 산문 쪽으로 발걸음을 옮겼다.

"그래도 꼴에 패선이라는 건가."

"진명마가주가 당했다. 방심하면 안 돼."

"내공만 많은 멍청이가 당한 걸 가지고."

친위대를 비롯해서 각자 가문의 최정예를 이끌고서 산문에 도착한 가주들이 아니꼬운 눈빛으로 벽우진을 쳐다봤다.

혼자서 찾아온 벽우진도 마음에 들지 않지만 사자에게 쫓기며 사냥당하듯이 죽어나가는 수하들의 모습도 못마땅했다. 지금 보이는 모습은 절대 전사나 투사라고 할 수 없어서였다.

두려움을 모르는, 오히려 상대방에게 공포와 두려움을 줘야 하는 마인들이 도리어 도망치는 광경에 모두가 고개를 저었다.

"근데 배짱은 진짜 좋군. 홀로 적진에 쳐들어올 줄이야."

"복수에 눈이 먼 거지."

"그렇다고 해도 쉬운 결정은 아니지. 여기가 지 무덤이 될 수도 있는데."

"반대로 우리가 무시를 당한 걸 수도 있지. 언제라도 지 한 몸 정도는 내뺄 수 있다는."

"크르릉!"

다섯 명 중 유독 덩치가 큰 야수마가주가 콧김을 내뿜었다.

듣는 것만으로도 심기가 불편해졌던 것이다.

특히 다른 이들보다 오감이 더욱 예민한 그는 멀리서 사냥하듯 하급 마인들을 도륙하며 중얼거리는 벽우진의 말이 다 들렸다.

"혹시 아냐? 너는? 너도 몰라? 청해성으로 파견된 마인에 대해서 정말 모른다고?"

벽우진은 계속해서 물었다.

대답이 없으면 없는 대로, 있으면 있는 대로 묻고 죽였다.

안다고 한 이들도 시간을 끌기 위해 거짓말을 한 것이기에 결국에는 몸이 썰려 죽었던 것이다.

"만만하게 봐서는 안 돼. 반천우가 아무리 내공만 많은 멍청이라도 그 무력이 약한 건 아니었으니까."

"귀림마가에나 껄끄럽겠지."

"……지금 한판 하자는 거냐?"

귀림마가주가 스산한 눈빛을 뿌리며 탐천마가주를 노려봤다.

신경을 건드는 말에 격하게 반응한 것이었다.

"그쯤 하지. 우리끼리 싸우려고 온 것도 아닌데. 더구나 적을 앞에 두고서."

"흥!"

"쳇!"

똑같이 마가의 수장이지만 그렇다고 서열이 없는 것은 아니었다.

특히나 천년마교에서는 스스로의 무력만큼 중요한 것이 없었기에 귀림마가주는 천패마가주의 말에 얼굴을 일그러뜨리며 고개를 돌렸다.

천패마가주가 저렇게 말하는데 탐천마가주와 입씨름을 할 수는 없어서였다.

"우선 저놈부터 해결해야 할 것 같은데. 누가 나설 거지? 설마 우리 전부가 나서야 한다고 생각하는 건 아니겠지?"

요사스럽게 느껴지는 붉은 입술을 오물거리며 혈천마가주가 입을 열었다.

그런데 그 말에 나머지 네 명의 얼굴이 동시에 찡그려졌다.

"말도 안 되는 소리!"

"고작 저놈 하나에?"

"그렇다고 시간을 질질 끌면 우리가 차륜전을 펼친다고 생각하지 않겠어?"

흥분하는 야수마가주, 탐천마가주와 달리 천패마가주는 턱을 쓰다듬었다.

확실히 하급 마인들은 그리 생각할 수도 있었다.

보이는 게 전부는 아니었으니까.

"저놈도 우리가 온 걸 눈치챈 듯하고 말이지."

벽우진이 이쪽을 쳐다보는 걸 느끼며 혈천마가주가 싱긋 웃었다.

때마침 천패마가주의 시선도 벽우진에게로 향했다.

"우리가 그런 걸 신경 쓸 필요는 없다고 생각하는데. 또한 굳이 우리가 나설 정도라고 생각하지도 않고. 패선 혼자 반천우와 진명마가주를 몰살시킨 것도 아닌데."

"그럼 애들만 보내자?"

"남아 있는 장로들만 보내도 충분할 것 같은데."

귀림마가주가 긴 수염을 쓰다듬으며 말했다.

굳이 자신들이 나설 필요는 없다고 생각해서였다.

사실 벽우진의 등장에 이렇게 몰려나온 것만으로도 그는 과하다고 생각했다.

보아하니 진짜 홀로 청성산을 찾아온 것 같기도 했고.

"뭐, 그것도 나쁘지 않지. 상대가 패선이라고 우리가 꼭 나설 이유는 없으니까."

"근데 내가 보기에는 네가 저놈에게 관심 있는 거 같은데."

귀림마가주의 시선이 혈천마가주에게로 향했다.

아까부터 혀를 날름거리는 것이 딱 봐도 벽우진에게 지대한 관심이 있어 보여서였다.

"어머나. 티 났어?"

"……여자인지 남자인지 확실하게 해라. 역겨우니까."

"노인네보다는 낫지 뭐. 후후!"

혈천마가주가 능청스럽게 웃었다.

하지만 정작 말을 꺼낸 귀림마가주의 이맛살은 잔뜩 찌푸려졌다.

"다들 말만 많아서는."

"말이 많은 게 아니라 우리의 위신 때문이다. 고작 한 놈 때문에 우리가 우르르 달려가는 게 보기에 썩 좋은 건 아니니까."

"당할까 봐 무서운 건 아니고?"

"전혀."

귀림마가주가 콧방귀를 뀌었다.

하지만 내심 그는 찔렸다. 곳곳에 널브러져 있는 시신들만 봐도 벽우진의 명성이 결코 과장되지 않았다는 걸 알 수 있어서였다.

자신이 질 거라는 생각은 하지 않았지만 위험할 수도 있다고는 생각했다.

'굳이 남 좋은 일 해줄 필요는 없지.'

귀림마가주가 속으로 중얼거렸다.

그 역시 청성산에만 처박혀 있었기에 온몸이 근질근질거리는 것은 사실이었다.

하지만 그렇다고 해서 자신이 나서서 다른 마가주들의 앞길을 닦아줄 생각은 없었다.

"늙더니 겁쟁이가 되었군."

"그게 아니라 굳이 저 녀석이 원하는 대로 상대해 줄 필요는 없다는 말이다."

"흥."

야수마가주가 코웃음을 치고는 앞으로 성큼성큼 걸어갔다.
그러자 그를 따라 야수마가의 마인들이 뒤따랐다.
야수마가의 최정예가 그를 보필했던 것이다.
"쯧쯧! 저렇게 생각이 없어서야."
"나는 나쁘다고 생각하지 않는데. 꼭 실리만 따져야 할 필요는 없으니까."
"그래도 아랫것들이 지켜보고 있는데."
천패마가주의 말에도 귀림마가주는 고개를 저었다.
호승심은 좋지만 너무 과한 것 같아서였다.
"네가 말하는 아랫것들이 다 죽으면 나서려고?"
"아직 남아 있잖아?"
"흐음."
혈천마가주를 향해 귀림마가주가 톡 쏘듯이 말했다.
그러자 혈천마가주가 요사스러운 미소를 머금었다.
무슨 의미인지 알 수 없는 웃음을 흘렸던 것이다.
"뭐, 나로서는 나쁘지 않지만."
"글쎄. 내 생각은 좀 다른데 말이지."
시종일관 툴툴거리는 귀림마가주를 일별하며 혈천마가주가 고개를 돌렸다.
그런 그의 시선은 적진 한가운데에 와 있음에도 고고하게 서 있는 벽우진에게로 향했다.

촤르르륵!

무상검에 묻어 있던 피를 털어내며 벽우진이 다가오는 거구의 덩치들을 쳐다봤다.

숫자는 오십이 채 안 되었는데 풍기는 기운은 지금까지 상대했던 이들을 합친 것보다 훨씬 더 강렬했다.

특히나 선두에서 성큼성큼 걸어오는 거인의 기운은 압도적이었다.

"야수마가주인가?"

"그렇다."

십 장 정도의 거리를 두고서 멈춰 선 야수마가주가 으르렁거리듯이 대답했다.

그런 그의 눈은 금방이라도 튀어나올 것처럼 번들거렸다.

딱히 기운을 일으킨 것처럼 보이지 않았는데도 자연스럽게 흘러나오는 기운은 사방을 압도했다.

하급 마인들이 자연스럽게 물러날 정도로 말이다.

"그럼 내 질문에 대답할 수 있겠군."

"아까부터 계속 나불거리던 그 질문 말인가?"

"들렸나?"

"하도 시끄럽게 떠드니 듣기 싫어도 들을 수밖에 없더군."

야수화를 하지 않았음에도 칠 척은 거뜬히 넘는 거구의 야수마가주가 새하얀 이를 드러내며 이죽거렸다.

그뿐만 아니라 그는 연신 목을 좌우로 꺾었다.

우득! 우드득!

몸을 푸는 건지 아니면 위협을 가하는 건지 구분이 안 가는 야수마가의 행동이었으나 정작 앞에 서 있는 벽우진은 신경도 쓰지 않았다.

지금 그에게 중요한 것은 야수마가주나 뒤에 있는 야수 마인들이 아니었다.

청민을 죽인 원흉을 아는지 모르는지가 중요했다.

"그럼 우선 대답 좀 했으면 좋겠는데. 야수마가주쯤 정도 되면 알 거 아냐?"

"알고야 있지. 근데 어쩌나. 말해주기가 싫은데."

야수마가주가 입가를 비틀었다.

묻는다고 순순히 말해줄 이유는 없어서였다.

그런데 그의 도발이 통한 것인지 벽우진의 눈매가 꿈틀거렸다.

"역시 짐승은 때려야 하나 봐. 그래야 말을 들으니."

"지금까지 상대했던 놈들과 나를 비교하면 안 되지."

"야수마가의 장로도 있었는데, 별거 없더라고."

"본가의 아이들이 다 그놈 같을 거라고 생각하지 마라."

시체가 된 장로를 눈짓으로 슬쩍 가리키는 벽우진의 모습에 야수마가주가 다시 한번 으르렁거렸다.

벽우진의 일거수일투족이 그의 심기를 계속해서 건드렸던 것이다.

"그건 두고 보면 알겠지. 그리고 내가 원하는 정보 역시 곧 알게 될 것 같고."

"그럴 일은 없다."

야수마가주가 단호하게 일갈했다.
그런 일은 절대 벌어지지 않을 것이기 때문이다.
"네놈은 그리 생각하고 싶겠지."
"흥!"
콧김과 함께 야수마가주가 달려들었다.
우선은 말버릇부터 고쳐줘야 할 것 같아서였다.
그리고 그렇게 만들 방법은 아주 쉬웠다.
현실을 알게 해주면 자연스럽게 바뀔 터였다.
'물론 그렇다고 해서 죽이지 않겠다는 것은 아니지만.'
인간이라고는 보기 힘들 정도의 움직임을 선보이며 야수마가주가 순식간에 거리를 좁혔다.
눈 깜짝할 새에 벽우진의 코앞까지 접근했던 것이다.
그런데 그 움직임이 일반적인 보신경하고는 많이 달랐다.
사람보다는 짐승에 가까운 움직이었다.
쌔애액!
그뿐만 아니라 야수마가주의 공격은 규칙이 전혀 없었다.
맹수의 공격처럼 단순히 머리와 심장만 노렸다.
한데 그 공격들이 너무나 빠르고 강했다.
콰앙!
벽우진의 머리를 쪼갤 듯이 떨어져 내린 손바닥이 땅바닥을 찍었다.
그러자 마치 지진이라도 난 것처럼 지축이 뒤흔들렸다.
무지막지한 힘에 땅이 진동했던 것이다.

하지만 중요한 건 벽우진이 맞지 않았다는 점이었다.

휘리릭!

가볍게 몸을 띄운 것으로 야수마가주의 공격을 피해낸 벽우진이 슬쩍 무상검을 휘둘렀다.

딱히 힘을 주었다기보다는 가볍게 휘두른 느낌이었다.

그런데 그 일검에 야수마가주의 팔뚝에 긴 자상이 생겼다.

"음?"

얇은 실선으로 시작되었던 자상에서 이내 피가 솟구쳤다.

그러자 야수마가주가 눈썹을 꿈틀거렸다.

도검불침에 이른 자신의 살가죽이 갈라지자 믿겨지지가 않았던 것이다.

더욱이 벽우진은 검강은커녕 검기도 일으키지 않았었다.

"짐승에게는 매가 약이지. 아, 걱정은 하지 마. 단숨에 죽일 생각은 없으니까."

터엉!

바닥에 부드럽게 착지한 벽우진이 이번에는 앞차기를 날렸다.

착지와 동시에 검을 휘두를 것이라는 예상을 뒤엎고 느닷없이 발을 뻗었던 것이다.

그런데 발끝에 실린 힘이 상당했다.

거구의 야수마가주가 뒤로 밀릴 정도로 말이다.

"큭!"

힘도 힘이지만 침투경의 수법을 사용한 것인지 내부로 파고드는 진기도 어마어마했다.

찌릿함을 넘어 얼얼한 고통이 교차해서 막은 팔뚝을 시작으로 전신으로 퍼져 나가자 야수마가주의 표정도 달라졌다.

경시하지 말라는 말이 뒤늦게 떠올랐다.

터엉! 텅!

하지만 그 생각은 더 이상 이어지지 못했다.

벽우진의 공격이 쉴 새 없이 이어진 것이었다.

"크아아앙!"

그러나 근접전이라면 그도 자신이 있었다.

본능에 충실한 막싸움이야말로 그가 가장 자신 있는 분야였다.

쿠르르릉!

야수마가주의 포효에 주변이 쩌렁쩌렁 울렸다.

마기가 가득 실린 포효성에 대기가 진동했던 것이다. 그러나 그 자신감 넘치던 기세도 얼마 가지 못했다.

퍼억! 퍼어억!

야수마가주는 순간 멍한 표정을 지었다.

이게 무슨 상황인가 싶었던 것이다.

그 정도로 그는 지금 비현실적인 상황을 겪고 있었다.

퍼어엉!

묵직한 충격과 함께 그가 뒤로 날아갔다.

벽우진의 발차기를 복부에 허용하고는 그대로 무기력하게 날아갔던 것이다.

그러나 벽우진의 공격은 이게 끝이 아니었다.

무상검을 마치 몽둥이처럼 휘두르며 그의 몸을 두드렸다.

"크아아아!"

도검불침의 신체이기에 명검이라 칭해도 부족함이 없는 무상검에 맞아도 생채기가 생기는 게 고작이었다.

하지만 그는 상처보다 자존심에 금이 갔다. 어느 순간 두들겨 맞고 있다는 사실이 그를 분노케 만들었던 것이다.

우드득! 우득!

그와 동시에 그의 육체가 변화를 일으켰다.

양손을 흔들어 벽우진과 거리를 벌린 그는 순식간에 야수맹혈마공(野獸猛血魔功)을 극성으로 일으켰다.

그러자 가뜩이나 거구였던 그의 신체가 더더욱 커졌다.

무려 십 척이 훌쩍 넘을 정도로 거대해졌던 것이다.

쌔애액!

그런데 거대해진 덩치에 어울리지 않게 야수마가주의 움직임은 민첩했다.

단순히 빠른 수준을 넘어 무시무시할 정도의 속도를 보여주었다.

오히려 인간이었을 때보다 배는 빨라진 속도에 벽우진도 자세를 고쳐 잡았다.

콰앙! 쾅!

상승한 것은 속도뿐만이 아니었다.

언뜻 느껴지는 힘도 배 이상 강해진 듯했다.

묵직하면서도 날카로운 손톱에 벽우진의 도복이 갈라졌다.

야수마가주의 공격을 피해내기는 했으나 뒤따르는 날카로운 바람이 그의 도복을 갈라 버렸던 것이다.

'이지가 남아 있나?'

단순하지만 그렇기에 더욱 빠르고 강력한 공격을 피해내며 벽우진이 미간을 좁혔다.

앞서 상대했던 장로와 달리 야수마가주는 미약하지만 이지를 가지고 있는 것 같아서였다.

'뭐, 지금 상황에서는 말도 못 할 것 같지만.'

순식간에 커진 몸 때문에 옷은 진즉에 갈가리 찢어졌고 입은 짐승의 주둥이처럼 튀어나왔다.

말 그대로 인간과는 구강 구조가 확연히 달랐기에 이지가 있다고 한들 육성을 제대로 낼 것 같지는 않았다.

콰아앙!

벽우진이 살펴보는 중에도 야수마가주의 공격은 멈추지 않았다.

본래부터 두꺼운 몸 때문에 왠지 모르게 거대한 곰을 연상케 하는 그는 가공할 정도의 속도와 힘으로 벽우진을 압박했다.

한 방만 제대로 맞추겠다는 듯이 말이다.

하지만 맹렬한 그의 공격에도 벽우진은 유유히 공격을 피해냈다.

"크오오오!"

미꾸라지처럼 요리조리 회피하는 모습에 야수마가주가 울부짖었다.

한 방만 맞추면 죽어라 팰 수 있을 것 같은데 알미울 정도로 맞지 않아서였다.

"어이. 짜증 나는 건 너뿐만이 아니라고. 그따위로 생기면 내가 어떻게 대답을 기대하겠어?"

파아앗!

매서운 기세로 파고들던 야수마가주의 손에서 피가 솟구쳤다.

정확히 손목을 노리고서 벽우진이 검을 뿌린 것이다.

그러나 이건 시작에 불과했다.

지금까지 회피했던 게 마치 움직임을 지켜본 것이라는 듯이 벽우진은 너무나 정교하게 야수마가주의 빈틈을 노렸다.

푸아아앗!

기교나 기술과는 거리가 멀었던 야수마가주와 달리 벽우진은 그야말로 환상적인 검예를 펼쳤다.

강기마저도 감당해 내는 야수마가주의 가죽을 너무나 쉽게 베어버리는 것을 넘어 힘줄도 끊어버렸던 것이다.

그것도 속도로 야수마가주를 압도하면서 말이다.

"크르르르!"

순식간에 전신이 난자된 자신의 몸뚱이를 야수마가주가 어처구니없다는 표정으로 내려다봤다.

보고도 믿겨지지가 않았던 것이다.

하지만 충격은 다른 마가주들 역시 마찬가지였다.

"아직도 힘이 남아 있다고?"

"아무리 환골탈태를 했다고 해도 체력에는 한계가 있을 텐데."

"더 마음에 드는데."

귀림마가주, 탐천마가주와 달리 혈천마가주는 두 눈을 요요하게 빛냈다.

보면 볼수록 더욱더 탐이 났던 것이다.

반면에 천패마가주는 조용히 벽우진을 주시하기만 했다.

"위험해 보이는데."

"뭔 걱정이야. 측근들이 전부 대기 중인데. 위험하다 싶으면 나서겠지."

혈천마가주의 시선이 야수마가주의 최측근들에게로 향했다.

친위대나 다름없는 그들은 명실상부 야수마가의 최정예였다.

오직 야수마가주의 명령만 듣는 충실한 충복들이기도 했고.

그런 그들이 두 눈을 빛내며 야수마가주와 벽우진의 대결을 지켜보고 있었다.

툭.

말이 씨가 된 것일까.

천패마가주의 말이 끝나기 무섭게 야수마가주의 오른팔이 바닥으로 떨어졌다.

동시에 처음으로 야수마가주가 뒷걸음질 쳤다.

강맹한 공격도, 질긴 가죽도 통하지 않자 본능적으로 물러난 것이다.

"크아아앙!"

"크워오오!"

그 모습에 지켜보던 야수 마인들이 달려들었다.

주인의 위기에 격앙되어 몸을 날린 것이다.

하지만 그들의 결과는 참혹했다.

서걱.

야수마가주와 달리 벽우진은 단칼에 그들을 베어냈던 것이다.

일검을 견뎌내지 못하고 푸줏간의 고기들처럼 썰려 나가는 수족들의 모습에 야수마가주가 오른쪽 어깨를 부여잡으며 원래의 모습으로 돌아왔다.

극도의 공포감에 야수화가 풀린 것이었다.

"이제는 말할 준비가 된 것 같은데 말이지."

"크르르!"

허리서부터 동강이 난 야수 마인 하나가 벽우진의 발목을 움켜잡았다.

물론 원래의 목적은 발목을 바스러뜨리는 것이었다.

하지만 아무리 힘을 줘도 뼈가 부러지는 소리는 들리지 않았다.

오히려 벽우진의 왼발에 야수 마인의 머리통이 터졌다.

"내가 원하는 건 딱 하나야. 누가 청민을 죽였는지. 넌 그것만 말해주면 돼."

"흐으읍!"

어느새 수하의 머리통을 짓밟고서 자신의 지척까지 접근한 벽우진의 모습에 야수마가주의 안색이 창백하게 변했다.

부지불식간에 코앞까지 다가오자 본능적으로 반응한 것이었다.

하지만 그의 움직임 어디에서도 반격의 의지는 보이지 않았다.

팔이 잘리고 나서 기세가 확연히 꺾인 느낌이었다.

"말해."

벽우진의 동공에서 서슬 퍼런 기운이 줄기줄기 뿜어져 나왔다.

이번에도 대답하지 않는다면 남아 있는 팔에서 그치는 게 아니라 두 다리도 뎅겅 잘라 버리겠다는 기세가 완연했다.

그렇기에 야수마가주는 자기도 모르게 침을 삼켰다.

"대벽검을 죽인 자는……."

콰아아앙!

야수마가주가 주춤주춤 물러날 때 안쪽에서 거대한 폭발이 일어났다.

동시에 수십, 수백 명의 인기척이 쏟아져 나왔다.

"뭐, 뭐야?"

"어디서 나타난 거야?"

느닷없이 쏟아져 나오는 인파에 육대마가의 마인들이 당혹감을 감추지 못했다.

뒤쪽에서 공격을 당할 줄은 꿈에도 예상하지 못했던 것이다.

"으아아아!"

"모두 죽여!"

"사부님의 복수를!"

"네놈들의 피로 청성산을 씻을 것이다!"

벽우진이 시간을 끌어주는 사이 비밀 통로를 통해 경내로 들어온 청성파의 본산제자들과 속가제자들이 그동안 꾹꾹 눌러놓아야만 했던 울분을 모조리 발산했다.

자신이 죽더라도 마인 한 명만은 반드시 데려가겠다는 듯이 죽기 살기로 달려들었던 것이다.

그 서슬 퍼런 기세에 마인들조차 순간적으로 기가 질릴 정도였다.

"크아악!"

"컥!"

동귀어진도 마다치 않는 그 처절한 공세에 마인들이 순간 흔들렸다.

기습과도 같은 공격에 일시적으로 전선이 무너졌던 것이다.

“정신 차리지 못하겠느냐!”

“자리를 지켜라!”

노도와 같이 밀려드는 청성파 제자들의 모습에 노마두들이 버럭 소리를 질렀다.

생각지도 못한 기습을 당해서 그렇지 청성파 제자들의 수준은 그리 높지 않았다. 고수라 할 수 있는 이들은 청성산을 습격했을 대부분 죽었고, 지금 날뛰는 이들은 운 좋게 그때 청성산에 없던 이들과 속가제자들이었다.

그런 만큼 차분히 상대한다면 충분히 막아낼 수 있었다.

“버러지 같은 것들!”

“개미 떼들이 아무리 많이 모여 봤자 개미 떼일 뿐이지!”

그 사실을 증명하듯 당황해하는 것은 잠시뿐이었다.

이내 마인들은 무서운 기세로 청성파의 제자들을 압살했다.

벽우진에게야 약자들이지 다른 무인들한테는 아니었다.

“같이 죽자!”

“한 놈이라도 더 데려갈 것이니라!”

하지만 현격한 수준 차이에도 악에 받친 청성파의 제자들은 달려드는 걸 멈추지 않았다.

지금이 아니면 마교도들을 몰아낼 기회가 없다는 걸 너무나 잘 알고 있어서였다.

비밀 통로라는 패를 사용한 만큼 어떻게 해서든 이번 기회를 살려야 했다.

'복수는 두말할 필요도 없고!'

새하얀 백발을 휘날리며 청성파의 장로가 흉흉한 안광을 흩뿌렸다. 그런 그의 노안(老眼)에는 복수심에 짙게 서려 있었다.

"우아아아!"

천년마교의 악재는 거기서 그치지 않았다.

언제 올라온 것인지 사방팔방에서 지원군이 모습을 보였던 것이다.

그리고 그 선두에는 사천당가가 있었다.

"허어. 자식 놈들인가. 내가 아는 얼굴이 하나도 없군."

"……독황."

선두에서 기세등등하게 올라오는 당민호를 본 천패마가주가 얼굴을 굳혔다.

만천독황이라면 그라고 해도 감히 경시할 수 있는 상대가 아니었다.

전대 정마대전을 직접 겪은 인물이기도 했고.

"아미타불!"

게다가 사천당가는 홀로 오지 않았다.

아미파, 제갈세가, 거기에 소림사까지 합세했다.

"으음!"

증식하듯 순식간에 늘어나는 적들의 병력에 다른 마가주들의 표정 역시 심상치 않았다.

아직 전력이 제대로 갖춰지지 않은 상태에서 이렇게 달려들 줄은 다들 예상하지 못했던 것이다.

어느 정도 전력이 구축된 상태에서 붙을 줄 알았는데 먼저 칼을 뽑자 마가주들은 하나같이 의외라는 얼굴로 중원무림 쪽 병력을 내려다봤다.

"왜들 굳어 있어? 다들 심심하다고 하지 않았어? 근질근질해서 죽겠다며? 오히려 달려드는 걸 좋아해야 하는 거 아냐?"

"하긴. 생각지도 못한 등장이기는 하지만 그렇다고 못 감당할 정도는 아니지."

구파일방과 오대세가가 전부 모였다면 진명마가가 빠진 육대마가가 상대하기에는 조금 벅찼을 터였다.

하지만 소림사와 아미파, 사천당가라면 충분히 해볼 만했다.

더구나 지금의 소림사는 예전의 소림사가 아니었다.

'청성파는 신경도 쓸 것 없고.'

최정예가 썰려 나간 청성파는 이제 더 이상 구대문파의 한 곳이라고 하기 힘들었다.

지금 보이는 모습 역시 발버둥에 지나지 않았고.

그렇기에 천패마가주는 충분히 붙어볼 만하다고 생각했다.

"우리를 잊으면 쓰나."

스스슥!

그러나 청성산에 오른 전력은 이게 끝이 아니었다.

서진후를 비롯해 현주혜와 보타문의 여검객들 역시 모습을 드러냈다.

다들 나타난 마당에 자신들이 굳이 숨어 있을 필요는 없다고 생각해서였다.

"……은마각 놈들이 일을 안 하는 모양인데."

"이 정도 병력이 다가올 동안 뭐 한 거야?"

주변을 새카맣게 뒤덮는 병력에 탐천마가주와 귀림마가주가 어처구니없다는 표정을 지었다.

한둘도 아니고 천 명이 훌쩍 넘는 인원이 접근했음에도 알아내지 못했다는 건 분명히 문제가 있었다.

툭. 투둑.

"하고 싶어도 못 했을 게야. 이번에는 우리도 제대로 일을 했거든."

"……개왕."

탐천마가주의 두 눈이 번뜩였다.

복면을 쓴 수급을 내던지는 이가 누구인지는 모를 수가 없어서였다.

하지만 의외로 은마각의 마인들이 죽었음에도 놀란 기색을 보이는 이는 아무도 없었다.

"즉 이제 너희들만 남았다는 소리지. 잔영비마대가 오기 전에 모든 상황은 종결될 거야."

"마치 다 이긴 것처럼 말하는군."

"이 정도면 해볼 만하다고 생각하는데 말이지."

"어중이떠중이들을 데리고 우리와 싸울 수 있다고 생각한 건가? 그럼 눈알부터 바꿔야 할 것 같은데."

"숫자가 전부가 아니지. 네놈들이 늘 말하듯이 말이야."

탐천마가주의 부리부리한 안광을 마주하면서도 개왕은 기죽지 않았다.

그 역시 왕의 칭호를 가진 무인이자 개방이라는 거대방파의 수장이었다.

"팔다리가 뽑히고도 그딴 소리를 할 수 있을지 궁금하군."

탐천마가주가 새하얀 이를 드러냈다.

동시에 그의 전신에서 매서운 마기가 일어나며 개왕에게 쏘아졌다.

거리가 상당함에도 개왕의 안색이 순간적으로 변할 정도로 탐천마가주가 뿌리는 마기는 대단했다.

"그전에 그쪽이 뒈질지도 모르지."

"큭큭큭!"

기죽지 않겠다는 듯이 한마디도 지지 않는 개왕의 모습에 탐천마가주가 조소를 흘렸다.

말은 저렇게 해도 그의 두 다리가 미세하게 떨리고 있음을 볼 수 있어서였다.

"더 이상의 말은 불필요할 것 같은데."

스윽.

그런 개왕의 앞으로 법무가 나섰다.

개왕에게 향하는 탐천마가주의 기세를 그가 가로막아 주었던 것이다.

"벽 장문인이야 다르시겠지만."

법무의 시선이 벽우진에게로 향했다.

어떻게 보면 오늘 전투의 시작을 알린 게 벽우진이었다.

통보 아닌 통보 후에 붙잡기도 전에 청성산을 올랐으니까.

하지만 그는 지금의 이 상황도 나쁘지 않다고 생각했다.

'증원군이 없는 건 똑같아. 아니, 지형지물을 생각하면 우리가 유리해.'

남의 집에 들어와 있는 것이나 마찬가지인 게 육대마가였다.

반면에 비록 이쪽은 청성산에 대해 속속들이 알고 있는 청성파의 제자들이 있었다. 게다가 지략이 출중한 제갈현이 함께하고 있는 만큼 법무는 자신들의 전력이 결코 밀리지 않는다고 생각했다.

거기에 보타문의 전력도 가세했기에 법무는 충분히 승산이 있다고 봤다.

'일단 벽 장문인이 계시니.'

홀로 싸워왔기에 체력적으로 지치지 않았을까 했는데 적어도 겉모습은 멀쩡해 보였다.

내공 역시 워낙에 대단하다는 것을 알았기에 걱정하지 않았다.

저벅저벅.

"일단 각자 한 명씩 맡자고."

"알겠습니다."

"예."

당민호는 홀로 오지 않았다.

사천성에서 벌어진 일인 만큼 사천당가가 가만히 좌시할 리가 없었고, 그의 곁에는 사천당가의 정예와 가주인 당문경이 함께하고 있었다.

"한 자리는 저희가 맡겠습니다."

"아미타불!"

거기에 아미파의 장문인과 금강신니가 합세했다.

아무래도 가장 강력한 고수라고 할 수 있는 존재가 마가주들인 만큼 남은 한 명을 맡기 위해서였다.

"흐흐! 이거 제가 나서지 않아도 되겠는데요?"

"발도 좋지 않으면서. 그나저나 조금 씁쓸한데. 저쪽은 세대교체가 잘된 것 같은데 우리는 나나 우진이가 현역에서 뛰고 있으니."

"그만큼 두 분께서 필요하다는 뜻이 아니겠습니까."

"좋지만은 않은 것 같아."

앞으로 나선 다섯 명을 보며 네 명의 마가주들이 얼굴을 굳혔다.

무시할 수 없다고 생각하기는 했는데 이렇게 앞을 막으니 상당히 부담되었던 것이다.

누구 하나 만만한 이가 없다는 사실에 마가주들은 긴장이 되면서도 심장이 뛰었다.

"안 그래도 소림무제의 실력이 궁금하던 찰나였지."

"어허!"

시간이 흐를수록 긴장보다는 호기심이 불타오르는지 탐천마가주가 선수를 쳤다.

은근슬쩍 법무를 택했던 것이다.

그러면서 자연스럽게 주도권을 챙겨 오려 했다.

상황이 급박하게 바뀌었지만 여전히 자신들이 우위에 있다는 점을 은근히 강조한 것이다.

"소림무제는 내가 먹으려고 했는데. 제일 정순할 것 같아서 말이지."

"그럼 아미파를 상대하든지."

"계집년들은 좀 껄끄러워서."

혈천마가주가 대놓고 얼굴을 구겼다.

선수를 빼앗긴 게 상당히 못마땅한 모양이었다.

"잘 어울릴 것 같은데."

"그쪽이나 잘 싸우시지. 자칫 잘못하다가는 독으로 회까닥 갈지도 모르니."

"미안하지만 그럴 일은 없다."

귀림마가주는 괴소를 머금었다.

독의 명가라 불리는 사천당가라고 하지만 그 역시 귀림마가의 주인이었다.

쉽게는 당해줄 생각이 전혀 없었다.

콰아아앙!

그런데 그때 한쪽에서 굉음이 터져 나왔다.

모두의 시선을 확 끌 정도로 거대한 폭발이 일어났던 것이다.

"다들 잊은 모양인데, 진짜 괴물은 아직 오지도 않았어. 심지어 아직 지치지도 않았지."

"……패선."

한쪽 팔이 잘린 채로 심하게 두들겨 맞은 야수마가주가 그들 근처로 날아왔다. 전신이 처참하게 망가진 채로 정신만 겨우 유지한 채 바닥을 나뒹굴었던 것이다.

"끄으으……."

맷집만 따지면 육대마가주들 중 가장 뛰어난 야수마가주가 힘겹게 신음을 흘리는 모습에 다른 마가주들의 얼굴이 굳어졌다.

야수마가주가 이렇게 망가진 모습은 그들도 처음 봐서였다.

"온다는 말도 없이 뭐야?"

"친구가 위험한 곳에 간다는데 가만히 있을 수 있나. 당연히 나라도 나서야지."

"그런 것치고는 인원이 너무 많은데?"

"승산이 있다고 생각했습니다. 그리고 사기적인 부분도 무시할 수 없으니까요."

제갈현이 대답을 거들었다.

단순히 친분 때문에 병력을 이끌고 온 게 아니라는 걸 설명하기 위해서였다.

하지만 가장 중요한 이유는 피해가 있을지언정 지지는 않을 거라는 확신이 있어서였다.

또한 사기도 무시할 수 없었다.

청성파의 제자들이 죽음을 불사하는데 지켜만 본다면 그 누구도 무림맹에 가입하지 않을 터였다.

즉 중원무림의 결집력을 방해하는 결과를 초래할 게 분명했기에 제갈현으로서는 나설 수밖에 없었다.

'이게 맞는 일이기도 하고. 피해는 크겠지만…….'

싸움에는 어쩔 수 없이 치러야 하는 싸움도 있었다.

제갈현에게는 지금의 전투가 바로 그랬다.

"왜들 그렇게 힘들 거라고 생각하는지 모르겠어."

"상대가 상대이니까. 그런데 네 말마따나 피해가 적을지도 모르겠는데?"

"내가 뼈 빠지게 싸웠으니까."

스윽.

벽우진이 주변을 둘러봤다.

그러자 육대마가의 마인들이 움찔거렸다.

단순히 쓰러뜨린 숫자를 넘어 벽우진은 진명마가주에 이어 야수마가주도 쓰러뜨렸다.

아직 숨이 붙어 있기는 하지만 언제 죽어도 이상할 것이 없는 상태였기에 대부분은 시선이 마주치기 무섭게 몸을 떨었다.

"그러기에 천천히 가지 그랬어. 바람처럼 쌩하고 사라져서 얼마나 놀랐는지 알아?"

"여기까지 왔는데 기다릴 수가 있어야지."

"알아는 냈고?"

"다들 입이 무거워. 주둥이에 아교라도 발랐는지 묻기만 하면 대답을 안 하네."

벽우진의 눈초리가 싸늘해졌다.

뒤쪽 경내에서는 전투가 한창이었지만 이곳만큼은 조용했다.

최고수들이 전부 모여 있기에 누구 하나 선불리 다가오지 않았던 것이다.

콰앙! 쾅!

그리고 전투를 이끄는 이는 다름 아닌 벽우진의 제자들이었다.

서진후, 현주혜와 함께 아이들은 혁혁한 전공을 세우고 있었다.

호법들이 지켜만 보고 있을 정도로 말이다.

"이들 중에 있어서 그런 거 아냐?"

"그럴지도 모르지."

가능성은 희박하지만 그렇다고 불가능하지는 않았다. 적어도 순수하게 무위만 따지자면 마가주들 전부 다 청민보다 위에 있었다.

다만 청민의 몸에 남은 상흔을 생각해 보면 후보가 그리 많지는 않았다.

"근데 참 신기해. 말해주는 게 뭐 그리 어렵다고 꽁꽁 숨겨두는 걸 보면."

"내 속을 뒤집어놓고 싶은가 보지."

"그럼 별수 없네. 일단 때려잡고 묻는 수밖에. 제 목숨이 걸려 있는데 별수 있겠어?"

당민호의 눈빛이 달라졌다.

푼수 끼는 사라지고 그 자리에 서늘한 한기가 서렸다.

청민의 죽음에 분노한 이는 벽우진만이 아니었다.

그 역시 청민과는 인연이 얕지 않기에 충분히 복수를 거론할 자격이 있었다.

타앗!

이윽고 당민호가 땅을 박찼다. 성격이 급한 그답게 느닷없이 쇄도했던 것이다.

그러자 그 뒤로 법무와 당문경, 금강신니와 정은 사태가 몸을 날렸다.

각자 상대를 정하고서 본격적인 싸움에 돌입했던 것이다.

"웃차!"

"저희도 가죠."

거기에 개왕과 제갈현도 가세했다.

마가주들이야 다섯 명이 상대한다지만 육대마가의 정예들이 남아 있었기에 그들을 막기 위해 전투에 참여한 것이다.

콰콰콰쾅!

거기에 현주혜와 보타문의 여검객들도 합세했다.

이곳에서의 결과가 승패를 좌우할 것임을 알기에 망설이지 않고 달려들었던 것이다.

"사형."

"애들이 안 나서도 되었을 것 같은데."

"그래도 복수할 기회는 주어야지요. 가슴에 계속 담아두기만 하면 병이 됩니다."

"너는?"

"저는 아직 한참 멀었지요. 저와 청민 사형이 쌓아온 세월이 얼마인데요."

벽우진에게 다가온 서진후가 얼굴 가득 씁쓸한 표정을 지었다.

사실 그는 아직도 청민의 죽음이 믿기지 않았다.

장례까지 치렀음에도 불구하고 말이다.

"근데 대체 왜 말을 안 하는 것일까요?"

"아까도 말했다시피 내 속을 뒤집어놓으려는 거겠지. 어쩌면 진짜 모를 수도 있고."

"보아하니 마가주들 중에는 없는 것 같습니다."

서진후가 날카로운 눈으로 경천동지의 대결을 펼치는 마가주들을 쳐다봤다.

그 역시 비천단을 먹은 후 비약적인 발전을 했지만 그럼에도 마가주들하고 비교할 수는 없었다. 평범한 최절정의 경지로는 어림도 없었던 것이다.

'하지만 꼭 정면으로 싸울 필요는 없지.'

벽우진처럼 절대무쌍의 선봉장처럼 적군을 정면에서 깨부수는 무장형 무인이 있는 반면에 온갖 뒷공작과 계략으로 상대방을 쓰러뜨리는 지장형 무인도 있는 법이었다.

그리고 자신은 무장보다는 지장에 가깝다는 걸 서진후는 잘 알고 있었다.

'뱁새가 황새를 따라가려다 다리가 찢어지는 경우는 너무나 흔하니까.'

벽우진을 일별한 서진후의 시선이 소림무제 법무에게로 향했다.

패선이 나타나기 전 중원무림의 최고수 중 한 명으로 꼽혔던 무인답게 법무는 탐천마가주를 연신 몰아붙였다. 육대마가 중 한 곳인 탐천마가의 주인을 상대로 확실한 우위를 점했던 것이다.

그러나 나름 대등한 대결을 펼치는 당민호, 당문경 부자와 달리 아미파 쪽의 상황은 그리 좋지 못했다.

콰콰콰쾅!

마치 촉수처럼 움직이는 혈천마가주의 공격을 정은 사태와 금강신니는 막기에 급급했던 것이다.

아미파 특유의 마를 굴복시키는 항마의 기운도 혈천마가주를 상대로는 좀처럼 힘을 발휘하지 못했다.

"크헉!"

"냄새 나는 백도 놈들에게 당하다니……."

반대로 다른 곳의 상황은 무림맹 쪽이 우세였다.

특히 검후인 현주혜를 중심으로 한 보타문 여검객들의 활약이 두드러졌다.

숫자는 적어도 일당백의 활약을 선보였던 것이다.

'흐름이 좋지 않아.'

그것을 가장 먼저 느낀 천패마가주가 미간을 좁혔다.

눈앞의 적을 상대하기 급급한 다른 이들과 달리 그는 아직 여유가 있었던 것이다.

"날 두고서 한눈을 파는 건가!"

"그럴 만해서."

"이놈이!"

당민호의 얼굴이 벌게졌다.

표정도 표정이지만 말투에서도 건방짐이 가득해서였다.

하지만 겉모습과 달리 당민호의 속은 답답했다.

천패마가라는 네 글자가 너무나 잘 어울릴 정도로 천패마가주는 강했다.

쩌어어엉!

분명 그가 쌓아온 세월과 공력이 더 길었을 텐데 밀리는 것은 되레 그였다.

그것도 정면 대결에서 밀리는 모습에 당민호가 내심 이를 악물었다. 독강을 아무리 뿌려도 좀처럼 중독되는 모습을 보이지 않아서였다.

'여기서 밀리는 것만큼 쪽팔린 것도 없는데!'

승리도 승리지만 벽우진이 지켜보고 있기에 어떻게 이기느냐가 중요했다.

그래도 동갑내기 친구인데 꼴사나운 모습을 보여주기는 싫었다.

더욱이 그는 사천당가의 태상가주 아니던가.

'독황의 이름이 잊혔다고 하지만 그래도 친구 앞에서 못난 모습을 보여줄 수는 없지!'

사내대장부에게 있어 자존심은 무엇보다도 중요했다.

그걸 알기에 벽우진 역시 도와줄 여력이 있음에도 지켜보고 있는 것이고.

무뚝뚝한 것처럼 보여도 은근히 세심한 걸 알기에 당민호는 가일층 공력을 끌어 올렸다.

"초조한 모양이야? 하긴. 이미 관에 들어갔어도 진즉에 들어갔어야 할 나이인데 이렇게 움직이고 있으니 삭신이 쑤시겠지."

"초조한 건 네놈이겠지. 아까부터 눈알을 뒤룩뒤룩 굴리던데."

"후후후!"

천패마가주가 짐짓 여유롭게 웃었다.

그러나 속마음은 달랐다.

승기를 잡아가는 혈천마가주와 달리 탐천마가주는 금방이라도 쓰러질 것처럼 위태위태했다.

방심하지 않는 소림무제는 그 정도로 대단한 무위를 선보이고 있었다.

퍼퍼퍼펑!

그때 사방에서 폭발이 일어났다.

동시에 분위기가 일변했다.

새로운 이들의 등장에 분위기가 삽시간에 뒤바뀌었던 것이다.

… 제9장 …

모두 다 함께(1)

"지원군이다!"

"흑풍살마대(黑風殺魔隊)!"

"멸정참살대(滅正斬殺隊)도 왔다!"

전선의 좌우로 두 무리가 모습을 드러냈다.

그러자 한쪽은 환희에 찬 음성이, 다른 한쪽에서는 당혹성이 터져 나왔다. 생각지도 못한 두 부대의 등장에 희비가 엇갈린 것이었다.

특히 개왕의 놀람이 가장 컸다.

"어디서 저들이……!"

차라리 잔영비마대라면 이해할 수 있었다.

하지만 마른하늘에 날벼락처럼 갑자기 나타난 두 부대의 모습에 개왕의 눈이 화등잔만 하게 커졌다.

동시에 전투가 자연스레 멈췄다.

갑작스러운 두 부대의 등장에 잠시 소강상태에 빠진 것이었다.

-교주님의 명입니다. 물러나십시오.

-물러나라고? 청성산에서?

-예.

소강상태에 빠진 건 수뇌부들의 대결 역시 마찬가지였다.

갑자기 나타난 두 부대의 모습에 법무를 위시로 당민호와 당문경, 아미파가 뒤로 물러났다. 일단은 추이를 지켜보기 위해서였다.

-분명 그리 말씀하셨더냐?

-예.

천패마가주의 미간이 좁혀졌다. 생각지도 못한 명령에 당황한 것이었다. 하지만 교주의 명령은 지엄했다. 아무리 그가 육대마가 중 한 곳인 천패마가의 주인이라고 하더라도 말이다.

'아쉽군.'

흑풍살마대주의 말을 곱씹으며 천패마가주가 입맛을 다셨다.

두 부대가 나타나기 전이라면 모를까 지금이라면 여기 있는 중원인들을 몰아내기에 부족함이 없었다.

피해가 상당하겠지만 이 자리에서 소림무제와 구절서생, 개왕, 패선을 잡는다면 결코 손해가 아니었다.

오히려 앞으로의 대계를 생각하면 크나큰 이득이었다.

'하지만 명분이 없으니.'

신교에서 교주의 명령은 절대적이었다.

괜히 절대 권력이라 칭하는 게 아니었다.

더구나 딱히 거절할 명분도 없기에 천패마가주로서는 불만이 있더라도 따를 수밖에 없었다.

'내가 교주가 되었더라면……'

천패마가주가 깊은 한숨을 내쉬었다.

아주 오래전 기억이 떠올라서였다.

하지만 고민은 짧았다.

-적들이 쉽게 놓아주지 않을 텐데.

-그 부분은 걱정하지 마십시오. 이미 준비가 되어 있으니.

파파파팟!

흑풍살마대주의 말이 끝나기 무섭게 일단의 무리가 이동했다.

하나같이 살벌한 기운을 풍기며 소림무제와 구절서생, 개왕, 독존과 사천당가주를 향해 달려들었던 것이다.

'그런 건가.'

흉흉한 기운도 기운이지만 혈관이 꿈틀거리는 마인들의 얼굴에서 천패마가주는 고개를 주억거렸다. 준비된 것이 무엇인지 단박에 깨달은 것이었다. 저들이라면 막지는 못하더라도 잠깐 동안의 시간은 벌어줄 터였다.

"도망치는 것이냐!"

"승부는 다음에 내는 걸로."

"보내줄 성싶으냐!"

갑자기 나타나 앞을 가로막는 다섯 명을 본 순간 당민호는 눈치챘다. 물러나기 위해 희생양을 던졌다는 것을 말이다.

하지만 그의 도발에도 불구하고 천패마가주는 비릿하게 웃었다.

"참고로 도망은 아니다. 나 역시 지엄한 교주님의 명령을 따르는 것뿐이니까. 사실 불만이 아예 없는 것은 아니고."

꽈아아앙!

한쪽에서 무시무시한 굉음이 터져 나왔다.

당민호와 마찬가지로 벽우진의 앞으로도 열 명의 괴인들이 배정되었던 것이다.

그런데 무지막지한 벽우진의 주먹질에도 의외로 괴인들은 버텨냈다. 한 명이 폭사되더라도 악착같이 벽우진에게 매달렸던 것이다.

"천년마교도 별수 없구나! 꼬리를 말고 도망치다니!"

"입은 삐뚤어졌어도 말은 바로 해야지. 도망치는 게 아니다. 전략적 후퇴인 거지. 그리고 당신도 알 텐데. 정면으로 싸웠으면 양쪽 역시 피해가 어마어마할 거라는 사실을."

"……."

당민호가 입술을 깨물었다.

흑풍살마대와 멸정참살대가 나타나기 전이라면 모를까 지금은 승부를 예측하기 어려웠다.

아무리 죽음을 불사하는 청성파의 제자들이 있다고 하지만 기세는 한시적이었다.

그런 만큼 양패구상의 결과가 나와도 이상하지 않았다.

"승부는 다음에 보자고. 그때까지 살아 있을지 모르겠지만."

"청민을, 대벽검을 죽인 자가 누구지?"

"구마 중 한 명이다. 나머지는 직접 알아보도록. 후후후!"

끈질기게 매달리며 전진을 저지하는 다섯 명의 괴인들을 독강으로 튕겨내며 당민호가 몸을 날렸다.

어떻게든 천패마가주나 다른 마가주들을 붙잡기 위해서였다.

하지만 인사불성의 야수마가주도 챙겨서 물러나는 그들을 잡을 수는 없었다.

스스스슥!

창졸간에 썰물처럼 물러나는 육대마가와 흑풍살마대, 멸정참살대의 모습에 당민호가 짜증스러운 기색으로 선천진기를 폭발시킨 괴인들을 날려 버렸다.

특유의 지독한 독강으로 괴인들을 녹여 버렸던 것이다.

하지만 독기로 따지자면 괴인들 역시 밀리지 않는 모양인지 온몸이 녹아내리는 와중에도 당민호를 붙잡고 매달렸다.

"……지독한 놈들."

"근데 왜 그냥 갔을까요? 정면으로 붙었어도 승산이 없지는 않았을 텐데."

"대신 피해가 막심했겠지."

당민호의 곁으로 개왕이 질린 표정을 지으며 다가왔다.

그런데 그의 몸 상태가 썩 좋지 않았다.

거적이나 다름없던 옷이 넝마가 되었던 것이다.

몸을 덮고 있는 게 신기할 정도로 말이다.

"아직은 때가 아니라고 생각한 모양입니다. 천년마교 입장에서는 굳이 전장을 청성산으로 할 필요는 없으니까요."

"괜찮나?"

"외상만 입은 것입니다. 다행히 내상은 심하지 않습니다. 그래도 며칠 요양은 해야겠지만요."

"책사가 몸을 쓰면 쓰나. 머리를 써야지."

당민호가 질책하듯 말했다.

그러나 그 안에는 깊은 걱정이 서려 있었다. 무림맹에 있어 제갈현의 비중이 적지 않음을 그는 잘 알고 있어서였다.

뛰어난 고수는 수십, 수백 명을 쓰러뜨릴 수 있지만 뛰어난 군사는 수천, 수만 명을 쓸어버릴 수 있었다. 그걸 너무나 잘 알았기에 당민호는 제갈현의 몸 곳곳을 살뜰히 살폈다.

"무력이 필요할 때도 있으니까요."

"그래도 조심해야지."

"다음부터는 그리하겠습니다."

당민호의 마음을 아는지 제갈현이 옅게 웃으며 대답했다.

그러는 사이 세 사람이 곁으로 법무와 당문경, 정은 사태, 금강신니가 다가왔다. 다들 상태가 썩 좋아 보이지는 않았다.

"크게 다친 사람은 없어 보이네."

"위험하기는 했지만요."

"어째 혼자 싸운 사람은 멀쩡한데 우리만 심각한 거 같아."

"하하하."

당민호의 말에 개왕과 당문경이 머쓱하게 웃었다.

안 그래도 다들 그렇게 생각하고 있어서였다.

"재미있는 일이라도 있어?"

"애들은 어때? 괜찮아?"

"너희 애들부터 걱정해야 하는 거 아냐?"

"본가는 문경이가 챙길 테니까. 난 말했다시피 뒷방 늙은이가 다 되었다고."

"퍽이나."

벽우진이 코웃음 쳤다.

말은 저렇게 해도 당문경 이상 가는 영향력이 있는 사람이 당민호였다. 당문경이 많이 크기는 했지만 그래도 아직 당민호를 뛰어넘을 정도는 아니었다.

"천패마가주가 한 말, 들었지?"

"못 들었을 리가 있나."

"구마에 대해서는 크게 알려진 게 없는데."

당민호가 미간을 좁혔다.

마교주의 친위대이자 한 명, 한 명이 절대고수인 구마는 육대마가주나 오대 전투 부대의 대장들도 함부로 대하지 못하는 이들이었다. 그리고 그 말은 달리 말하면 그 정도로 대단한 위세를 떨치는 고수라는 뜻이었다.

"일단 정리부터 하자고. 고민은 나중에."

"그래."

심각한 이곳과 달리 곳곳에서는 승리의 포효가 터져 나오고 있었다.

특히 청성파 제자들의 함성이 요란했다. 빼앗겼던 본산을 결국 되찾아서였다.

거기에 편승된 무인들이 함께 두 팔을 벌리고서 울부짖으며 승리를 만끽했다.

천산의 대전과는 비교할 수 없지만 제법 널찍한 회의실에 네 명이 모습을 드러냈다.

수행원도 없이 단출하게 회의실 안에 들어온 네 사람은 상석에 앉아 있는 존재를 향해 머리를 조아렸다.

"교주님을 뵙습니다."

"고전했다고?"

"송구합니다."

고개를 숙이고 있던 천패마가주가 입술을 깨물었다.

호기롭게 선발대로 나섰지만 결과가 시원치 않았다는 걸 본인이 가장 잘 알아서였다.

물론 그렇다고 패배한 것은 아니었다. 청성산에서 끝까지 싸웠다면 결과는 충분히 달라졌을 수도 있었다.

'하지만 상처뿐인 승리일 확률이 높지.'

소림무제와 만천독황이 예상보다 더 뛰어난 무공을 지니고 있었기에 이기더라도 피해가 상당했을 터였다.

특히 옆에 있는 탐천마가주는 죽거나 지금 침상에 누워 있는 야수마가주와 같은 꼴이 되었을 게 분명했다.

"천패마가주가 송구하다는 말을 하다니. 의외로군."

"만만한 상대는 결코 아니었습니다."

"확실히 중원은 저력이 있는 곳이지. 잡초처럼 아무리 짓밟아도 다시금 머리를 들이미니까. 죽이고 죽여도 계속해서 자라난다고나 할까."

"다음번에는 다를 것입니다."

패배에 가까운 피해를 입었음에도 교주는 딱히 분노한 기색이 아니었다.

그저 담담히 듣고, 말하기만 했다.

하지만 천패마가주는 알고 있었다.

교주가 이번 결과를 탐탁지 않아 한다는 사실을 말이다.

"그래야겠지. 아무리 진명마가가 없었다고 하지만 육대마가 중 다섯 곳이 함께 나섰는데 밀렸다는 건 쪽팔린 일이니까."

우드득!

탐천마가주와 혈천마가주가 주먹을 불끈 쥐었다.

그러나 입을 열지는 못했다. 패자는 유구무언이었기 때문이다.

무슨 말을 해도 변명에 불과했기에 두 사람은 울분을 그저 속으로 삭였다.

똑똑똑.

무거운 침묵이 회의실을 짓누를 때 문을 두드리는 소리가 들렸다.

잠시 후 문이 열리며 적의 무복을 입은 장년인이 모습을 드러냈다.

"교주님께 인사 올립니다."

"이제야 왔군."

"늦어서 죄송합니다."

"됐어. 진명마가의 사정을 모르는 것도 아니고."

비스듬히 앉아 있던 교주가 손을 휘휘 저었다.

새롭게 진명마가주가 된 만큼 잡음을 정리할 시간이 필요하단 걸 잘 알고 있어서였다.

"이해해 주셔서 감사합니다."

"정리는?"

"말끔하게 끝냈습니다."

"준비가 다 되었다는 말로 들리는군."

"그렇습니다."

얼굴에 흉터가 가득한 장년인이 다부진 얼굴로 대답했다.

그러면서 여전히 고개를 숙이고 있는 네 명의 마가주들을 힐끔거렸다.

그들을 보자 꿈에도 그리던 자리에 올라왔음을 진짜 느낄 수 있었다.

"기대하지."

"실망시켜 드리지 않을 것입니다."

진명마가주의 시선이 다시 한번 다른 마가주들에게로 향했다.

저들과는 다르다는 것을 강조했던 것이다.

하지만 그런 진명마가주의 행동에도 교주의 표정은 별반 달라지지 않았다.

"직접 본 패선은 어땠지?"

"……강했습니다."

"어느 정도나?"

"중원제일인이라는 칭호에 어울릴 정도였습니다."

조금의 망설임이 있었지만 천패마가주는 느낀 그대로의 사실을 말했다. 인정할 것은 인정해야 한다고 생각해서였다. 그래야 확실하게 대비할 수 있었다.

"혼자서는 버겁다고 생각하는 모양이로군."

"……분하지만 그렇습니다."

"호오."

교주의 얼굴에 처음으로 표정이 떠올랐다.

천패마가주가 이렇게 말할 줄은 예상 못 해서였다.

그런데 더 놀라운 점은 다른 마가주들이 그 말을 반박하지 않는다는 점이었다.

"하나 그렇다고 쓰러뜨리지 못할 정도는 아닙니다. 전쟁은 혼자서만 치르는 게 아니지요."

"자존심을 굽힌단 말인가?"

"승리를 위해서라면 얼마든지 굽힐 수 있습니다."

교주의 얼굴에 또 다른 표정이 떠올랐다.

하지만 다들 고개를 숙이고 있었기에 그것을 본 사람은 없었다.

"기억해 두지. 다들 물러가도록."

"예."

교주의 축객령에 다섯 명이 몸을 돌렸다.

조용히 회의실을 나섰던 것이다.

"은마각주."

"예, 주군."

"야수마가주의 상태는?"

"아직 정신을 차리지 못하고 있습니다. 하지만 워낙에 신체 능력이 뛰어나기에 생명에는 지장이 없을 것으로 사료됩니다."

교주의 부름에 안개처럼 은마각주가 나타났다.

오체투지한 자세로 모습을 드러낸 그는 거침없이 대답했다.

"제대로 당했군."

"처참하게 망가졌지만 요양을 하면 충분히 회복될 것입니다."

"시일은?"

"보름은 경과를 지켜봐야 한다고 들었습니다."

"야수마가주를 장난감 다루듯 했단 말이지."

비스듬히 앉아 있던 교주가 턱을 쓰다듬었다.

그런데 그의 표정에 떠오른 감정은 경계심이 아니라 호기심이었다. 다른 이도 아니고 육대마가 중 한 곳인 야수마가의 주인을 가지고 놀았다고 하자 교주는 호기심이 짙게 동했다. 웬만한 고수로는 그렇게 하기가 힘들다는 걸 잘 알아서였다.

"보고 받기로는 그렇습니다."

"더구나 천패마가주가 꼬리를 말았다라."

자존심으로는 누구에게도 뒤지지 않는 인물이 천패마가주였다.

또한 실력 역시 전대의 거마들인 장로들을 제외하면 열 손가락 안에 들어가는 게 그였다. 그런 천패마가주가 순순히 벽우진을 인정했다는 사실이 그는 내심 놀라웠다.

"파악하기로 소문이 사실인 것 같습니다."

"지금까지 드러난 정황으로 보면 중원제일인은 패선이지. 그래서 재미있는 것이고."

"하오나 교주님께는 안 될 것입니다."

"정녕 그렇게 생각하느냐?"

"예!"

은마각주가 망설이지 않고 대답했다.

그에게 있어 교주는 신이나 마찬가지인 존재였다.

더구나 은마각주는 벌써 40년이 넘게 교주를 보필했다.

무려 40년 동안이나 지근거리에서 교주를 보아왔기에 은마각주는 확신할 수 있었다.

"후후! 아부가 늘었구나."

"소인은 사실을 고했을 뿐입니다."

"혼천천귀대는?"

"대비 전력이 있기에 바로 복구되었습니다. 현재 이곳으로 이동 중입니다."

교주가 만족스러운 표정을 지었다. 중원을 침공하면서 제법 큰 피해를 입었지만 본교의 저력 역시 만만치 않았다. 단일 최강 세력이라는 칭호는 괜히 붙는 것이 아니었다.

"알았다. 물러가라."

"존명."

원하는 내용들을 다 들은 교주는 은마각주도 물렸다.

그러고는 먼 허공을 응시했다.

"심심하지는 않겠어."

직접 만난 적은 없지만 하도 많이 들어서인지 이제는 익숙하게 느껴졌다.

그러면서 한편으로는 기대가 되었다. 너무 쉬운 싸움보다는 적당히 긴장되는 싸움이 훨씬 재미있는 법이었다.

그래서 그는 기대했다.

"곧 보자고."

보이지 않는 누군가를 떠올리며 교주가 씩 웃었다.

사천성 성도로 복귀한 이들은 다시 정신없는 하루를 보내야 했다.

청성산을 수복하기는 했지만 그렇다고 해서 전쟁이 끝난 것은 아니었다. 어떻게 보면 이제 전초전, 탐색전을 한 것이나 마찬가지였다. 진짜는 지금부터였다.

"후우."

하지만 시끄러운 성도의 분위기와 달리 사천당가 내원 깊숙한 곳에 위치한 별채를 배정받은 벽우진은 조용히 명상 중이었다.

홀로 청성산에서 있었던 일을 곱씹었던 것이다.

'청민아……'

그러나 아무리 명경지수와 같은 정신과 마음 상태를 유지하려고 해도 쉽지가 않았다.

그의 경지로도 마음에서 일어나는 파문을 잠재우기가 쉽지 않았던 것이다.

"후우."

그럴수록 나오는 것은 한숨뿐이었다.

다른 이들에게는 최대한 티를 내지 않으려고 했지만 벽우진의 가슴 속에서 틈틈이 솟구치는 분노는 그 스스로도 제어하기가 힘들었다.

그리고 그 말은 달리 말하면 그만큼 청민이라는 존재가 그에게 특별했다는 뜻이기도 했다.

'어찌하여 먼저 갔느냐.'

장례식을 치른 지 벌써 며칠이나 지났지만 그럼에도 벽우진은 여전히 청민을 보내지 못하고 있었다.

그를 죽인 원흉의 목을 베어도 지금의 분노와 슬픔은 가시지 않을 터였다.

하지만 그럼에도 벽우진은 원흉의 목을 가지고 청민의 묘지로 갈 생각이었다.

복수를 한다고 해서 청민이 살아 돌아오지는 않겠지만 그래도 용서는 없었다.

'마선과 신선이 종이 한 장 차이라는 말을 이해하지 못했었는데. 아니, 마선(魔仙)보다는 귀선(鬼仙) 쪽에 가까우려나.'

들끓는 분노를 가까스로 가라앉히며 벽우진이 심호흡을 했다.

여기까지 와서 마선이 될 수는 없다고 생각해서였다.

그렇게 되면 천년마교의 교주나 초대 천마(天魔)와 다를 바가 없었다.

'천마 역시 사람이었고, 무인이었지. 다만 너무 강한 힘에만 연연했기에 천마라 불린 것뿐.'

초대 천마에 대해서 벽우진은 의외로 많은 것을 알고 있었다.

지금의 천년마교와 초대 천마와의 관계가 그리 깊지 않다는 것도 말이다.

무공은 죄가 없었다. 익히는 사람에게 죄가 있을 뿐.

스르륵.

“구마의 일인이라.”

벽우진이 반개하고 있던 눈을 떴다.

그러나 그의 시선은 텅 빈 허공에 향해 있었다.

천패마가주가 남긴 말을 곱씹고 있던 것이다.

똑똑똑.

“오라버니, 소녀 주혜에요.”

“들어오너라.”

침상 위에서 가부좌를 틀고 있던 벽우진이 문 너머에서 들려오는 목소리에 자리에서 일어났다.

잠시 후 이른 아침임에도 깔끔한 신색의 현주혜가 안으로 들어왔다.

막 머리를 감았는지 촉촉하게 젖은 긴 머리칼을 하나로 묶은 모습의 현주혜는 안절부절못하는 모습을 보이며 자리에 앉았다.

“제가 방해한 건 아니죠?”

“다른 사람에게 방해받을 시기는 진즉에 지났지.”

“죄송해요.”

“방해 안 받는다니까. 근데 이른 시간부터 무슨 일이야?”

벽우진이 익숙하게 차호를 들어 삼매진화를 일으켰다.

식은 차를 적정 온도로 데우기 위해서였다.

이윽고 차호의 주둥이에서 새하얀 김과 함께 향긋한 차향이 올라왔다. 사천당가에서 특별히 챙겨준 화차(花茶)였다.

"아무래도 사과를 드려야 할 것 같아서요."

"사과?"

벽우진이 고개를 갸웃거렸다.

뜬금없이 무슨 소리인가 싶어서였다.

"어제 저희가 방해가 된 것 같아서요."

"육대마가를 놓친 게 왜 너희들 잘못이야. 그리고 내가 너희들이 은밀히 따른다고 해서 못 알아챌 것 같아?"

"아셨어요?"

현주혜가 두 눈을 동그랗게 떴다. 일부러 한참이나 떨어져서 뒤따랐는데 벽우진이 알고 있다고 하자 놀란 것이었다.

그러면서 그녀는 어제 벽우진의 반응을 떠올렸다. 확실히 벽우진은 갑작스러운 그들의 등장에도 딱히 놀란 기색을 보이지 않았다.

"나 패선이야."

"그건 아는데……."

"기감으로는 그 누구도 나에 비견될 수 없어. 이건 내 특수 능력이나 마찬가지거든."

"특수 능력이라니요."

이해할 수 없는 독특한 언어에 현주혜가 실소를 흘렸다.

그러나 한편으로는 다행이라는 생각이 들었다.

어제 마가주들이 물러날 때 벽우진의 표정은 엄청나게 무서웠었다.

눈빛만으로 오체분시를 할 것만 같았는데 지금은 많이 괜찮아 보였다.

"내가 좀 기감이 예민한 편이라서. 그리고 청민의 복수를 할 자격은 아이들에게도 있으니까."

"저도 조금은 있지 않을까 생각해요. 비록 함께한 시간은 짧았지만 저 역시 청민 장로님을 기억하고 있으니까요."

"그 부분에 대해서는 고맙게 생각하고 있어. 보타문이 나서줄 줄은 정말 몰랐거든."

"복수도 있지만 중원무림을 위한 것이기도 하니까요. 본문 역시 중원무림에 속해 있기도 하고요. 일익을 담당할 정도는 아니지만요."

현주혜가 겸손하게 대답했다.

검후라 불리는 그녀였지만 요즘 들어 현주혜는 정중지와(井中之蛙)라는 말이 절로 떠올랐다.

보타문이 있는 주산군도에서는 그녀가 여왕이나 다름없는 무인이었지만 전 중원을 놓고 보면 아니었다.

그녀보다 고강한 무인은 상당히 많았다.

'당장 눈앞의 오라버니만 해도…….'

현주혜는 처음 벽우진을 봤을 때를 떠올렸다.

그때의 충격은 아직도 그녀의 뇌리에 고스란히 남아 있었다.

"일익을 충분히 감당할 만해. 어제 보니까 다들 예리함이 장난 아니던데. 여인의 몸이라 힘이 부족하기는 한데 대신 기술이 뛰어나더라고. 기교 쪽으로는 구파일방 중 화산파 정도만이 비벼볼 만할 것 같다고나 할까."

"과찬이에요."

"아마 그래서 누님께서 육체를 극한으로 활용할 수 있는 방법을 찾은 것 같기도 하고."

"아직 갈 길이 멀어요."

현주혜의 눈빛이 달라졌다.

아직 연진청의 연구는 끝나지 않았다.

대를 이어 진행 중이었다.

"미완성이지. 괜히 인간의 육신을 소우주라 칭하는 게 아니니까. 같은 여인이고 사람이지만 사람의 몸은 전부 다 달라. 아마 연구를 완성하려면 족히 백 년 이상 걸릴 거야. 연구 결과가 축적되고 또 축적되어야 하니까."

"노력해야지요."

"어쨌든 어제 일은 신경 쓰지 마. 짜증 나기는 해도 어쩔 수 없는 일이었으니까."

"네."

똑똑똑.

대화가 잠시 끊겼다.

또 다른 손님이 벽우진의 방을 찾아온 것이었다.

"접니다, 사형."

"어, 들어와."

문이 열리며 서진후가 안으로 들어왔다.

그런데 그는 현주혜가 먼저 와 있는 모습에 눈을 살짝 치켜떴다.

"현 문주."

"저는 이만 일어나 볼게요."

서진후에게 목례하며 현주혜가 자리에서 일어났다.

분위기를 보아하니 중요한 이야기를 할 것 같아서였다.

일단 그녀는 할 말을 다 하기도 했고.

"이따 보자고."

"네."

공손히 고개 숙여 인사한 현주혜가 방을 나섰다.

그리고 그녀가 앉았던 자리에 서진후가 앉았다.

"들어오면서 봤는데, 두 분이 너무나 잘 어울리던데요?"

"갑자기 웬 흰소리야?"

새로운 찻잔에 차를 따라주며 벽우진이 코웃음을 흘렸다.

난데없이 무슨 소리인가 싶어서였다.

"선남선녀라고나 할까요?"

"어제 전투에서 머리 다쳤냐?"

"그럼 큰일 나지요. 비청단주가 바로 저이지 않습니까."

서진후가 능글맞게 웃으며 대답했다. 그러면서 그는 자연스럽게 벽우진이 따라준 차를 두 손으로 들었다.

"이제는 너 없이도 잘 굴러갈 것 같은데? 애들이 잘 자리 잡은 거 같아."

"그래도 제가 있어줘야 합니다. 눈치 볼 사람이 있어야 농땡이를 덜 피우지 않겠습니까."

"틀린 말은 아닌데 네가 말하니까 신빙성이 좀 떨어진다."

벽우진이 못마땅한 눈으로 서진후를 흘겨봤다.

하지만 이런 눈빛이 한두 번이 아니었기에 서진후는 자연스럽게 받아넘겼다.

“역시 차는 사형께서 우려내 주시는 차가 제일 맛있는 것 같습니다. 공력이 심후하셔서 그런가.”

“언제는 청민이 내려준 차가 제일 맛있다며?”

“그게 바로 사회생활 아니겠습니까?”

칠십이 넘었음에도 여전히 과거의 모습이 남아 있는 서진후의 모습에 벽우진이 고개를 절레절레 저었다.

이런 녀석이 청하상단의 태상단주라는 게 여전히 믿기지 않았다.

“늘 말하는 사회생활. 좀 제대로 하는 모습을 보여주었으면 좋겠는데.”

“이 이상은 힘듭니다, 사형.”

“노력도 안 하면서 말은.”

“허허허.”

서진후가 넉살 좋게 웃었다.

사형인 벽우진과 함께하는 이 시간이야말로 그에게 있어 유일한 낙이었다. 자식도, 손주들도 중요했지만 나이가 나이인지라 그에게는 벽우진이 더 중요했다. 이제는 함께할 시간이 그리 길지 않다는 걸 잘 알아서였다.

‘적어도 십 년은 함께할 줄 알았던 청민 사형이 그리 갈 줄이야…….’

티를 내지는 않았지만 청민의 죽음으로 서진후가 받은 충격은 상당히 컸다.

이렇게 사고를 당하리라고는 꿈에도 생각하지 못했기에 충격이 더더욱 컸던 것이다.

물론 칼끝 위에서 살아가는 무인인 만큼 언제 죽어도 이상할 것은 없었으나 서진후는 자기도 모르게 생각하고 있었다.

청민과 벽우진만은 자신과 늘 함께할 것이라고 말이다.

'그게 크나큰 착각이었지.'

청민의 죽음으로 그 사실을 깨닫게 된 후 서진후는 이런 사소한 시간이, 대화가 너무나 각별해졌다.

"우리 쪽 피해는 어때? 다친 애들이 좀 있는 거 같은데."

"소혜와 혁문이가 조금 다치기는 했지만 심각한 수준은 아닙니다."

"혁문이를 특히 신경 써. 그 나이 대에는 무슨 일을 해도 이상하지 않으니까. 사춘기가 일찍 올 수도 있고."

"안 그래도 각별히 챙기는 중입니다. 가장 충격이 클 아이가 제자인 혁문이일 테니까요."

"율석이도 만만치 않았지."

사제인 서진후보다도 더 끈끈한 모습을 보여주었던 이가 배율석이었다.

그런 만큼 청민의 죽음에 누구보다 많은 눈물을 흘렸다.

제자인 배혁문보다 더 말이다.

"부상보다 혁문이의 심리 상태에 더 신경 쓰고 있습니다. 아이들도 더욱 챙기고 있고요. 그러니 그 부분에 대해서는 걱정하지 않으셔도 될 것 같습니다."

"본산은?"

미지근해진 차를 들이켜며 벽우진이 물었다.

명성이 높아진 만큼, 문파의 규모가 커지는 만큼 그가 지켜야 할 것도 많아졌다.

더불어 신경 써야 할 것도 말이다.

그렇기에 벽우진으로서는 이렇게 일일이 묻고 생각해야만 했다.

"아직은 별다른 보고가 없습니다."

"낌새가 이상하다 싶으면 바로 물러나라고 해. 괜히 무리해서 싸우지 말고. 그러라고 만든 거니까. 아깝다고 생각하지 말라고 해."

"안 그래도 필교가 이를 갈고 있습니다. 제대로 한 방 먹여주겠다고요."

"너무 나서지는 말라고 해."

청민의 죽음으로 곤륜파 내부가 똘똘 뭉친 느낌이었다.

오죽했으면 거리낄 거 없이 살아가는 당민호가, 그것도 사천당가에서 곤륜파 제자들의 눈치를 보고 있을까.

그 정도로 곤륜파가 풍기는 기운은 심상치 않았다.

"제가 누굽니까. 진즉에 말해두었습니다."

"건물이 부서지면 다시 세우면 돼. 문파 역시 마찬가지다. 곤륜산은 어디 가지 않아. 과거에도 그랬고 지금도 그러며 앞으로도 똑같이 제자리에 있을 거다. 하지만 사람은 아냐. 그걸 명심해야 해."

"물론입니다."

"너까지 잃고 싶지는 않다."

장난기가 쏙 빠진.

진심만이 담긴 한마디에 서진후가 울컥한 표정을 지었다.

담담한 한마디였지만 심금을 울리기에 부족함이 없어서였다.

"저는 걱정하지 않으셔도 됩니다."

"세상일이라는 게 어떻게 될지 모르니까. 청민을 이렇게 잃을 줄 누가 알았겠느냐."

"저보다는 사형이 걱정이죠. 사실 저는 막 나설 급은 아니지 않습니까. 하지만 사형은 가장 위험한 곳에 배치될 가능성이 높으니까요."

"누가 날 배치해?"

"맹주님이요."

벽우진이 검지를 휘휘 저었다.

무림맹주는 소림사의 법무이지만 그렇다고 그에게 강요할 수는 없었다. 다른 장문인들 역시 마찬가지였고.

대신 권유하고 의견을 수렴할 뿐이다.

"무림맹주는 절대 권력과는 거리가 멀어. 대표자나 중재자에 가깝지."

"그렇다고 해도 권력이 없는 것은 아니죠. 신망 역시 두터우시고요."

"그건 인정."

벽우진이 순순히 인정했다.

그 부분에 대해서는 그 역시 반론의 여지가 없다고 생각했다.

사실 법무나 혜량이나 무림에서의 신망은 비슷비슷했다.

"근데 저는 내심 기대했었습니다. 사형이 무림맹주가 되는 것은 아닐까 하고요. 사실 배분으로나 실력으로나 사형이 제격이잖습니까."

"대신 난 신망이나 인망이 없잖아. 활동한 시기도 그리 길지 않고."

"지지 기반이 사실 좀 약하기는 하지만 또 막상 따져보면 그렇게 부실한 것도 아닙니다. 사천당가도 있고, 제갈세가도 있고 공동파도 있지 않습니까. 막말로 제갈가주가 가장 먼저 찾은 사람이 사형이시고요."

"나하고는 안 어울려. 내가 무림맹주가 되었다고 생각해 봐. 어떨 거 같아?"

서진후가 진지하게 고민했다.

법무의 자리에 벽우진이 앉았을 때를 상상했던 것이다.

"완전 좋거나, 폭망하거나 둘 중 하나일 것 같은데요?"

"그치? 위험 부담이 너무 커. 게다가 무림맹주가 회까닥 돌았다고 생각해 봐. 제갈가주 머리카락이 지금보다 몇 배는 더 빠졌을 거야."

"극심한 탈모에 시달리긴 했겠네요. 안 그래도 요즘 검은콩을 유독 많이 챙겨 먹는다던데."

제갈현의 고충을 이해한다는 듯이 서진후가 고개를 주억거렸다.

그러면서도 그는 자신의 풍성한 머리칼을 쓰다듬었다.

비록 검은빛이 많이 사라져 회색빛이 돌기는 해도 숱은 여전히 무성했다.

"한 살이라도 젊었을 때 관리해야지. 깨닫고 관리하면 늦어."

"불변의 진리이죠."

스윽.

익히 동의하는 바였기에 고개를 끄덕거린 서진후가 이제야 벽우진을 찾아온 목적을 꺼냈다.

제법 묵직한 책자 하나를 다탁 위에 올려놓았던 것이다.

그런데 책자에는 제목이 없었다.

"뭐야?"

"그러니까……."

서진후가 슬쩍 눈치를 살폈다.

눈알만 굴려 주변을 빠르게 훑었던 것이다.

"편하게 말해. 주혜가 왔을 때부터 기막으로 소리를 차단하고 있으니까. 여기가 사천당가이기는 하지만, 그래도 혹시 모르지."

"역시 철두철미하십니다."

"신경 써서 나쁠 것은 없으니까."

대부분의 사람들은 벽우진이 게으르고 건성으로 살아간다고 생각했다.

하지만 실상은 달랐다. 그 누구보다 잔머리가 잘 굴러가고 예민한 사람이 벽우진이었다. 평소에 하도 신경을 쓰니 쉴 때 완전히 늘어져서 그렇게 생각하는 것이었다.

"하오문과 함께 조사한 것입니다. 구마와 오대 무력 조직 그리고 육대마가에 대한 것들을 정리해 놓았습니다."

"구하기 힘들었을 텐데."

"그래도 해야지요. 하오문도 저희와 마찬가지로 천년마교에 갚아야 할 빚이 있지 않습니까. 자신하건대 개방보다 더 자세하고 깊이 있을 겁니다."

"하오문과 비청단의 협력이라."

적어도 청해성에서만큼은 비청단이 확실하게 잡고 있었다.

똥개도 제집 앞마당에서 반은 먹고 들어간다는 말처럼 청해성은 곤륜파의 영역이었다.

그리고 그 청해성은 천년마교가 자리 잡고 있는 신강과 맞붙어 있었고.

거기에 하오문이 합세했다면 개방보다 더한 힘을 발휘할 게 자명했다.

"급하게 모은 거라 신뢰도는 그리 높지 않습니다. 시간이 부족하기도 했고요. 대략 훑어보는 것 정도로 보시면 될 것 같습니다."

"고생했다."

"저보다는 하오문주가 많이 고생했습니다. 암암리에 움직이는 건 하오문주가 다 했으니까요. 그로 인한 피해도 상당하다고 들었습니다."

"받은 만큼 돌려주는 것도 잊지 말고."

"당연히 그리할 생각입니다."

곤륜파와 하오문은 상하 관계가 아니었다.

그렇기에 완벽한 수평 관계도 아니었지만 그럼에도 벽우진은 예우를 강조했다.

사람 마음이라는 게 말 한마디에도 울고 웃을 수 있다는 것을 잘 알아서였다.

또한 하오문은 곤륜파의 동반자로 나쁘지 않았다.

'일단 믿을 수 있는 곳이니까.'

여러 가지 이해관계를 고민한 끝에 내린 결정이겠지만 중요한 것은 신의를 지켰다는 점이었다.

그런 만큼 벽우진은 자신이 절대 먼저 손을 놓지 않을 생각이었다.

정마대전에서 하오문의 도움이 반드시 필요하기도 했고.

"너는 봤어?"

"정리만 했지 제대로 읽어보지는 못했습니다. 사형께서 보는 게 먼저라고 생각해서요."

"그럼 기다려. 나 보고 봐."

"알겠습니다."

서진후가 웃으며 다 식은 찻잔을 들었다.

뜨끈할 때와 미지근할 때 그리고 식은 차의 맛은 각기 달랐기에 즐기는 재미가 있었다.

to be continued